나머지 이야기

Amarimonogatari

이 책의 한국어판 저작권은 일본 講談社와의 독점 계약으로 (주)학산문화사에 있습니다.
저작권법에 의해 한국 내에서 보호를 받는 저작물이므로 불법 복제와 스캔 등을 이용한
무단 전재 및 유포 시 법적 제재를 받게 됨을 알려 드립니다.

는 (주)학산문화사가 일본 와 제휴하여 발행하는 소설 브랜드입니다.

나머지 이야기 余物語

니시오 이신
西尾維新

FAUST BOX

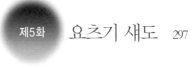

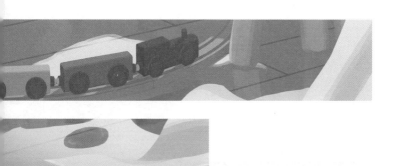

제4화 요츠기 버디

001

오노노키 요츠기와도, 생각해 보면 알고 지낸 지 오래되었다. 처음 그 큐트한 시체 인형과 대면했을 때에는 설마 이런 복잡한 관계가 되리라고는 전혀 생각도 하지 않았다. …'관계'라고 말하긴 했지만, 그러나 그 츠쿠모가미와의 관계성을 정확히 표현하는 말이란, 적어도 나의 어휘 안에서는 찾을 수 없다.

친구? 적? 감시하는 자로 여겨지는 자?

가해자? 피해자? 제삼자? 이해자?

파트너? 동거인? 이해관계자?

적대적 증인? 변호사? 사형집행인?

어느 것이나 명백할 정도로 있는 그대로를 표현한 듯하고, 실제로 그런 식으로 언급되는 경우도 있지만, 그러나 그것을 입 밖에 낸 순간에 아주 엉뚱한 방향으로 슬라이드되는 느낌이다.

무표정하고 무뚝뚝한 교과서 읽기 톤에.

무엇을 생각하고 있는지 전혀 알 수 없다.

무엇을 생각하고, 무엇을 느끼고, 무엇을 하고 있는지, 극히 불가해하다.

센조가하라 히타기는 연인이다.

하네카와 츠바사는 은인이며, 하치쿠지 마요이는 친구다.

칸바루 스루가는 후배이며, 센고쿠 나데코는 옛 지인이다.

오이쿠라 소다치는 소꿉친구이며, 하무카이 메니코는 친우다.

오시노 시노부는 파트너이며, 오시노 오기는 분신이다.

아라라기 카렌은 가족이며, 아라라기 츠키히도 가족이다.

그렇다면, 오노노키 요츠기는 무엇일까?

나와 그녀 사이에는 무엇이 있지?

이렇게 말하고 있긴 하지만, 그런 느낌으로 이거 보란 듯이 고민하는 것이야말로 어마어마한 시간낭비다. 시간벌이라고 말해도 좋다. 아무리 내가 과거에 단 2주 정도 불로불사였던 적이 있다고 해도, 어째서 나와 오노노키 요츠기와의 관계에 딱 맞아떨어지는 이름을 붙여야만 할까? 이름 따위, 식별하고 부르기 쉽게 하려고 붙이는 것이다.

옛 흡혈귀와 식신 좀비라는 관계가 다른 어디에도 존재하지 않는 이상, 나와 그녀와의 관계성은 '우리'로 족하다.

오랜 만남이, 오랜 이별이 될 때까지는.

002

"나는 세 살 난 자기 딸을 학대하고 있어. 아무리 노력해도 귀엽다고 생각할 수가 없고, 제대로 양육할 수가 없어. 부탁할게, 부디 도와줄 수 없을까? 아라라기 군."

이에스미家住 준교수准教授가 그런 식으로 상담을 청해 왔을 때의 솔직한 감상은… 무엇을 감추겠는가, '누군가의 도움을 받고 싶은 건 이쪽이다'였다. 적어도 '사람은 혼자 알아서 살아날 뿐이에요.'라는, 거드름 피우는 대답을 할 수는 없었다.

마나세 대학의 학교 건물 안.

스위스독일어* 수업을 담당하는 이에스미 준교수의 연구실에 메시지로 호출되었을 때는, 얼마 전에 치른 1학기 기말고사에 관한 가차 없는 지도가 있을 거라고만 생각했다. 까놓고 말하자면, 대학에 들어와서 처음 맞이하는 신나는 여름방학을 앞두고 추가 시험 공지를 듣게 될 거라고 생각하고 있었다. 어쨌든 나는 착실한 학생이 아니니까.

옛날부터 학생으로 있는 것에 서투르다.

학습 기능이 갖추어져 있지 않다.

이번에야말로 연인인 센조가하라 히타기와 게를 먹으러 가려고 했던 홋카이도 여행도 상황에 따라서는 어이없이 파투가 날지도 모른다며 나름대로 각오를 하고서, 마음을 단단히 먹고, 생각해 보면 입학한 이후 처음으로 연구실이라는 곳에 머뭇머뭇 발을 들인 것인데… 으~음, 고등학교의 교무실로 호출된 것 같은 상황이라고 생각하고 있었는데, 굳이 구분하자면 여기는 진로지도실인 듯했다. 이런 쪽의 미묘한 뉘앙스에 대해, 고등학교 시절 교무실 호출의 프로페셔널이었던 나는 훤히 꿰고 있다.

호출의 아라라기다.

반대로 말하면, 호출의 아라라기가 훤히 꿰고 있는 것은 고등학교의 교무실이나 진로지도실이나 존재하지 않을 수수께끼의 교실이나 여자 탈의실이지, 결코 아동학대가 아닌데….

여자 탈의실이란 말은 농담이다. 만일을 위해 덧붙여 둔다.

굳이 말하자면, 그것이 사실이라면 그 문제는 문자 그대로 아동상담소에 가서 상담해야 할 문제다. 어째서 이에스미 준교수는 일개 학생인 나에게, 제로 학생이라고 말해도 될 나에게 그런 프라이버시를 고백하지? 대학생이 되었어도 정신적으로는 아직 아동이라고 해도 좋을 아라라기 군인데… 연인과 아기 플레이에 흥겨워했던 것을, 이쪽에서도 고백하는 편이 좋을까?

아기 플레이는 농담이 아니다. 만일을 위해 덧붙여 둔다.

"아아."

혼란에 빠진 나를 배려하듯이 그렇게 입을 여는 이에스미 준교수.

"표현이 너무 강렬했네. 이런 부분의 일본어 뉘앙스 표현에는 아무래도 좀 서툴러서… 고쳐 말할게. 나는 세 살 난 내 딸을 도무지 귀엽다고 생각할 수 없어서, 학대**하게 될 것만 같아.**"

도와줘, 아라라기 군.

그렇게 말했다. 그렇게 말해도 말이지.

수업 선택 때에 참고했던 수업계획서에 의하면, 이에스미 준교수의 풀 네임은 이에스미 하고로모家住羽衣. 스위스에서 나고 자랐다는 프로필이다. 솔직히 말해 대학에서 새로 사귄 친구인 하무카이 메니코에 맞추는 형태로 수강 신청한 수업이었으므로, 무지몽매한 녀석인 나는 수업을 듣고서 처음으로 알았는데, 스위스에서는 4개 언어가 동시에 사용되고 있다고 한다.

4개? 정말로?

물론 그중 하나에 일본어는 들어가지 않는다…. 결혼을 계기로 일본으로 이주했다는 이에스미 준교수에게, 일본어는 어디까지나 외국어인 것이다.

뭐, 고쳐 말한 것으로 뉘앙스는 변했지만… 감상은 변하지 않네.

느낌도 감상도 흔들림 없다.

도움을 받고 싶은 것은 이쪽이다.

아니, 여름방학엔 여자친구와 놀고 싶으니까 학점을 달라는 의미는 물론 아니다.

세 살 난 딸……?

딸이 있다는 사실조차 처음 알았다.

솔직히 전혀 그렇게 보이지 않는다. 너무나 인텔리전스한 젊은 대학교수라는 인상밖에 받지 못했다. 굳이 말하자면 이름에 '깃 우羽' 자가 들어가 있으니까 분명 좋은 사람일 거라고 멍하니 생각했던 정도고(적당히 좀 해라, 나) 하물며 '어머니'일 거라고는 생각하지 못했다.

어머니….

뭐, 그것은 나의 편견이겠지. '어머니다움' 따위, 하물며 모성 따위, 강압적인 구태의연이다…. 우리 어머니를 떠올려 봐라. 다만 나는 고등학교 시절에 무책임하고 방종한, 제대로 어른이 되지 못한 듯한 어른과 접할 기회가 상당히 많았다. 그 경험을 근거로 말하면 이에스미 준교수는 '제대로 된 어른'으로는 보이고 있었다.

나를 불러낸 메시지의 문면도 정중했고, 학생을 상대로 커피를 내주었고… 적어도 친딸을 학대할 사람으로는 보이지 않는다.

역시 사람은 겉모습만 봐서는 모른다는 건가?

가정에서 폭력을 휘두르는 남편이 집 밖에서는 평판이 좋은 아버지라는 이야기는 지긋지긋할 정도로, 정말 지긋지긋할 정도로 자주 듣지만….

"좀 더 자세히 설명하는 편이 좋을까? 아주 자세히 말하도록 할까? 아라라기 군은 전문가인 것 같으니 이것만으로도 전해지지 않을까 했는데… 나도 자진해서 이야기하고 싶은 일은 아니니까."

"저, 전문가?"

움찔했다.

그 용어는 그야말로 내가 지금 떠올린, 무책임하고 방종한, 제대로 어른이 되지 못한 어른에 딱 들어맞는 것이다…. 결코 적극적인 건 아니었지만, 나는 고등학교 시절에 그 사람들의 일을 거들기도 했었다.

아니, 과거형이 아니라 대학생이 되어서도 거들었다. 그것을 들킨 건가? 그렇다면 그것은 그리 바람직한 상황이 아니다, 라며 초조해 했는데 이에스미 준교수의 말은 그런 의미의 '전문가'가 아니었던 모양이다.

요컨대, 나는 **좀 더** 초조해 해야 했다.

"아라라기 군은 아동학대의 전문가라고… 그렇게 오이쿠라 양에게 들었는데, 틀림없지?"

003

그렇다면 내가 자신의 그림자 속에 금발 로리 노예를 살게 하고 있다는 사실을 들켰나 하고 진심으로 전율했지만, 그런 것이 아니라… 이에스미 준교수는 나의 사랑스러운 소꿉친구, 내가 끔찍이 좋아하는 러블리 오이쿠라 소다치짱으로부터 내 고등학교 시절의 과외 활동에 대해서 들으셨다는 모양이다.

그 시점에서 틀린 그림 찾기 정도의 차이가 있지만….

현재는 가벼운 절교 상태라 요즘 들어 그 흉악한 아이와는 전혀 얼굴을 마주하지 못하고 있지만, 아무래도 다른 수업에서 오이쿠라는 이에스미 준교수와 접점을 가지고 있었던 모양이다…. 스위스이탈리아어일까, 스위스독일어일까, 혹은 로망스어일까. 그 녀석은 로리 노예를 필두로 하는 괴이에 대해 전혀 모르므로, 상당히 일그러진, 명백하면서도 다대하게 사실에 반하는 형태로, 평소처럼, 만나는 인간 전원에게 빠짐없이 그렇게 하는 것과 마찬가지로 이에스미 준교수에게 나의 험담을 했던 것뿐이라고 생각하지만. 그것으로 간신히, 아주 조금, 납득했다. 어디까지나 아주 조금이지만….

아동학대의 전문가.

그런 타이틀을 달게 되는 것은 정말 뜻밖이지만, 확실히 나는 옛날부터 그런 현장에 입회하는 경우가 많았다. 특히 고등학교 3학년 무렵에는 그런 일들이 줄줄이 일어났다고 말하지 않을 수 없다.

여기저기 가는 곳마다 육아 방치를 당해 왔던 하네카와 츠바사. 어머니와의 관계 조절에 실패했던 파더 콤플렉스인 센조가하라 히타기. 아버지 몰래, 이혼한 어머니를 만나러 가던 도중에 영원히 길을 잃은 하치쿠지 마요이. 사별한 어머니의 '유산'을 지금도 계속 좇고 있는, 계속 짊어지고 있는 칸바루 스루가. 한껏 귀여움받고 응석받이로 키워진 센고쿠 나데코. 물론 나를 끔찍이 싫어하는 것을 삶의 보람으로 삼는, 이에스미 준교수의 정보원인 오이쿠라 소다치도 건전하며 결점 없이 육성되었다고는 말하기 어렵다.

그 외에도 뭐, 여러 가지 일들이 있었다.

너무 많았다.

이렇게 말하는 나 자신도, 부모님과 항상 양호한 관계를 유지하고 있었던 것은 아니다. 그러기는커녕 한때는 진짜로 험악했다.

지금이기에 고집을 부리지 않고 인정할 수 있는데, 만약 두 여동생이 없었더라면 나는 고등학교 졸업을 기다리지 못하고 집을 나왔을지도 모를 정도다…. 그런 불량한 아들인 내가 지금 현재는 본가에서 생활하는 대학생이니, 세상일이란 정말로 복잡기괴하다.

잡담은 이만하고, 확실히 그런 의미에서 나를 아동학대의 전문가라고 표현하는 것은 그 나름대로 핵심을 찌르고 있다. 아픈 곳을 아주 깊숙이 찔렸다는 느낌이다. 다만 그것을 감안하더라도 역시 이에스미 준교수는 상담할 상대를 잘못 골랐다고, 나는 지적하지 않을 수 없다.

분명 나는 많은 아동학대의 현장에 입회해 왔을지도 모르지만, 딱히 그것들을 척척 해결해 왔던 것은 아니다. 더 엉망으로 만들어 놓은 적은 있어도, 해결했던 케이스 따윈 한 번도 없다.

쾌걸 조로가 아닌 해결 제로다.

뭐 이렇게, 보다시피, 별로 재미있지도 않은 말장난도 태연히 말해 버릴 정도로 제로다… 제로 학생이다. 애초에 이에스미 준교수의 정보원이야말로 마이 스위트하트, 오이쿠라의 케이스야말로 내가 가장 해결하지 못했던 가정환경이다.

정말이지 못 말린다니까, 그 소꿉친구.

있는 일 없는 일을 가리지 않고, 닥치는 대로 나에 관한 도시전설을 퍼뜨리는 것이 생업이라는 듯이… 선생님에게 험담을 불어넣지 말라고. 너의 그런 부분이 말이지… 뭐, 그건 됐다. 스위트하트에 대한 불만은 오늘 밤에라도 하숙집에 찾아가서, 오코노미야키라도 먹으면서 본인에게 늘어놓기로 하자. 절교당한 상태지만.

지금은 눈앞의 준교수다.

으음, 이거 큰일이네.

그야 뭐, 백 보 양보해서 열아홉치고는 그럭저럭 경험이 풍부한 편일지도 모르지만, 그렇지만 나 자신이 (지금도 그런 것처럼) 어린애였으므로, 항상 나는 학대당하는 아이 측에 서서 무참한 현장에 관여해 왔다.

요전의 베니쿠자쿠짱 사건 때도 그랬다.

그런데 설마, 학대하는 부모로부터 상담을 받게 될 줄이야… 뭐랄까, 솔직히 직시하기를 피해 왔던 부분이기도 하다. 지금까지 나는 학대하는 부모를, 요컨대 가해자를 개념으로만 인식해 왔다. 하지만 그것은 어머니를 '모친'으로만 인식하는 사고방식과 오십보백보다.

개념이 아니라, 인간이다. 괴이도 아니다.

살아 있는 인간이다. 정말 말도 안 되는 일이지만.

오이쿠라의 케이스도, 히타기나 하네카와의 케이스도, 어디까지나 인간이 인간을 학대한 것이라는 진상에, 나는 슬슬 정면으로 마주해야만 하는 국면일지도 모른다.

이미 한 가지 안 것이 있다.

빨리도 배웠다.

이렇게 직접 부모와 대면해 버리면, 의외로 나무라는 말이나 단죄하는 대사가 나오지 않는다. 그야 물론 학대라는 강렬한 어휘에 걸쭉한 악감정은 솟아나지만, 그것을 적절히 표현할 수가 없다.

퍼포머로서 부끄러울 따름이다.

곧바로 대응할 수 없다. 아직 상세한 사정을 모르기 때문이라는 점도 있지만, 역시 타인의 가정에 참견하는 것은 까다로운 일이다. 베니쿠자쿠짱의 경우에는, 그것은 더 이상 망설일 여유 따위 없었으며 선택의 여지도 없었고, 그런 식으로 반사적으로 움직였기에 결과적으로 아슬아슬하게 늦지 않았다는 느낌이었다. 내가 개입한 것도 모자라, 신까지 개입해서야 간신히 늦지 않을 정도로 아슬아슬했다.

현실적인 문제로 상대가 대학교수고 내가 그녀의 수업을 석 달에 걸쳐 수강한 학생이니까, 라는 역학관계도 있을 것이다…. 정상화 편향Normalcy bias이라고 하던가? '뭔가 어쩔 수 없는 사정이 있을지도 모른다'라든가 '과장해서 자학적으로 말하고 있을 뿐일지도'라든가 하며 멋대로 사정을 감안해서 평상심을 유지하려고 하고 있음을 부정할 수 없다.

헤어스타일도 복장도, 연구실 내부도 청결하고 깔끔해서, 그런 짓을 할 만한 사악한 사람으로는 보이지 않는 것도 분명한 사실이다…. 이성적인 행동으로 미루어 보아, 도저히 세기의 악인으로는 생각되지 않는다. 아니면 이것은 단순히 내가, 어린아이인 척하고 있지만 어른이 되었다는 뜻인가? 고등학교 3학년 무렵의 나였다면, 세 살 난 딸을 학대하느니 마느니 하는 문장을 들은 시점에서 테이블을 걷어차고 나가 버렸을까?

세 살 난 딸, 이란 말이지….

문득 자성한다.

나에게는, 그야말로 고등학교 3학년 이전의 옛날부터, 그것이 현실이든 환상이든, 눈앞의 일밖에 보이지 않게 되는 나쁜 버릇이 있는데(매우 나쁘다) 지금 마주 보고 있는 대학교수에 대해서만 생각하지 않고 그 '세 살 난 딸'에 대해서도 고려해야만 한다.

학대하는 부모가 개념이 아닌 것처럼, 학대당하는 딸도 개념이 아니다. 강고하게 실재한다.

전문가, 괴이의 전문가 중 한 명이 슬로건으로 삼은 '사람은 혼자 알아서 살아날 뿐'이라는 말은, 그러나 구해야 할 대상이 **두 사람**일 때에는 어떻게 적용해야 할까?

"아라라기 군은, 그거… 어떻게 생각해?"

"……? 그거, 라뇨?"

조금(조금 정도가 아니었을지도 모른다) 생겨난 어색한 침묵을 메우려는 듯이 날아온 이에스미 준교수로부터의 애매한 질문에 되묻자,

"학대당한 아이는, 자기 자식을 학대하는 부모가 된다는 설에 대해서, 어떻게 생각해?"

라고 그녀는 덧붙였다.

아아…. '그거' 말이구나.

"뭐, 나도 그리 행복한 가정에서 자란 건 아니고, 사실을 말하자면 가족으로부터 도망치기 위해 결혼해서 일본으로 온 것이기도 하니까…. 그런 식으로 규탄을 받아도 곧바로 부정하기 어렵지만, 하지만 행복한 소녀 시절이 없었던 것만이 나의 특색처럼 이야기되어도 곤란하고… 내 인생이 아직 그 부모의 영향 아래 있다고 생각하면 기분이 나쁘고… 엉망진창으로 속이 뒤집

히고… 한편으로 지쳤을 때에는 자기 입맛에 맞게 그런 이론에 기대고 싶어지기도 하니, 이건 내가 나의 부족함을, 미숙하게도 자기 부모 탓으로 돌리고 있을 뿐인 것 아닐까?"

어려운 물음이다.

그 설 자체는, 물론 나도 들은 적이 있다…. 지금 생각하면 아버지가 휘두른 폭력을 계기로 고양이에게 홀렸던 반장이, 그렇게나 성실하고 양심적인 인권파였음에도 불구하고 체벌 긍정파였던 것은 몹시 흥미롭다.

가만히 생각해 보면, 나는 이름에 '깃 우翔' 자가 들어가 있다는 이유로 이에스미 준교수를 분명 좋은 사람일 것이라고 단정했지만, 하네카와를 때린 부모의 성씨도 당연하지만 하네카와翔川겠지….

본심으로는 '학대받으며 자랐다고 해도, 자기 자식을 학대하지 않는 부모도 많이 있다'라는 정론을 단호하게 되돌려 주고 싶은 참이지만, 내가 실제로 그런 인물과 만나서 직접 이야기를 들은 적이 있는 것도 아니고 말이지…. 개념으로서의 '훌륭한 사람'을 모델 케이스로 내세우는 것은, 당사자를 눈앞에 둔 이 시추에이션에 한해서는 공평하지 않다는 기분이 들었다.

그도 그럴 것이, '잘 헤쳐 나간 사람도 있는데, 왜 너는 제대로 못 하는 거야?'라니, 그것은 내가 듣고서 죽고 싶어졌던 말과 거의 똑같지 않은가.

"뭐… 자기 부모와의 관계에 별문제 없는 부모라면 아이를 기를 때도 적절한 협력을 얻을 수 있을 테니, 협력을 바랄 수 없는 부모보다는 분명 어드밴티지가 있지 않을까요?”

“과연 전문가네.”

울며 겨자 먹기로 짜낸 나의 억지스러운 대답에 이에스미 준교수는 그렇게 끄덕였다. 아니, 그러니까 전문가가 아닌데 말이죠.

어설프게 아는 체하고 있을 뿐이다.

“손이 많이 갈 나이의 아이인데, 손이 부족해… 특히 나, 별거 중이거든.”

“별거 중…?”

“그게, 남편하고 원만히 지낼 수가 없어서… 몰교섭沒交涉하다고 할까. 그것도 내가, 아이를 사랑할 수 없는 것이 원인이라면 원인이겠지만.”

아이는 부부 사이의 꺾쇠*라는 말이 있는데, 그 반대의 경우도 있는 건가. 뭐, 있겠지. 당연히… 다만, 그 ‘별거 중’이라는 키워드에서 두 가지 의문이 발생했다.

한 가지는 국적 문제다.

듣기로는 아무래도 스위스 태생에 스위스 국적인 듯한 이에스미 준교수가, 일본 국적의 일본인과 결혼하는 것으로 체류자격을 획득한 듯한데… 만약 별거 중인 남편과 정식으로 이혼하는 상황이 되었을 경우, 그 부분의 사정은 어떻게 되는 걸까?

※아이는 부부 사이의 꺾쇠 : 子は鎹. 일본의 속담. 자식에 대한 사랑으로 부부 사이가 원만하게 유지된다는 의미.

이혼해도 체류자격은 그대로 보유할 수 있는 걸까…. 이혼하더라도 남편의 성을 그대로 유지하려고 마음먹으면 그렇게 할수 있다는 이야기는 들은 적이 있다.

아니, 별거 중이라는 말만으로 곧바로 이혼으로 결부시켜 버리는 것은 나의 뇌가 어린애 같기 때문이고, 부부에게는 다양한사정이 있을지도 모르지만… 단신부임도 따지고 보면 별거라고할 수 있잖아?

관계성을 유지하기 위해 거리를 두는 것이 필요할 때도 있을것이다. 현재 절교 중인 나와 오이쿠라처럼.

다만, 옥상옥屋上屋처럼 가설에 가설을 겹치자면, 만약 이에스미 준교수가 이혼…을 하게 되어서 국적이나 체류자격 같은 것의 사정이 어떻건 스위스로 돌아가야만 하게 되면, 절연했을 부모와 재회하는 전개도 있을 수 있을까?

그래서 이에스미 준교수가 나에게 상담을 청한 것이 아닐까… 라는 것은, 어리석은 자의 억지스러운 억측에 지나지 않을것이다.

부모와 만나고 싶지 않기 때문에 이혼을 피하기 위해 자신이품은 학대문제를 해결하려고 하다니. 하다못해 그 부분은 세 살난 딸을 염려해서라는 동기였으면 한다.

아니 뭐, 그건 됐다. 그 부분은 됐다.

범죄행동을 계속하는 자신을, 더욱 커다란 범죄에 손을 물들이기 전에 막아 주기를 바란다는 심리는, 사회파 추리소설을 읽을 것도 없이 일반적인 감정이다. 괴도가 보낸 예고장도, 그것은 클렙토마니아※ 환자가 경찰에게 도움을 청하고 있다는 해석이 가능하다.

그만둬야 하는데, 그만두고 싶어도 그만둘 수 없다는 경우는 있다. 나도 금발 로리 노예의 늑골로 노는 것을 그만두는 데에는 나름대로 고생했다. 연인과의 이별 이야기로 발전한 것으로 어떻게든 그만둘 수 있었다. 그만둘 수 있었지만, 그만두고 싶어서 그만둔 것이 아니다. 그만둘 수밖에 없는, 빼도 박도 못할 상황에 몰렸기 때문에 그만둔 것이다.

같은 심리가 (같다고 말하는 것도 좀 불성실하지만) 지금 이 대학교수 안에서 작용하고 있다고 해서, 그것을 내가 나무라는 것도 부적절한 행동일 것이다.

수업 중과 똑같은, 진지하면서도 늠름한 표정인 채로 그런 상담을 해 와서 좀처럼 속마음을 읽을 수 없다는 점도 있지만… 하지만 이에스미 준교수가 진지하게 도움을 요청하고 있는 것만은 틀림없다고 믿자.

다만 그것은 중장기적인 시점이다.

다른 하나, 즉 '별거 중'이란 단어에서 생겨난 의문 중 두 번째는 좀 더 단기적인 시점이다. 눈앞의 일밖에 보이지 않았던 나이기에 가능한 시점이라고도 말할 수 있겠는데, 사정이 뭐가 되었든, 어쨌든 남편과 별거하고 있다는 이에스미 준교수.

그렇다면, **지금**.

※클렙토마니아 : 병적 도벽. 충동조절장애 중 하나.

현재, 이때, 이 순간, 이에스미 준교수의 '세 살 난 딸'은 대체 어디에서 어떻게 지내고 있는 거지?

남편이 집에서 돌보고 있는 것이 아니라고 한다면… 베이비시터…? 아니, 아니. 조금 전의 이야기를 듣기론 고용하지 않았을 것이다. 협력자가 없어서 손이 부족하다고 말했으니까… 그렇다면 어린이집인가? 과연, 학대를 반쯤 인정해 버린 듯한 이에스미 준교수가, 엄청 고생스럽다는 그 수순을 밟아서 어린이집에 자기 아이를 맡긴 것일까?

"그거야. 구체적으로 내가 부탁하고 싶었던 건. 하나를 들으면 열을 안다는 건 이런 걸 두고 하는 소리구나. 내가 지금 전문가와 상담을 하고 있다는 실감이 느껴져. 아라라기 군을 소개해 준 오이쿠라 양의 눈에 문제는 없었어."

그 녀석의 눈에 깃든 광기는 분명 문제라고 애송이인 신분으로나마 알려 주고 싶었지만, 사기꾼에 필적하는 불길한 예감에 나는 입을 다물지 않을 수 없었다.

"요즘 나는 시험 채점으로 바쁘거든. 실은 나, 최근 사흘 정도 집에 돌아가지 않았어."

"사, 사흘 정도."

"그러니까 집에서 우리에 갇혀 있는 그 애가 지금 어떻게 되어 있는지, 전혀 짐작이 가지 않아…. 열쇠를 맡길 테니까 아라라기 군, 가서 상황을 보고 와 줄 수 없을까?"

구체적이라기보다.

그것은 영문을 알 수 없는 부탁이었다.

004

"흐응. 그렇구나~ 즉 귀신 같은 오빠, 줄여서 귀신 오빠는 낙제한 1학기 수업의 학점을 받는 조건으로, 여름방학 동안 준교수의 베이비시터를 하기로 한 거구나."

"그런 느슨한 기획이 아니었다는 것 정도는 전해졌을 거 아냐."

장난쳐도 괜찮은 기획도 아니다.

기획조차 아니다.

그렇다기보다, 어째서 오노노키가 나의 자가용인 폭스바겐 뉴비틀, 그 뒷좌석에서 우아하게 뒹굴고 있는 것인가가 지금 최고의 수수께끼였다. 마나세 대학 부근의 월정액 주차장에서 이에스미 준교수가 알려 준 맨션으로 잽싸게 달려가는 도중에 갑자기 "속도위반은 안 돼, 귀신 오빠."라고 당연하다는 듯이 말을 걸어왔는데.

그리고 어째서 평소의 드레이프 스커트가 아니라, 신체의 라인이 드러나는 맥시 기장의 원피스라는 시건방진 의상을 걸치고 있는 거지… 나의 자동차에 드레스 코드는 없거든?

"귀신 오빠의 여동생이 억지로 갈아입혔다고. 그 녀석, 나를 옷 갈아입히기 인형 같은 걸로 생각하고 있어. 그 눈치로 봐서는 다음번에 뭘 입게 될지 알 수 없어서, 지난밤에는 긴급피난 느낌으로 허둥지둥 이 자동차로 도망 와서 하룻밤을 보냈던 거야."

"내 자동차를 패닉 룸으로 사용하지 마."

"부모님에게 사 달라고 한 자동차잖아. 어리광이나 부리고 말이지."

늘 그렇듯이 무표정의 교과서 읽기 톤으로 그렇게 말하고는 뒹굴 하고 몸을 돌리는 오노노키. 운전석에 등을 돌린 자세이지만, 그러나 룸미러로 확인하기로는 견갑골이 또렷하게 보일 정도로 등이 아주 훤히 드러난 원피스다.

나의 (쪼그만 쪽) 여동생은 동녀 인형에게 뭘 입히는 거지. 오노노키의 노출도를 올리지 마.

엿보이는 피부는 시체의 피부라고?

어쨌든 오노노키는 내가 집에서 대학으로 출발했을 시점에 이미 뒷좌석에 뒹굴고 있었던 모양이다. 인형이므로, 그것도 시체 인형이므로 기척을 없애는 것에 관해서는 일류다.

그 뒤로 하루 종일 자동차 안에서 시간을 보내고 있었던 것이다… 계절도 계절이니, 살아 있는 인간이었다면 열사병이 생겼을 상황이다. 마음만 먹으면 그 필살기를 이용해서 자력으로 돌아갈 수도 있었겠지만, 오노노키는 계속 뒹굴뒹굴하는 걸 선택한 모양이었다.

가끔은 그런 날도 있겠지.

말을 보태자면, 친오빠인 나도 츠키히와 같은 방에서 계속 지내게 된다면 분명 오래지 않아 그런 기분이 들 것이다.

그러나 반대로 말하면, 오노노키도 아라라기 가의 식객생활을 하게 된 지 상당한 시일이 지나 자동차로 가출하는 정도로까지 익숙해진 건가… 감회에 젖어 있을 만한 상황도 아니지만, 조금 감개 깊다.

"어리광을 부리고 있다고… 뭐, 어리광을 받아 주시고 있는지 어떤지는 둘째 치고, 복 받은 상황이기는 하지, 나는."

"그렇지. 조금 몇 번인가 죽고, 지옥에 떨어진 정도의 인생인 걸."

움직이는 자동차 안에서 베스트 포지션을 찾고 있는 것인지, 꿈실꿈실하며 몸을 계속 뒤척이는 오노노키. 신규 패션도 어우러져서 육지에 밀려 올라온 물고기 같다.

시체인데도 생기가 넘친다.

"적어도, 나는 학대받아 오지는 않았어."

"그렇지~ 아이를 사랑하지 않는 부모 따윈 없으니깐~"

어쨌든 교과서를 읽는 듯한 무뚝뚝한 어조에 무표정이라 이에스미 준교수 이상으로 진의를 알 수 없는 오노노키이지만, 아무리 그래도 그 말을 진심으로 하고 있지는 않을 것이다.

올바르게 말하자면 '아이를 사랑할 수 없는 부모도 있다'라는 것이다. 그 시점에서 이미 올바르지 않지만, 무뚝뚝한 어조로 말하든 어떻게 하든 '아이를 사랑하지 않는 부모 따윈 없다'라는 말은 너무나 자상하지 않다.

사랑받지 못하는 아이에게도, 사랑할 수 없는 부모에게도.

"뭐, 귀신 오빠가 과거에 센조가하라 히타기로부터 받고 있던 독설이나 폭력들은 데이트 폭력이라고 말해도 좋은 것이라고 생각하지만… 그것도, 어쩌면 그 이름뿐인 히로인이 과거에 '어머니'에게 받았던 악영향의 잔재일지도 모른다고 생각하면, 웃음이 나오네."

"웃음이 나오냐."

평생 무표정으로 있어라.

봤다고, 『속·끝 이야기』의 애니메이션판… 너, 가슴속에서는 그렇게 짜증 나는 얼굴로 나에게 말을 걸고 있었던 거냐고.

"귀신 오빠는 개그로 처리하고 있지만, 칸바루 스루가의 어질러진 방 같은 건 마음의 어둠이잖아. 그야 오시노 오기와 엮이게 될 만하지. 가엔 토오에는 외동딸을 대체 어떤 식으로 기르고 있었던 걸까."

"학대하고 있었다고는 생각하지 않지만, 거울 세계에서 만났던 것으로는 별로 육아에 능숙할 것 같은 사람은 아니었지…."

"학대의 정의가 무엇인가에도 달렸겠지만."

"정의론正義論이냐. 듣고 싶지도 않네."

"나데 공의 부모는, 만약 '당신들이 하고 있는 행동은 학대다'라고 나무라면 정말 뜻밖이라고 생각하겠지. 자기들은 사랑하는 딸에게 전력을 다해 애정을 쏟고 있었을 뿐이라고, 큰 소리로 주장하겠지. 지금 와서야 간신히, 고등학교에 진학하지 않을 거라면 일을 하라고 집 안에 틀어박힌 딸의 엉덩이를 걷어차고 있지만, 그것도 학대라고 말하면 학대잖아? 열다섯 살 난 여자애를 쫓아내려고 하고 있으니까."

으음….

그렇다기보다 센고쿠네 집, 지금 그런 상황이구나…. 오이쿠라와의 '평소의 그것'과는 전혀 다른 종류의 절연을 해 버린 여동생의 친구가 몹시 걱정된다. 나에게는 더 이상 걱정할 자격이 없다고 해도.

"걱정하는 것에 자격 따윈 필요 없겠지. 자, 지금부터 나데 공의 집으로 가자."

"엉망으로 만들려고 하지 마, 인간관계를. 나데 공이라고 부르지도 마."

"귀신 오빠야말로 나와 나데 공의 관계에 참견하지 마. 죽고 싶어?"

"죽고 싶지 않아. 어째서 그렇게까지… 지금부터 가는 곳은 이에스미 준교수의 집이야. 맨션의 333호. 이야기는 제대로 듣고 있었어?"

그렇다고 해도, 이런 식으로 불평을 하고 있지만 이야기 상대가 생긴 것은 고마운 일이다… 그렇지 않았다면 공황상태에 빠져, 그야말로 속도위반을 한 나머지 교통사고…를 일으키지는 않는다고 해도 경찰에게 붙들려 결과적으로 도착이 더 늦어졌을지도 모른다.

"혈연이 아닌 동녀를 뒷좌석에 태우고 있는 것만으로도 충분히 경찰에게 붙들릴 조건이지만 말이야…. 창문을 열고 '살려 주세요~!'라고 외쳐 볼까."

"이 상황에 와서 소악마 캐릭터냐. 캐릭터를 바꾸지 마."

"캐릭터가 오락가락하는 것이 나의 캐릭터야. 잊어버렸어? 하지만 자진 출두해서 경찰 아저씨에게 사정을 이야기한다는 것은 가능하지 않을까?"

"어, 어째서야. 나에게 켕기는 것은, 하나도 없어. 그 견갑골을 날개처럼 뜯어내고 싶다는 정도, 설령 머릿속으로 생각했다 해도 그것은 생각의 자유잖아."

"텔레비전에 내보낼 수 없는 타입의 엽기 살인귀의 발상이잖아. '날개'처럼 뜯어내고 싶다니, 은근슬쩍 고양이 언니에 대한 어두운 정념도 혼재되어 있고. 그게 아니라 같은 날개라도 날개옷, 하고로모羽衣 쪽. 귀신 오빠의 안건이 아니라, 준교수 안건."

"나에게 안건 같은 건 없는데. 응? 뭐라고?"

"자택에 딸을 감금하고서 사흘 동안 귀가하지 않았다는 시점에서 이미 충분히 신고할 레벨의 사건이잖아. 왜 시키는 대로 조용히 차를 몰고 상태를 보러 가기로 한 거야. 지난번의 트랜지스터 슬렌더 사건 때도 야단쳤지만, 귀신 오빠, 이제 그만 경찰에 맡기는 법을 익히라고. 마음은 알겠지만 경찰은 귀신 오빠의 적이 아니라니까?"

"무슨 마음에 이해를 보여 주는 거냐고. 경찰을 적대시한 적은 없어. 정말로 범죄자 취급하지 마. 아니, 그 이외의 부분에 대해서는 오노노키, 하시는 말씀은 지당하고 나도 실제로 그렇게 하기 직전까지 가기는 했어."

"정말로? 나에게 죽고 싶지 않아서 하는 거짓말 아냐?"

"거짓말 아냐…. 왜 그렇게 무슨 일이 있을 때마다 나를 죽이고 싶어 하는 거냐고, 너는."

"직전까지는 갔는데도 신고하지 않은 이유를 말해. 그러지 않으면 아끼는 차를 폐차하게 될 거야. 귀신 오빠와 함께."

뒷좌석에 드러누운 채로 일어나려고도 하지 않고, 무서운 소리를 하네…. 스크랩이 되게 놔둘 수 있겠냐고. 뭐, 하지만 이것이야말로 딱 좋은 의논 상대인가.

전문가이니 말이야. 아동학대의 전문가는 아니고….

"이에스미 준교수가 대화의 흐름 속에서 신경 쓰이는 말을 했었거든. 그게 아니었다면 나도 이미 신고했어. 나잇값도 못 하고, 손윗사람에 대해 예의도 차리지 못하고, 매도를 뒤집어씌운 뒤에 말이야. 현대에는 휴대전화라고 하는 편리한 아이템이 있으니까."

"그 편리하다는 건, 나보다 편리하다는 의미?"

"아무리 100년 동안 사용된 시체의 츠쿠모가미라고 해도, 휴대전화를 상대로 도구로서의 라이벌 의식을 드러내지 마."

"어느 쪽이 쓸모 있는 도구인가, 확실히 한 뒤에 이야기를 진행해 줘. 시체 인형? 휴대전화? 어느 쪽이야?"

"어떻게 이런 이지선다二枝選多가 다 있지… 시체 인형이야."

"좋아. 오늘은 봐주도록 할게. 운이 좋았네, 죽지 않을 수 있어서. 그래서 신경 쓰인다는 건?"

"이상한 점, 일까. 자세히 물어보니, 듣기론 이에스미 준교수는 처음부터 자기 딸을 귀엽게 생각할 수 없었던 건 아니었다는 모양이야. 오히려 세상에서 가장 예쁘다, 보물 같은 딸을 얻었다고 생각하고 있었을 정도로… 다만, **어느 날 돌연히**, 갑자기 예쁘게 생각할 수 없게 되었대."

자기 아이라고.

생각할 수 없게 되었다고.

"마치 다른 아이와 바뀐 것 같다, 라고 이에스미 준교수는 말했어. 저기, 오노노키. 오노노키 요츠기. 이거, 어딘가에서 들어본 이야기 같다는 생각 안 들어? 어딘가에서 들었던 괴이담 같다고."

어딘가에서.

가까운 어딘가에서.

"…그 아이의."

오노노키는 잠시 침묵한 뒤에, "그 아이의 이름은 뭐라고 해?"라고 물었다.

아무래도 전문가의 안테나가 적지 않게 반응하는 뭔가가 있는 모양이라고 생각하면서, 나는.

"이에스미 이이에*家住唯々恵."

그렇게.

준교수가 알려 주었던 이름을 발음했다. '받아들일 수 없는 현실에는 싫다고 대답할 수 있는 아이로 자라기를 바란다'라는 마음을 담은, 적어도 이것은 사람의 이름이다.

※이이에 : 본문의 한자가 가진 뜻과는 별개로 그 발음만으로 볼 때 '이이에'는 일본어에서 '아니요'의 의미를 가진다.

005

어딘가에서 들은 적 있는 괴이담.

어딘가고 뭐고, 그것은 아라라기 가에서 들었던 적 있는 괴이 담이다. 물론 세부적으로는 다르고, 좀 더 말하자면 전혀 다르 다. 공통점을 찾는 쪽이 어려울 정도다. 하지만 그래도 어렴풋 하게나마 닮은 것이다.

나의 여동생. 오노노키 요츠기의 현재 소유자.

아라라기 츠키히의 케이스와 흡사하다.

"아~ 아~ 아~ 있었지, 그런 초기설정도. 지금 기억났어. 아 라라기 츠키히. 까맣게 잊고 있었어."

"얼버무리지 마. 네가 막내 여동생의 상반신을 산산조각 냈던 것을, 나는 잊은 것도 용서한 것도 아니거든?"

초기설정이 아니라, 지금도 살아 있는 설정이다.

원래부터 오노노키는 그 괴이담에 얽혀서 주인님인 카게누이 요즈루와 함께 우리 마을을 찾아온 것이다. 그런 만남을 생각하 면, 이렇게 함께 드라이브하고 있는 현재는 믿기지 않는다는 수 준을 넘어 이미 기적이다.

운명적인 화해가 있었던 것도 아니고, 단순히 관계가 질질 이 어지면서 점진적인 협력 태세가 구축되어 갔을 뿐이라, 지금도 오노노키는 틈만 나면 나를 죽이려 들지만… 식객이라고 말해도, 실제로는 나와 시노부의 감시 역이고 말이지.

뭐, 생각해 보면 시노부와의 화해도 그런 느낌이었던가··· 라면서 나는 지금은 비어 있는, 조수석의 차일드 시트를 곁눈질한다.

어쨌든, 아라라기 츠키히다.

그녀의 정체는 불사조다. 태내의 생명에 깃든 두견새다. 위화감 없이 인간사회에 녹아든 불사신의 괴이···. 그렇기에 카게누이 요즈루와 오노노키 요츠기의 눈에 띄었다.

퇴치해야 할 악으로서.

나의 쪼그만 쪽 여동생은, 거대한 악이었다.

"츠키히의 경우에는 가정 내에 완전히 녹아들었다고 할까··· 태아와 동화하는 타입의 두견새였으니까 나도 14년간 아무런 의문도 품지 않고 접해 왔는데, **그렇지 않은 괴이**도 있겠지?"

"시데노도리는 동화한다기보다는 가로챈다고 말하는 편이 정확하지만 말이야··· 뭐, 그 부분을 어떻게 해석하는가는 귀신 오빠에게 맡기겠어. 원하는 대로 생각하시길."

오노노키로서도 당시의 싸움을 여기서 다시 거론할 생각은 없는지, 뒹굴뒹굴하는 채로 어깨를 으쓱해 보였다. 정확히 나(룸미러)에게 등을 돌리고 있는 타이밍이어서, 견갑골의 움직임이 도발적이었다.

"견갑골을 훤히 드러낸 동녀라니, 정말이지 어찌된 영문인지 모르겠다고."

"시끄러워."

교과서 읽기 톤으로 난폭하게 딴죽을 걸었다.

"하지만 민감하네."

"견갑골이?"

"견갑골 이야기는 귀신 오빠밖에 하지 않았어."

"미안, 미안. 경골… 이 아니라 경솔했어. 그런 나의 뭐가 민감한데?"

"준교수가 흘린 단 한마디에서 '바뀐 아이'의 가능성에 생각이 미친 부분이 민감하다고 칭찬하고 있는 거야. 죽이지 않아도 괜찮겠다는 기분이 들기 시작했어. 목숨을 건졌네."

"……."

츠쿠모가미라고 생각하고 있었는데, 나는 사신에게 홀린 건가?

그리고 '바뀐 아이'라니.

좀 더 멋진 정식 명칭, 있을 거 아냐.

"뭐, 그만큼 귀신 오빠에게는 아라라기 츠키히의 문제가 신경쓰이고 있었다는 이야기일까. 작년 여름방학, 나중으로 미뤄 둔 문제를… 잊지도 용서하지도 않았던 걸까."

"그런 것은… 아니지만."

그런 걸까?

마치 하네카와 츠바사의 가정문제로부터 도망쳤던 과거를 벌충하려는 듯이 내가 베니쿠자쿠짱 사건에 몰두했던 게 아직 기억에 생생하지만, 이번에는 츠키히의 벌충을 이이에짱으로 하려고 하는 건가? 그래서 경찰에게 연락하지 않고, 이렇게 한눈도

팔지 않고 독자적으로 차를 몰고 달려가는 것이….

"아니, 그렇다면 옳은 판단이라고 생각해. 진지한 얘기로. 귀신 오빠 스타일로 말하면, 대퇴골 정도로 진지한 얘기야."

"대퇴골 이야기는 아직 하지 않았어. 그건 아껴 두고 있다고."

"아껴 두고 있는 진지한 이야기야. 그거야말로 억지로, 학점을 주는 존경해 마땅한 준교수를 감싸기 위한 정상화 편향이 아닐까 하고 생각하는 사람도 100억 명 정도는 있겠지만."

"그 계산이라면 화성인도 포함되어 있겠네. 학점을 위해서 그렇게까지 할 정도로 내가 성실한 녀석으로 보이는 거야?"

"어쨌든 귀신 오빠도 키스샷 아세로라오리온 하트언더블레이드의 옛 권속이야. 철혈이자 열혈이자 냉혈의 흡혈귀까지는 가지 않았다고 해도, 저혈이자 온혈이자 지열의 흡혈귀 정도의 감은, 갖추고 있을 거라 생각해."

"저혈이자 온혈이자 지열의 흡혈귀라니. 마지막에는 아예 혈이 아니라 열이라고 하고 있잖아."

"괴이의 왕이 아닌 괴이의 노예였던 적이 있는 귀신 오빠가 마음에 걸린다면, 제대로 조사해야만 해."

학대하는 부모라는 누명을 은사가 뒤집어쓰게 해서는 안 될 테니까, 라고 오노노키는 정리했다.

은사라고 할 정도로 신세를 지고 있는 건 아니지만…. 제대로 대화를 나눈 것은 오늘이 처음이고, 물론 이 미션을 막힘없이 달성했다고 해서 그것으로 학점을 받을 수 있는 것도 아닐 것이다.

"일이 순리대로 진행되면, 귀신 오빠는 방문한 은사의 맨션에서 바짝 마른 어린아이 시체의 제1발견자가 될 뿐이겠지만. 뭐, 그것도 인생 경험이겠지."

"지옥에 떨어졌을 때보다 트라우마가 될 거야."

"시체 인형을 안고 시체를 발견하러 가는 전개인가. 가슴이 뛰네. 드디어 귀신 오빠가 3세 여자아이에게까지 그 마수를 뻗기 시작하려고 한다면, 따스하게 지켜봐 줄 생각이었지만."

"즉시 죽여. 그때가 바로 그때라고."

"그런 거라면 힘이 되어 주겠어. 이왕 시작한 일이야, 나도 동행할게."

투덜거리는 것치고는 은근히 협력적이네… 그 부분이 이른바 도구로서의 긍지란 것일까.

오노노키와 너무 적당적당 지내다가 친해지면, 또다시 오기에게 이러쿵저러쿵 빈정거리는 소리를 듣게 될 것 같기도 하지만, 반대로 말하면, 그렇다면 대체 나는 무엇으로 오노노키와 '정식으로' 화해하면 되느냐는 이야기이기도 하다…. 피해자는 가해자를, 평생 원망해야만 한다는 법도 없을 것이다.

학대받은 아이가, 영원히, 학대한 부모에게 속박되어야만 하는 숙명을 짊어질 필요가 없는 것처럼….

끊임없이 누군가를 원망한다는 것도 에너지를 소모하는 일이다.

"옛날에는 있었던 모양이지만 말이야, 그런 법도. 전에 언니가 알려 줬어. 원수 갚기에 관한 법령인데… 뭐였더라? 부모가 살해당한 아이는, 그 원수를 죽일 때까지 고향으로 돌아와서는 안 된다든가 하는 그런 거."

"말도 안 되는 법률이네…. 카게누이 씨는 좋아할 것 같지만. 하지만 당시에는 그것이 당연하다고 생각되었던 건가. 그렇다면 지금 우리가 당연하다고 생각하는 법률도, 미래에서 보면 말도 안 되는 불합리한 룰일지도 모르겠네."

"글쎄. 당시에도 생각이 있는 사람은 엉망진창에 불합리한 룰이라고 생각하지 않았을까? 그러니까 조금씩이라도 정정되어 가는 거겠지. 체제는 우연히 지금의 체제가 된 게 아니야…. 압박받고 있던 사람들의 부단한 노력으로 뒤집혀 온 거야."

가족제도도 그렇다고 말하는 오노노키.

그 부분에는 일가언—家言이 있는 듯하다.

뭐, 자세히 물은 적은 없고 물어보면 기분이 언짢아질 것이 불을 보듯 뻔하지만, 오노노키는 100년간 '도구'로 사용된 경력을 지닌 시체 인형이니까.

"그건 그렇고, 확실히 만약 '바뀐 아이' 현상이 일어났기에 준교수가 자기 아이를 귀엽다고 생각할 수 없게 되었다고 가정한다면, 설령 학대하고 있었다고 해도 죄가 줄어들 수는 있겠지. 완전히 누명을 쓴 거라고 말할 순 없더라도. 자기 아이가 아니니까 부양의무는 없어."

"그렇다고 해서 학대해도 괜찮은 것도 아니지만."

학대해 버릴 것 같다, 라고 말을 흐리고 있었지만, 우리 속에 가두고 사흘간 방치하고 있다는 것은 명백히 미수가 아니다…

이미 저질러 버렸다.

미수는 고사하고 미필적 고의로 살해를 꾀하고 있다고 판단되어도 이상하지 않은 레벨이다.

하지만 그 이유가 괴이 현상이라면.

"괴이에 의한 행방불명, '카미카쿠시'의 베리에이션이었던가? 어린아이가 행방불명되고 한동안 찾아다니다 보면, 완전히 다른 사람이 되어서 돌아온다든가 하는 그런 얘기···."

"'바뀐 아이'에는 다양한 패턴이 있으니 일률적으로 말할 수는 없지만, 그 왜, 어린아이는 일곱 살까지는 신의 것*이라는 말도 있으니까. 신의 형편에 따라 바꾸고 바뀌는 것도 어쩔 수 없어. 다만 고풍스러운 괴담을 끌어내지 않더라도, 이웃집 아이를 키우는 어머니 같은 건 자연계에서는 흔히 있는 일이야."

츠키히에 대해 말하는 것은 아닌 모양이다. 츠키히의 경우는 괴담이니까.

현실의 두견새나 뻐꾸기의 탁란은 알기 쉬운 대표 사례로 치고··· 반대로 곤충계에서는 사무라이 개미*처럼, 다른 개미의 둥지에서 개미를 납치해 와서 자기들 곁에서 노예로 키우는 생태도 있다.

"인간계에서도 있잖아. 흔하게."

과격한 소리를 하는 오노노키.

※어린아이는 일곱 살까지는 신의 것 : 七つ前は神の内. 일곱 살 미만의 아이는 신에 속한 존재이므로 잘못이나 예의에 어긋나는 행동도 책임을 묻지 않는다는 의미를 지닌 속담.
※사무라이 개미 : Polyergus samurai. 주로 곰개미의 집을 습격해서 약탈한 곰개미 고치에서 나온 일개미를 노예로 부린다.

동녀처럼 보이는 모습으로 그런 말을 던지면 가슴이 덜컹한다. 핸들 조작을 실수하면 어쩔 거냐고.

"발칙한 망상 하지 말라고, 귀신 오빠. 나는 위탁가정제도를 말한 거야."

"말하지 않았잖아. 그렇게 도망치는 건 비겁하다고."

"하지만 민감하다는 이야기가 나와서 말인데, 그 '바뀐 아이'를 곧바로 깨달았다고 한다면 준교수의 감도 상당히 대단하네. 귀신 오빠네처럼 깨닫지 못하고 요괴를 키워 버리는 케이스도 많은데…."

"할 말이 없네."

아라라기 가의 경우, 다른 가정의 아이를 집으로 불러들이는 것에 저항이 없는 부모였다는 점도 있을지 모른다…. 오이쿠라 소다치도 그중 한 명이었다.

흐음.

나의 부모님은, 그렇게 생각하면 박애주의란 느낌이지만 (그것이 유소년기의 내 입장에서는 불만이었을지도 모른다) 이에스미 준교수가 자기 아이가 바뀐 것을 깨달았다고 한다면, 그것은….

"어머니의 사랑이라는 것일까. 솔직히, 나로서는 잘 알 수 없는 말이지만."

"엄마한테 떼를 써서 자동차를 사 달라고 해 놓고 잘도 그런 소릴 하네. 아니면 떼를 쓴 건 아빠 쪽이었어?"

"양쪽 모두야. 잘만 되면 두 대를 얻을 수 있겠다는 책략이었지."

"귀신 오빠가 바뀌는 편이 낫겠네. 하다못해 뇌만이라도. 세 컨드 카를 원하지 마. …그러고 보니, 대항하는 것은 아니지만 나도 준교수의 이야기 중에 신경 쓰이는 점이 있어."

"응?"

"남편. 사정이야 어쨌든, 별거 중이잖아? 아마도 그리 원만하 지 않은 형태로."

응.

제대로 확인한 것은 아니지만 그럴 거라고 생각한다. 이이에 짱을 귀엽게 생각할 수 없게 된 것이 별거하게 된 이유라고 한 다면….

"그 부분이야. 남편인 '아버지' 쪽은 어떻게 생각하고 있었을 까? 마찬가지로 귀엽게 생각할 수 없게… 자기 아이라고 생각할 수 없게 된 걸까? 즉, 그 준교수는 어째서 귀엽게 생각할 수 없 는 자기 아이를 남편에게 떠넘기려고 하지 않고 자기가 키우고 있었는가 하는 의문이야."

날카로운 의문이다.

남편 쪽의 견해에 대해서는 그 자리에서 떠올리고 물어봐 뒀 어야 했나…. 역시 나에게는 아직 눈앞의 일밖에 보이지 않는 다. 제삼자의 의견이란 것도 조금 더 감안하지 않으면, 제삼자 위원회에 들어갈 수 없을 것이다….

떠넘긴다는 표현은 좋지 않지만, 자신이 감정적으로도 능력에 있어서도 어린아이를 키울 수 없다고 판단했다면 별거하는 상대

방에게 맡긴다는 방법은 있었을 것이다. 실제로 부부 사이에서 의논이 없었던 것은 아니겠지만… 아이는 부부 사이의 꺾쇠.

"사회적인 체면이란 것도 있었을까. 일본의 이혼 조정에서는 어머니가 아이 양육을 맡는 경우가 많잖아?"

센조가하라 가처럼 어머니의 행실에 명백하면서도 칠흑 같은 문제가 있었을 경우에는 물론 이야기가 다르지만… '아이는 어머니와 함께 살아야 한다'라는 사고방식은 아직 뿌리 깊다.

"그러네. 그것은 아버지에게도 어머니에게도 좋은 일이 아니겠지. 대책으로서는, 일본의 어머니날과 아버지날을 같은 날로 하는 것부터 시작해 보는 게 어떨까."

"시시한 아이디어를 내지 말라고 일도양단할 뻔했는데, 하지만 의외로 그런 부분부터일지도 모르겠네."

"수유하는 능력을 가진 것은 어머니니까 아기가 어머니를 잘 따르는 것은 본능적으로 당연하며, 그러므로 아이는 어머니가 키워야 한다, 라는 지론을 전개하는 코멘테이터도 있어."

"그 지론을 계속 전개하다가는 본능적으로 다양한 자손을 남기기 위한 불륜을 긍정하게 되어 버리지 않을까…?"

그리고 젖떼기에 대해서는 어떤 고려를 하고 있는 걸까… 유아기만의 이야기겠지, 그거?

"내가 그랬던 것처럼, 어머니의 가슴 같은 건 역시나 열 살을 지날 무렵에는 흥미를 잃겠지."

"너무 자연스럽다는 듯 말하고 있다고, 귀신 오빠."

"그 무렵이 되기 시작하니, 슬슬 두 명의 여동생이 성장기에 접어들었고."

"시데노도리도 참 말도 안 되는 가정에 전생해 버렸구나."

상황에 따라서는… 즉, 전부 나의 넘겨짚기였고 괴이 따윈 아무런 관계도 없었을 경우, 이에스미 준교수의 남편에게 연락을 취해서 이이에짱을 보호해 달라고 하는 편이 낫다.

가령 내가 이번에 역할을 다했다고 해도, 결국 그런 것은 임시방편에 지나지 않으니까. 분수에 맞지 않았던 나오에츠 고등학교에서 배웠던 것이 있다고 한다면, 그것은 '임시방편에는 한도가 있다'라는 것이다.

그리고, 거기서 나는 브레이크를 밟았다.

들었던 주소대로.

"도착했어, 나이스 버디. 여기가 이에스미 준교수의 맨션이야."

"흠. 얼마 전에 리모델링을 마친 모양이네, 일단은 지옥처럼 보이지는 않아. …나이스 버디라는 건, 좋은 몸이라는 뜻이야? 좋은 파트너란 뜻이야?"

그렇게 말하며, 오노노키는 드디어 도착할 때까지 드러누워 있던 뒷좌석에서 에어트랙을 하는 듯한 움직임으로 일어났다. 발목까지 착 달라붙는 맥시 기장의 원피스로 갈아입었어도 시체 인형 최대의 장점인 기동력은 전혀 쇠하지 않은 듯하다.

"가자, 귀신 오빠. 나의 견갑골을 따라와."

"동행해 주는 건 고맙지만 주도권까지 쥐려고 하지 마, 나이스 버디."

부탁받았기 때문만은 아니다.

주도권도 견갑골도, 내가 이 손으로 쥐겠다.

006

그러고 보니 베니쿠자쿠짱을 구출하기 위해 이리저리 쫄래쫄래 한창 돌아다닐 때도 나는 오노노키와 함께 남의 집에 침입을 시도했던 적이 있었다. 그때는 시노부도 동행해 주었지만, 이번에는 아직 해가 높이 떠 있고 또한 낮도 긴 탓에, 태양을 꺼리는 흡혈귀 유녀는 '한 번 휴식'이다.

그리고 지난번에 나는 현관으로 오노노키는 베란다라는 방식으로 나뉘어 협공작전을 펼쳤는데, 이번에는 집 주인에게 제대로 열쇠를 받았으므로 그 부분에서 세세한 책략을 짤 필요는 없다.

필요는 없고, 시간도 없다.

당당히 가자.

평범하게 최단거리로 정면 돌파다. 오토 록을 해제하고, 엘리베이터에 타고, 이에스미 준교수가 거주하는 3층의 333호까지.

"…생각해 보면, 귀신 오빠 같은 위험인물을 자신의 어린 자식과 만나게 한다는 것만으로도 이미 충분히 학대의 요건을 채우고 있네."

"나는 그 정도로 위험한 인물이 아니야. 보시게, 이 온화한 미소를."

다만, 가령 내가 아니더라도 비어 있는 자기 집에 별다른 접점도 없던 학생을 보낸다는 판단은 그리 정상적인 정신 상태로 내릴 수 있는 것은 아닐 것이다….

이대로는 학대를 해 버릴지도 모른다는, 어쩌면 이미 학대하고 있을지도 모른다는 심리적 스트레스는 인텔리전스하게 보인 그 준교수의 내면에서 분명 폭풍우처럼 휘몰아치고 있는 것이다. 동정의 여지는 둘째 치고, 고찰의 여지는 있다.

나는 인터폰을 누르지 않고 준교수에게 받은 열쇠를 열쇠구멍에 밀어 넣고(원 도어 투 록), 문을 열었다. 안에 도어체인이 걸려 있어서 10센티미터 정도만 열리는 일은 없었다.

우리 안에 있다는 세 살 난 딸이 도어체인으로 문단속을 할 것이란 생각은 들지 않았지만, 사소한 계기라는 것이 있다…. 나의 인생은 지금까지 그런 일들뿐이었으니까.

사소한 계기로 인해 살거나 죽거나 해 왔다.

최악의 경우 오노노키의 '예외 쪽이 많은 규칙', 언리미티드 룰 북을 발동시키면 이 세상에 열리지 않는 문 따윈 없겠지만, 되도록이면 파괴공작은 하고 싶지 않다. 그러므로 장애 없이 문이 열린 것만으로도 나는 안도했고, 그리고 다른 사람의 집에 한 걸음 발을 들인 것만으로도 더욱 안도했다.

웬일로 직감이 맞았다고 생각했던 것이다.

맞는 것이라면 안 좋은 예감뿐이라 직감이 맞는 일은 지금까지 한 번도 없었던 나지만, 오노노키의 과대평가가 적중했던 걸까… 아니, 만약 '바뀐 아이' 현상 같은 게 일어났다면 그것은 단

연코 안 좋은 예감 쪽으로 세어야 하는 '당첨'일지도 모르지만.

어쨌든 **그랬던 것이다**, 라고. 뭐, 부정 출발처럼 시작 전부터 확신하고 있었다… 라고 말하는 것은 요컨대 기묘한 냄새가 나지 않았기 때문이다.

물론 다른 사람의 집이다. 사흘간 환기가 되지 않았다는 점도 있어서, 독특한 냄새는 있다. 하지만 그것은 이상한 냄새라고 할 정도는 아니었고, 하물며 실내 전체가 견딜 수 없는 악취를 발하고 있다는 인상은 없다.

이것은 아주 중요한 일이다.

언제였던가, 오기에게 아주 엄하게 지적받았던 일이다…. 인간이라는 생물은, 생물이기에 죽으면 냄새가 난다. 만약 당연히… 연약하고 보호받아야 할 존재인 세 살 난 아이가 사흘 동안이나 방치되어 있었다면, 이런 '남의 집' 냄새로 끝날 리가 없다.

살아 있든, 죽어 있든.

"한여름의 자동차 안에 방치된 시체 인형 같은 거지. 뭐, 나는 방부처리가 되어 있으니까 무미무취하지만. 내 나름의 데오도란트야."

"데오도란트라니… 그리고 보니 오노노키, 부츠도 다른 걸 신고 있네. 그 후끈후끈해지는 거, 좋아했는데."

집 주인의 허가를 받고 있다고는 해도, 역시 이렇게 실내까지 들어와 버리니 불법침입을 하는 느낌은 씻을 수 없었고, 다른 주민들의 눈에 띄고 싶지도 않았으므로 나는 얼른 문을 닫았다.

도둑이 아니라서 신발은 벗었는데, 오노노키는 맥시 기장의 원피스에 맞춘 샌들이었다.

통기성이 좋아 보여서, 후끈후끈할 것 같지 않다. 아쉽게도.

"신발 페티시가 되지 마. 귀신 오빠는 신데렐라의 왕자님이야?"

"신데렐라의 왕자님을 신발 페티시라고 말하지 마."

오노노키는 현관의 신발 벗는 곳에서 신발을 벗고는,

"이것도 아라라기 츠키히에게서 받은 지급품이야. 나데 공의 앞머리를 자르거나 하면서, 그 녀석, 다른 사람의 아이덴티티를 아무렇지도 않게 파괴한다니까."

라고 말했다.

"그래 봬도 의외로 다른 사람을 정성껏 챙겨 주는 걸 좋아한다고."

"이해심이 있는 오빠네. 좋네, 좋아."

내가 선도하는 형태로 복도를 나아간다.

나는 양말, 오노노키는 맨발인데 현관 옆에 슬리퍼는… 준비되어 있지 않았다. 손님이 많이 오는 집은 아닌 모양이다.

뭐, 아이를 학대하고 있는 집이 다른 사람을 집에 초대할 정도로 사교적일 리가 없겠지…. 관계성은 그렇게 끊어지고, 가정 내 폭력으로부터 도망칠 길을 잃어 가는 것인지도 모른다.

"학대성이 있었는지 어떤지는 둘째 치고, 가정 내 폭력이라고 하면 귀신 오빠는 어지간한 녀석들에게는 밀리지 않겠지. 두 여동생과 항상 치고받고 있잖아. 기본적으로는 두들겨 맞는 쪽이었다고는 해도, 그것도 분명 요즘의 컴플라이언스에는 저촉되지.”

흡혈귀화한 뒤에는 맞붙어 싸우는 빈도를 줄였다, 라는 말은 핑계가 되지 않으려나. 그것이 보통이며 다른 곳의 남매들도 그렇게 지내고 있으리라 생각하고 있었으니, 견식을 좁히는 밀실 환경이라는 것은 무섭다.

밀실… 3LDK* 정도 되나?

대학의 연구실에서 받은 인상과 마찬가지로 잘 정돈된 청결한 공간으로 느껴진다…. 게다가 복도에 들어선 시점에서 이미 넓었다.

역시 국립대학의 준교수는 괜찮은 급료를 받고 있는 건가… 아니, 그런 게 아니지. 단순히 가족 거주에 적합한 맨션일 것이다. 별거 중인 남편과 맞벌이라면 감당할 수 없는 집세도 아닐 것이다. 여기서 셋이 함께 생활하다가 나간 것은 남편 쪽이란 사정인가?

갓 이사 온 것은 아닐 테고… 뭐, 그런 셜록 홈스 같은 추리 놀이는 나중이다.

이런저런 상상력을 발휘하기보다 먼저 아이가 갇혀 있다는 우리를 찾자… 거실, 식당을 겸한 주방, 방이 세 개. 순서대로 살펴보면 되겠지만, 보통은 세 개의 방 중 어느 한 곳이겠지?

※3LDK : 주택 내부를 설명하는 일본의 부동산 용어. 맨 앞의 숫자는 방의 개수. LDK는 living room과 dining kitchen을 뜻한다. 3LDK는 방 셋에 거실과 식당을 겸한 주방이 있는 구조.

정신이 멀쩡하다면, 공용공간에 세 살 난 아이를 가둔 우리를 장식하고 싶지는 않을 것이다. '보고 싶지 않은 것'으로서 완전히 격리하고 싶다고 생각할 것이다.

현재의 이에스미 준교수의 정신은 과연 멀쩡한 걸까…. 최소한의 이성은 유지하고 있다고 믿을 수밖에 없다.

"…쳇."

기세 좋게 들어오긴 했지만 현관을 열었을 때 긴장이 조금 풀려 버린 것도 있어서, 역시 무섭다는 기분이 드네. 언제까지나 이런 식으로 계속 주뼛주뼛하고 있으면, 수라장을 헤쳐 나온 경험 따윈 아무리 있어도 무의미하다.

다만, 오노노키가 말하는 '바뀐 아이' 현상이 일어났다는 어림짐작 추리가 나의 정상화 편향…은 고사하고, 현실도피형 희망적 관측이 아닐 가능성이 급작스레 높아진 것으로, 긴장이 풀린 반면 이제 와서 새삼스럽지만 위기감이 높아지기 시작한 것도 사실이다.

괴이 현상에 대해 지금 나는 무방비나 마찬가지다. 괴이의 노예였던 경력 따위, 지금은 옛날 이야기다. 만약 우리에 갇혀 있던 '바뀐 아이'가 흉포하기 짝이 없는 요괴, 감당할 수 없는 이매망량이라면 어떡하지?

단순한 우연이라고는 해도, 괴이의 전문가인 오노노키가 동행해 주는 흐름이 된 것은 그런 의미에서도 행운이어서 든든했다…. 뭐, 엄밀히 말하자면 오노노키는 불사신의 괴이를 전문으로 하는 전문가이므로, 요컨대 '바뀐 아이' 그 자체에 대해 자세히 아는 것은 아니겠지만… 정말로 단순한 우연인가?

아니, 오노노키가 모든 것을 알고서 일부러 나의 자동차에 숨어 있던 것이라고는 역시나 생각하지 않는다…. 시체 인형이 뉴비틀을 캠핑카 대용으로 삼고 있던 이유는, 어디까지나 츠키히로부터 도망치기 위해서다.

그렇지만… 그렇다, 츠키히다.

이 페어링에 의한 어드벤처가 단순한 우발적인 사건이 아니라 아라라기 츠키히가 주선한 결과라고 생각하면, 조금 무섭다.

츠키히에게 자각은 없다.

자각은 없지만… 그래도 그 녀석은 내 여동생인 것과 동시에, 불사조인 것이다.

"…될 대로 되라는 건가."

나는 복도를 쭉 걸어서 거실을 지나, 가장 가까운 방문을 열었다. 어느 문이 정답인지 생각하기 시작하면 망설이게 될 것 같아서 (세 개의 문, 몬티 홀 문제) 재빨리 행동을 시작하고 싶었다…. 나는 제비뽑기 운이 좋은 편은 아니어서, 꽝이었다.

그곳은 (아마도) 이에스미 준교수의 침실이었다…. 인텔리 여사님의 베드룸에서 노는 취미는 없었으므로 가볍게 네 귀퉁이를 훑어보고 우리가 없음을 확인한 뒤에 바로 옆방으로 이동했다.

제2의 문.

그곳이 정답이었다… 아마도, 다.

그렇게 생각한 것은, 문이 열리자 안에 세 살 난 아이가 갇혀 있는 우리가 있었기 때문이 아니라… 잠겨 있었기 때문이다.

밀어도 당겨도, 문이 움직이지 않는다.

그 시점에서 불온하기 짝이 없다…. 보통 일반 가정 안에서 잠글 수 있는 공간 따윈 욕실과 화장실 정도잖아? 반항기인 어린아이도 아닌 한 자기 방에 잠금장치를 장착하지는 않는다…. 게다가 이거, 바깥쪽에서만 잠글 수 있는 타입의 자물쇠 아닌가?

우리에 가두기 이전에, 이에스미 준교수는 세 살 난 딸을 방에도 가둬 두고 있는 건가…? '보고 싶지 않은 것'으로서 격리하기 위해? 그건 이미 학대를 넘어서, 마치 자기 아이를 두려워하고 있는 것 같지 않은가.

괴이처럼.

이중밀실… 현관 열쇠도 합하면 삼중밀실인가? 물론, 이 안에 우리가 있을 경우의 이야기지만….

"이 문 열쇠는, 인텔리 선생님에게 받아 두지 않았어? 귀신 오빠."

"유감스럽게도. 깜빡 잊었던 걸까, 아니면 이야기를 꺼낼 수 없었던 걸까."

"아, 그래."

오노노키가 무표정하게 그렇게 끄덕이는가 싶더니, 문을 맨발로 걷어차 날렸다. '언리미티드 룰 북'이라고 할 정도는 아닌, 통상 모드의 킥이다. 여기가 은행 금고실이나 군 시설이 아닌 한 그것으로 충분하다. 제2의 문은 경첩째로 안쪽으로 쓰러졌다.

"과연 '융통성이 발휘되는 전차'."

"그 별명으로 불리는 건, 워털루 이래로 처음이야."

"종군 경험이 있는 거야?"

그리고.

007

그리고 방 안이 어땠는가 하면, 아이 방이었다…. 추측하기에, 그렇다면 가장 구석에 있는 제3의 방은 별거 중인 남편의 방일 것이다.

애정이 넘치는 부모에 의해 팬시하게 장식된 아이 방… 정확히 말하면 그 흔적, 잔해 같은 베이비 룸이었다.

그도 그럴 것이, 세 살 난 아이의 방이라고 한다면 천장에 매달린 모빌은 불필요하지 않을까? 하물며 그 바로 아래에 있는 베이비 베드 따윈… 관찰하기에 대상 연령 만 한 살이란 느낌의 방이다…. 부드러워 보이는 완구, 파스텔 컬러의 벽지, 팬시하게 장식했던 흔적, 애정의 잔해.

차광 커튼은 완전히 닫혀 있다.

그리고 가장 중요한 우리는?

있었다.

없으면 좋았을 텐데, 떡하니 있었다.

그 점에 관해 화려한 반전은 없었다. 베이비 베드 바로 옆에, 아마도 애견용의 그것으로 보이는 너무나도 튼튼해 보이는 케이지가 설치되어 있었다.

조립하는 것이 고생스러울 듯한 커다란 우리… 이 정도 크기면 조립하는 데 전용 공구가 필요하지 않나? 우리 그 자체도 무섭지만 그곳에 소비된 노력도 무섭다…. 이 정도까지 하나? 그런 기분이 든다. 일부러 이 정도 수준의 우리를 설치했다고 생각하게 되어 버린다. 문에 달려 있던 자물쇠도 그랬지만… 공들여 만든 사형장치라도 보고 있는 느낌이다.

뭐… 이렇게 할 정도까지 이에스미 준교수의 정신이 구석에 몰려 있었다고 해석하는 것이, 가장 호의적인 해석이 되겠지.

그것 또한 일개 학생인 나에게 이런 상담을 해 온 시점에서 알고 있었던 일이긴 하다. 그러므로 본격 미스터리 같은 반전은 없었다.

우리에 관해서는.

반전이 있었던 것은 우리의 내용물이었다. 이에스미 준교수의 설명에 의하면 그 우리에는 그녀의 세 살 난 딸인 이에스미 이이에가 사흘 동안 감금되어 있었어야 했다.

내 추리에 의하면 그 여자아이는 이이에가 아니라 '바뀐 아이', 인간이 아닌 괴이여야 했다. 그렇지만.

삼중밀실의 최심부, 엄중하게 갇혀 있던 것은 그 어느 쪽도 아니었다.

"…인형?"

나는 중얼거렸다. 본 것을, 본 그대로.

우리 안에는 인형… 같은, 일단은 인형처럼 보이는 물건이,

널브러져 있었다.

"인형이네. 돌 Doll이야."

그렇게 오노노키도 동의했다.

그 시체 인형인 오노노키가 하는 말이니, 그 견해가 틀림없을 것이다.

인형이 인형을 인형이라고 말했다.

그러나 인형은 인형이라도 가게에서 팔고 있을 만한 상품이 아닌, 직접 만들었다는 느낌이다. 그렇다고 해도 온화함은 티끌만큼도 느껴지지 않는, 오해를 두려워하지 않고 말하자면 어쩐지 기분 나쁜 인형이었다.

저주 인형인 줄 알았다.

부풀린 풍선을 이리저리 비틀어서 개나 고양이 형태로 만드는 공예가 있지 않던가? 그것과 같은 요령으로, 담요 같은 두툼한 천을 이용해서 인간 형태로 만들었다는 느낌이었다.

인간 형태. 조금 더 자세히 말하면 어린아이 형태, 일까. 오히려 그 솜씨가 우수한 만큼 피어오르는 기분 나쁨이 배로 늘어 있다.

다만 이 인형의 제작자는 봉제인형을 만드는 실력은 몹시 뛰어나도, 그림 실력은 없었던 모양이다…. 인형의 얼굴 부분에 매직펜으로 그려진 이목구비는, 어쩌면 장난칠 생각이었던 걸까, '헤노헤노모헤지*'였다. 머리카락도, 쓱쓱 난폭하게 그려져 있었다…. 머리 부분을 빽빽하게 칠해 놓았다고 말하는 편이 묘사로서는 정확할까.

인형 만들기… 테오리 타다츠루? 아니, 그 남자가 이 건에 관여하고 있을 리가 없다. 우리 안에 인형을 가둬 두는 행위는 그 남자의 '정의감'에 전혀 어울리지 않는다. 그 남자가 가두는 것은, 인형이 아니다.

진정해라. 동요하고 있을 상황이 아니다.

생각해야만 하는 국면에 왔다.

"생각할 것도 없이, 당연히 선생님의 작품 아니겠어?"

오노노키가 말했다.

재미없다는 듯이.

"핸드메이드야."

설마 다른 사람의 가정에 들어온 '바뀐 아이'와의 이능력 배틀을 기대하고 있었던 것도 아니겠지만… '융통성이 발휘되는 전차'는 이미 흥미를 우리 안의 저주 인형에서 실내 조사로 옮기고 있었다.

특기였지. 조사와 분석.

"귀신 오빠도 깨달았을 거라고 생각하는데, 이 베이비 룸 말야. 대상 연령은 한 살, 많이 쳐 줘도 두 살이란 느낌이지."

"응. 그러니까 그 무렵까지는 이에스미 준교수도 자기 아이에게 애정을 느끼고 있었다는 얘기가 되잖아? 그 이후로는 귀엽게 느끼지도, 자기 아이라고도 생각할 수 없게 되었다고…."

※헤노헤노모헤지 : へのへのもへじ. 얼굴형 안에 일본어 히라가나 문자를 적절히 배치해서 눈코입 같은 모양을 만드는 글자 장난. 성의 없이 그린 얼굴을 표현할 때 많이 쓰인다.

"죽은 거 아냐?"

담담하게 말하는 오노노키.

실내를 이쪽저쪽 둘러보면서.

"그 애가 두 살쯤 되었을 무렵에. 병이나 사고나, 사건이나 뭔 가로."

"어? 아니, 하지만 죽었다니…."

"아이가 죽었다는 이야기는 견딜 수 없는 자상한 귀신 오빠라 면 다른 가능성도 제시할까. 그렇지, 딸은 지금 별거 중이라는 남편 쪽에 맡겨져 있다는 건 어떨까? 어쨌든… 살아 있든 죽었 든, 1년 이상 전 단계에 그 선생님 곁에서 이에스미 이이에는 떨 어졌어."

단언했다.

아마추어인 나는 도저히 발견할 수 없는 흔적을, 오노노키는 이미 이 방에서, 혹은 복도나 이에스미 준교수의 침실을 봤던 시점에서 여러 개 발견한 듯하다.

"응. 적어도 두 사람의 인간이 이 밀실공간에서 생활하고 있 었던 기척은 없어. 설령 어떠한 형태더라도. 쓰레기통과 냉장 고 속에 들어 있는 것들도 볼 수 있다면 좀 더 확실한 증거를 100개는 댈 수 있겠지만… 뭐, 그 정도까지는 하지 않아도 되겠 지."

"……."

"어쨌든 감동적이네. 나는 좋아해. 아이를 잃은 어머니가 그 대신 손수 만든 아기 인형을 계속 끌어안고 있다는 눈물을 부르는 스토리는. 설령 아무리 빤하더라도, 아무리 흔해 빠졌다고 해도 말이야."

확실히 눈물이 난다. 적어도 웃을 수는 없다.

나는 뒤늦게나마 오노노키를 흉내 내듯이 베이비 룸의 내부를 빙글 돌아보았다. 팬시하게 장식한 흔적, 애정의 잔해. 그리고… 한 바퀴 돌아, 저주 인형.

그렇다면.

정말 말도 안 되는 디자이너 베이비다.

"자기 아이를 잃었으니까, 대신 자기 아이를 손수 만들고… 하지만 그것은 결국 자기 아이가 아니니까 귀엽다고 생각할 수 없었고, 당연히 자기 아이라고도 생각할 수 없게 되었다는 건가?"

"하지만 자기 아이가 아니니까. 천 뭉치야."

"말이 심하잖아."

"그 말대로야. 심하긴 해도 앞뒤는 맞아."

오노노키는 어디까지나 교과서 읽기 톤이다.

패션은 변해도 그 부분은 변하지 않는다. 완전히 인형이다. 그 점에서는 성의 없이 그린 '헤노헤노모헤지' 얼굴 쪽이 차라리 애교가 느껴질 정도다.

"귀신 오빠에게 상담을 청했던 것도 그래. 내가 아는 한, 이 나라의 법률에서는 인형을 학대하고 감금하는 것이 중죄가 되지는 않으니까. 노출되어도, 편해질 뿐이야."

"편해진다… 이에스미 준교수 본인은 이 일에 자각적인가? 요컨대, 그 뭐냐, 뭐라고 말해야 좋을까… 이 인형이 이이에짱이라고 진심으로 믿고 있는 거야? 아니면 가짜 인형이라고 인식하고 있으면서도, 자기 아이가 아닌 것도 알고 있으면서도 그만둘 수 없었을 뿐인 건가?"

그러니까 나라는 학생의 손을 빌려서라도 그만두려고 했던 건가. 나에게 협력을 요청한 것은 내가 아동학대의 전문가이기 때문이 아니라, 이 사실을 말해도 이해관계가 없는 속편한 제삼자이기 때문에?

접점이 없었기 때문에?

"이해관계는 없더라도 역학관계는 있잖아. 은사와 제자라면, 말을 듣게 하기 쉽다고 할까… 컨트롤하기 쉬워지니까."

"……."

내가 여기서 이렇게 멍하니 서 있게 되는 것까지 그 대학교수의 생각대로라는 이야기인가? 뭐, 그런 것으로 쇼크를 받을 정도로 나도 순진무구하지 않다. 이용당하는 것에도, 생각대로 휘둘리는 것에도 익숙하다.

노예였던 경험을 지닌 열아홉 살이다.

하지만 그렇다면 하다못해 결과로서 누군가가 행복해졌으면 하는 법이다…. '못 해 먹겠으니 전부 엉망진창이 되어 버려라'라는 계획에 가담하는 것만은 사양하고 싶었다.

"만난 적도 없는 인텔리 선생님을 변호하자면, 아마도 무의식 중에 꾸민 계획이라고 생각해. 그 여자도 괴로워하고 있어. 사랑하는 자기 아이를 학대하지 않을 수 없는 어머니처럼."

"…그건 은근슬쩍 빈정거리는 건가요, 오노노키 씨?"

"그럴 생각이었는데, 잘되었나? 뭐, 괴이의 전문가로서 이야기하자면 귀신 오빠의 은사에게는 카운슬링을 받는 것을 권하겠어. 겉으로는 제정신을 유지하고 있는 것처럼 보여도 거의 한계에 가까운 아슬아슬한 상태인지도 몰라. 이 핸드메이드 봉제인형을 자기 아이라고 믿고 있는지 어떤지의 물음에 답하자면, 진심으로 믿고 있으며 또한 진심으로 의심하고 있을 거야."

믿으며, 의심한다.

그야말로 인간의 특기네.

괴이가 등장할 일은 없다는 이야기다…. 전前 흡혈귀도, 시체의 츠쿠모가미도 차례가 없다. 그렇다면 그만 이곳을 뜨기로 하자. 오노노키가 말한 대로 냉장고나 쓰레기통 같은 곳을 조사할 것도 없다. 아마도 남편의 침실이라고 생각되는 제3의 방에 대해서도.

"…응?"

그렇게.

바람맞은 듯한 기분으로 발길을 돌리려 하던 그때, 나는 쓸데없는 것을 깨달았다. 깨달아 버렸다.

나의 안 좋은 부분이다. 여기가 가장 못 써먹을 부분이다.

무서운 것을 보고 싶어 하는 감각이라고 할까, 우리 속에 있는 인형을, 마지막의 마지막에 다시 한번 보고… 그 나쁜 밸런스를 부자연스럽다고 느꼈다.

그냥 아무렇게나 우리 안에 내팽개쳐져 있는 것처럼도 보이지만, 어쩐지 비스듬한 자세라고 할지… 저 통통한 형상이라면 저런 묘한 포즈로는 안정이 안 되지 않을까.

중심 문제인가? 저 봉제인형 속에는 덤벨 같은 물건이라도 들어 있는 걸까…. 단순한 천 뭉치라기보다, 그쪽이 무게는 현실에 가까워질지도 모르지만… 아니, 그렇다면 인형 전체가 조금 더 뒤틀린 형태일 것이다.

그게 아니면, 정면에서는 보이지 않는 등 뒤쪽에 지지대라도 있는 걸까?

"왜 그래? 귀신 오빠. 가자. 죽고 싶어?"

"음. 잠깐…."

또다시 나의 살해를 꾀하는 오노노키를 제지하고, 나는 주뼛주뼛 우리로 다가간다…. 케이지는 방구석, 벽 쪽에 딱 붙어 배치되어 있으므로 돌아가기보다는 바로 위에서 들여다보는 쪽이 빠르다.

심플한 빗장 자물쇠를 열고 봉제인형을 꺼내서 확인하는 것이 가장 스피디할지도 모르지만, 직접 건드리는 것이 두렵다고 하기 이전에 나에게 건드릴 자격이 있다고도 생각되지 않았다.

저것을 건드려도 되는 사람은 이에스미 준교수뿐일 것이다. 그런 생각과 함께, 나는 케이지를 내려다보았는데.

"…저기, 오노노키. 만일을 위해서 확인해 줬으면 싶은데… 아기 인형을 우리에 집어넣어서 학대하는 건, 뭐, 그건 범죄는 아니라고 치고."

"뭐야. 꽤나 변죽 울리는 말투네. 나는 죽인다고 말하면 진짜로 죽이거든?"

"그래. 그 '죽인다'는 거 말인데."

"?"

"아기 인형을 등 뒤에서 찔러 죽이는 것도, 이 나라에서는 범죄가 아니지?"

들여다보았더니.

핸드메이드 인형이 쓰러지지 않도록 그 부자연스러운 포즈를 등 뒤에서 지지대처럼 지탱하고 있던 것은, 깊이 박힌, 조리기구인 과도였다.

008

봉제인형을 학대하는 것과 봉제인형을 찔러 죽이는 것 사이에 큰 차이 따윈 없다. 뭣하면 완전히 동일하다고, 니힐하게 그렇게 말할 수 있는 감수성이 있었으면 했다.

하지만 내가 아는 한 과도는 과일 이외의 물체를 찌르기 위한 도구가 아니며, 인형, 그것도 자기 아이 대신으로 삼은 인형을 찔러 죽이기 위한 흉기도 아닐 것이다.

이래서는 삼중밀실의 의미가 변하기 시작한다. 감금사건이었을 텐데, 밀실 살인사건이 되어 버리지 않는가.

물론 인간의 형태를 하고 있더라도 인형은 인형이다…. 설령 칼로 찌르더라도 비명을 지르는 일도 없고 피를 흘리는 일도 없다…. '인형을 죽인다'라는 표현 자체가, 수학적으로 참이 아니다.

인형은 죽지 않는다. 살아 있지 않으니까.

시체 인형이라도 아닌 한, 찌르든 베든 가죽을 벗기든 죽거나 하지는 않는다.

그렇기에 비정상인 것이다. 살아 있지도 않은, 죽지도 않는 인형을, 그것도 등 뒤에서 찌른다는 행위는. 이 행위가 큰 차이 없는 것은 학대가 아니라, 견갑골을 잡아 뜯는 레벨의, 텔레비전에 내보낼 수 없는 흉악범죄 쪽이다.

뭐, 말할 것도 없이 밀실 살인사건이라고 파악한들 범인은 당연히 이에스미 준교수일 것이다…. 인형을 칼로 찌르고, 우리에 집어넣고, 빗장을 내린다. 방을 나와서, 복도 쪽에서 문을 잠근다. 그리고 신발을 신고 밖으로 나와, 현관을 잠근다. 이 현상에서 수수께끼는 없다.

수수께끼인 것은 그 마음속이다.

모순되어 있다…. 학대 끝에 죽여 버렸다면 그나마 이해할 수 있다. 그야 소름끼치겠지만 이해할 수 없는 것은 아니다…. 감정이 격앙되어서, 아니면 미필적 고의로, 한때의 충동으로, 연약한 생명은 맥없이 죽고 말았다.

우리에 가두고 사흘간 방치해서 영양실조인지 뭔지로 유아가 목숨을 잃는다. 거부감은 들지만 모순은 없다.

하지만 칼로 찌르고 나서 우리에 집어넣는다? 자기 아이라고 굳게 믿고 있는 인형을… 대체 그 순서에, 이반되는 조합에 어떠한 의미가 있지?

등 뒤에서 찌른다는 행위에는 명확한 살의가 있는 만큼, 점점 복잡해지기 시작한다.

이에스미 준교수는 무엇 때문에, 어째서 이러한 짓을… 나라는 '제1발견자'가 이런 식으로, 마치 폭풍처럼 혼란스러워하는 것까지, 그녀의 생각대로일까?

다 포함된 건가?

설령 이 봉제인형을 진짜로 자기 아이라고 굳게 믿고 있다고 해도, 그렇다면 내가 이것을 목격해 버리는 것의 위험함을 그녀가 가장 잘 알고 있을 텐데.

아니면 이해하려고 하는 쪽이 잘못되어 있는 걸까? 확실히, 어떻게 해서라도 알고 싶다면 본인에게 물어볼 수밖에 없는 일도 있다.

굳이 말하자면 어떻게 해서라도 알고 싶지 않을 만한 심리묘사이고, 가능하면 더 이상 서로 관여하고 싶지 않을 정도다…. 여름방학이 끝난 뒤의 2학기에는, 스위스독일어 수업에 한 번도 출석하지 않겠다고 단호하게 결의하고 싶다.

…다만, 그렇게 할 수도 없다.

과도에 대해서는 노코멘트를 관철하는 오노노키와 함께 이번에야말로 퇴실하면서, 나는 그렇게 탄식한다.

한심하게도 학점을 그렇게까지 원하는 것이 아니라, 역시 준교수에게 받은 열쇠만은 돌려주지 않을 수 없기 때문이다…. 게다가 그때 카운슬링을 권하는 것은 열 살 가까이 연상인 어른에 대해 아무리 그래도 주제 넘는 짓이라고 생각하지만, 설령 어떠한 뒷사정이 있었다고 해도, 설령 어떠한 어둠이 있었다고 해도, 도와 달라는 말을 들은 입장으로서는 본 것을 본 그대로 보고해야만 한다.

함께 믿어 주는 것은 가능할 것 같지도 않다, 적어도 그 꽂힌 과도를 본 뒤에는…. 하지만 만일을 위해 열쇠를 반납할 때에는 제삼자에게 입회해 달라고 하는 편이 좋아 보이네.

일대일로 만나는 상황은 피하는 것이 현명하다. 서로에게 위험하다…. 그 청결한 연구실 어딘가에 과도가 없다고 단언할 수도 없다.

가해자가 발생하지 않게 하기 위해서라도, 나는 피해자가 되어서는 안 된다.

오노노키에게 거기까지 동행해 달라고 할 수 없는 것은 당연한 일이고, 책임론으로 말하자면 입회해 줘야 할 그 제삼자는 분명 오이쿠라 소다치가 되어야 하겠지만… 그 스위트하트와는 지금 절교 중이니까 말이야…. 어디 보자, 그러면 달리 부탁할 누군가… 이 시간이라도 아직 귀가하지 않고 대학에 남아 있고, 가능하면 이에스미 준교수를 알고 있는 녀석….

그런 것을 이것저것 생각하면서, 나는 동녀를 뒷좌석에 태운 뉴 비틀로 마나세 대학으로 되돌아갔는데, 결론부터 말하면 이 고찰들은 견갑골도 대퇴골도 아닌, 완전히 빗나간 노 골이었다.

괜히 뼛골만 빠졌다고 말해도 좋다.

완전히 골탕을 먹었다, 라고까지는 말하지 않겠지만.

단 몇 시간 전에 내가 만났던 대학교수, 한 아이의 어머니인 이에스미 하고로모 준교수는, 이것저것 고민하면서 내가 다시 연구실을 찾아갔을 때 모습을 감췄던 것이다.

홀연히.

없어졌다. 사라졌다.

다음 날도, 그다음 날도, 그 내일도, 그 모레도.

그녀는 직장에 나타나지 않았다. 나에게 자택 열쇠를 맡긴 채로, 우리에 자기 아이를 가둬 둔 채로 그 소재를 감추었다.

마치 카미카쿠시, 행방불명된 것처럼.

그렇다면, 그녀는 무엇과 바뀐 거지?

009

고대하던 여름방학에 돌입! 예이!

자아, 모두 함께 뭘 하며 놀까?

…라는 전개는, 물론 되지 않는다. 그런 전개는 되지 않고 그럴 기분도 들지 않는다. 되겠는가, 될 수 있겠는가. 그저 성가신 일이 되었다. '어째서 일이 이렇게 되었지'는 지금 와서는 나의 입버릇 같은 것인데 이번에는 특히 그렇게 생각한다. 무엇 하나 실수다운 실수는 하지 않았을 텐데… 아니면 교원으로부터의 호출에 응해서는 안 되었다는 말인가?

그 교원이 나와 이야기를 나눈 직후에 행방불명되다니, 어떻게 알 수 있었겠는가… 내가 실종자와 마지막으로 만난 인물이 되다니, 어떻게 알 수 있었겠는가. 그 점에 관해서는 안 좋은 예감조차 느끼지 않았다. 어쩌면 자기소개를 아직 못 했는지도 모르겠는데, 나는 전 흡혈귀이지 예언자가 아니다. 지금쯤 어디를 방랑하고 있을지 알 수 없는 중년 알로하처럼 미래를 꿰뚫어 보는 듯한 말은 도저히 할 수 없고, 하고 싶지도 않다.

대학의 준교수가 시험 종료 직후에 실종된 것이다. 당연히 학교 안에 소동이 벌어졌고 난리가 났다…. 당연한 일이지만 나도 여기저기에서 참고인 조사를 받게 되었다. 뭐, 그 부분은 참고 견뎠다…. 적당히 얼버무리는 것은 나의 장기라고 해도 좋고, 333호 내 베이비 룸의 상태를 본인의 허가 없이 아무에게나 퍼뜨릴 정도로 나도 무신경하지는 않다. 무엇보다 나도 잘 모르는 것을 어떻게 퍼뜨린다는 거지?

시험의 채점은 연구실에 속한 조수인지, 아니면 교수인지 하는 사람이 대신했다는 모양이라, 답안은 무사히 내 손에 돌아왔다. 사람 한 명이 실종된 정도로는 요즘의 학술기관은 정체되지 않는 모양이다. 특정한 누구 외에는 할 수 없는 일 같은 건 없다는 것일까. 참고로 나는 평점 C로 이수 학점을 취득했다. 지금으로서는 가장 어떻게 되든 상관없는 일이지만.

카미카쿠시라느니 '바뀐 아이'라느니 하는 그런 괴이 현상을 빼놓고 상황을 현실적으로 해석한다면… 일개 학생인 나에게 자택의 상태를 보러 가게 만든 이에스미 준교수가, 그 후에 냉정함을 잃은, 심리적 동요의 표출이라고밖에 말할 수 없는 행위를 뒤늦게나마 후회하고… '자기 아이'에 대한 학대가 표면으로 드러나서 큰 소동이 벌어지는 것을 두려워한 그녀가 자신의 결단으로 '도망'쳤다는 것이, 가장 순당한 추리가 될 것이다.

핸드메이드 인형을 학대하는 것은 죄가 아니고, 그 인형을 등 뒤에서 칼로 찌른 것도 죄가 아니다. 그러니까 그것이 나에게 알려지고, 설령 내가 그 정보를 남 헐뜯기 좋아하는 이 세상에 퍼뜨린다고 해도 딱히 모든 것을 내팽개치고 도망칠 것까지는 없을 테지만, 그것은 어차피 법률상의 이야기일 뿐이고, 오노노키가 말하는 대로 이에스미 준교수가 어디까지 자각적이었는가는 분명하지 않다.

그날그날, 때에 따라 자각증상이 있거나 무자각이거나 하는 그러데이션이었는지도 모른다. 그러므로 의뢰 내용도 도망극도, 어느 쪽이든 논리적으로 파탄 나 있더라도 무리하게 정합성을 취하려고 해서는 안 될 것이다.

이것은 추리소설이 아니다. 하물며 범인 맞히기 게임도 아니다.

나라에서 위탁받았던 극비 연구내용 때문에 밉보인 준교수가 특무기관에 유괴당한 것이 아니냐는 황당무계한 음모론이 학교 안을 돌아다니고 있기도 했지만, 평범하게 상상하자면 이에스미 준교수는 분명, 모든 추억을 버리고 태어난 고향인 스위스 같은 곳에라도 돌아간 것이겠지… 관계가 나쁜 부모님과 헤어지기 위해 일본에 왔다고 했는데, 그쪽으로 돌아가도 만나지 않을 방법은 있을 것이다.

마음의 응어리를 풀고 관계를 수복했다는 해피엔드도, 억지로라면 이미지할 수도 있다.

인간의 상상력은 무한하다, 좋게도 나쁘게도.

나쁘게도…. 그럴 필요도 없는데 이곳저곳으로 도망 다니는 것처럼 된 이에스미 준교수의 모습을 상상하면 오히려 마음이 개운치 않다… 아니, 결국 어떻게 해석하더라도 그녀가 결심한 실종에 관해 내가 직접적인 원인이 되었음을 생각하면, 뭐… 풀이 죽게 된다.

풀이 푹푹 죽게 된다.

이론일 뿐이라는 건 알고 있다. '아동학대의 전문가'인 내가 그 의뢰를 거절했다면, 이에스미 준교수는 순순히 부탁을 들어줄 다른 학생과 접촉하고, 그 뒤로는 엇비슷한 전개로 수렴해갔을 뿐이다…. 이런저런 소릴 해도 '세 살 난 딸'에 대한 학대행위까지 포함해서, 모든 것은 그녀의 일인극일 뿐이었으니까.

전개의 주도권은 처음부터 끝까지 그녀의 손에 쥐어져 있었다.

하지만 이론은 이론이다. 감정과는 다르다.

그렇게 되어서, 대학생활 첫 여름방학은 화려하기는커녕 울적하게 시작하게 되었다…. 지옥 같다고 하지는 않더라도, 계획하는 것을 계획하고 있었던 히타기와의 홋카이도 여행도 또다시 연기되었다.

미리 상의해 두기는 했었지만, 역시나 눈치가 빠른 그녀는 나의 잠재적인 낮은 분위기를 놓치지 않았다.

뭐, 원래부터 게의 제철… 겨울에 가자는 약속이었으니 말이야.

그렇게 되자, 방치되어 있었다면 여름방학 내내 이에스미 준교수에 대한 문제로 자택에서 꾸물꾸물 계속 고민할 수도 있었겠지만, 나의 인간관계 쪽 센스도 옛날보다는 높아져 있어서 주위에서 좀처럼 혼자 있게 놔 두지 않았다.

기쁘네.

그날 아침, 휴대전화에 메시지가 도착했다.

여자 고등학생인 친구, 히가사로부터 온 것이었다.

[아☆라☆라☆기☆선☆배☆오☆늘☆오☆후☆1☆시☆부☆터☆나☆오☆에☆츠☆고☆등☆학☆교☆체☆육☆관☆에☆서☆여☆자☆농☆구☆부☆의☆선☆후☆배☆대☆교☆류☆회☆를☆하☆니☆까☆게☆스☆트☆로☆와☆주☆시☆면☆인☆기☆폭☆발☆일☆거☆예☆요☆!☆우☆선☆은☆루☆가☆네☆집☆에☆집☆합☆이☆D☆A☆!☆지☆금☆바☆로☆G☆O☆G☆O☆!☆☆☆☆]

읽기 힘들다.

이름이 호시아메星雨인 만큼 문자로도 유성우를 내리게 만들어 보인 것인지도 모르지만, 애초에 입력하기 힘들 텐데, 이 메시지.

어떻게든 해독해 보자… 흠… 선후배 대교류회…? 붕괴 직전이었던 나오에츠 고등학교 여자 농구부도, 몇 달에 걸쳐 간신히 그 정도까지 재건에 성공한 건가.

나도 미력하나마 힘을 보탰으므로 그 이야기는 순수하게 기쁜 뉴스였고, 내가 그 모임에 출석하는 것으로 그 동아리 활동이 전성기의 모습에 조금이나마 가까이 갈 수 있다면 기꺼이 모교를 방문하겠다.

아니, 인기가 폭발한다는 말에 기대하는 것은 아니고, 본심을 말하자면 그 모교에는 한 걸음도 다가가고 싶지 않지만….

그래도 기분전환은 되겠지.

맡은 임무에서 실수했기 때문은 아니지만, 지금은 다른 사람에게 도움이 되고 있다는 감각이 필요했다. 그렇다, 해독이라고 하면.

메니코에게 부탁해 둔 '그것'은 어떻게 되었을까? 그 뒤에 후속 보도가 없는데… 잊고 있을지도 모르겠네, 그 녀석이니.

뭐, 밑져야 본전이다.

잘 안 되었다면 그래도 상관없다. 잘 안 되는 편이 나을 정도다.

우선은 칸바루 가에 집합하기로 했으니 (제대로 승낙은 받은 걸까? 히가사에게는 친구네 집을 멋대로 약속장소로 지정하는 버릇이 있다) 나는 옷을 갈아입고 외출하기 위해 아래층으로 내려간다.

그리고 현관 부근에서 츠키히와 만났다.

일본 전통 복장의 여동생, 아라라기 츠키히… 계속해서 머리 모양을 바꾸는 쪼그만 쪽 여동생의 현재 헤어스타일은, 앞머리까지 한꺼번에 뒤로 묶은 포니테일이다.

이마가 귀엽다, 짜증 날 정도로.

"어라라, 오빠, 마침 잘 왔어. 나의 소중한 인형, 어디 있는지 몰라?"

"인형….."

오노노키를 말하는 건가.

아무래도 동녀는 옷 갈아입히기 인형 취급에 질려서, 또다시 시스터 룸에서 대피한 모양이다…. 그렇다면 또다시 뉴 비틀의 뒷좌석에 드러누워 있을지도 모르지만, 아무리 상대가 사랑하는 여동생이라도 그것을 나불나불 알려 줄 수는 없겠네.

오노노키에게는 상당히 폐를 끼쳤으니, 하다못해 여동생의 마수로부터는 지켜 주고 싶다… 결국 그 뒤에 이에스미 준교수의 건에 관해서 그 아이와는 전혀 이야기하지 않았지만, 인형 오노노키는 인형이 등 뒤에서 칼에 찔린 모습을 보고 그녀 나름대로 생각하는 바가 있었는지도 모른다.

뭐, 하지만 이에스미 준교수의 건에 대해서는 이야기하지 않았지만, 텔레비전 드라마나 하겐다즈의 신작 아이스크림에 관한 이야기는 평범하게 하고 있으므로, 오노노키는 그 사건을 단순히 '끝난 것'으로 처리했을 뿐일 가능성도 높다.

어찌 되었든 답은 하나다.

"미안하지만, 모르겠네. 나는 뭐든지 알지는 못해, 알고 있는 것만."

"누구의 대사였더라, 그거? 어쩐지 들은 적 있는데~"

너는 작년 여름에 그렇게나 사모했던 하네카와를 잊은 거냐…. 깔끔한 인생이라 정말 부럽구나.

나의 낙심한 기분을 절반 나눠 주고 싶다고.

"뭐, 좋아, 그런 인형은. 슬슬 새 걸 사야지~"

"너무 깔끔하잖아."

"그건 그렇고, 오빠. 그렇게 잘 차려입고 어디에 가시려는 거야?"

"어이쿠. 이 지역에서 유명한 패션 어드바이저인 츠키히에게는, 내가 잘 차려입은 것처럼 보이는 거야?"

"응. 여자 고등학생들하고 재미있게 놀 생각에 가득한 것처럼 보여."

날카롭네.

칭찬하는 말로 받아들이자.

"히가사를 만나러 가."

"아~ 그 사람. 어째서인지 우리 집에 일주일에 세 번씩 오지."

면식이 있구나.

어쨌든 일주일에 세 번 놀러 오니까.

"참고로 그 사람, 이름을 별 성星 자에 비 우雨 자로 적던데, 읽기는 뭐라고 읽어? 세이우? 호시아메?"

"양쪽 다래. 아베노 세이메이晴明의 이름을 '세이메이'라고 읽거나 '하루아키'라고 읽거나 하는 것과 마찬가지래."

"그, 그럴 수도 있는 거야…?"

"너야말로 어디로 외출하려는 거야? 그 옷, 외출용 옷이잖아? 카렌하고 순찰이야?"

"파이어 시스터즈는 해산한 지 오래됐어, 오빠. 나에게는 과거의 히트작이야. 카렌은 카렌대로 고등학교 친구들과 하이킹이고, 츠키히는 츠키히대로 중학교 친구와 하이킹이야."

하이킹이라니.

요즘 중고생들 사이에서 유행인가?

젊은이들의 유행을 따라갈 수 없게 되었구먼.

카렌의 경우에는 그건가, 또 하드한 등산인가… 하지만 츠키히는 그다지 아웃도어파가 아니었는데?

"응. 들기론, 이웃 마을의 산속에 시체가 묻혀 있다는 소문을 들어서, 다 함께 보러 가자는 이야기가 되었거든. '더 보디' 놀이."

"……더 보디*?"

"응. 츠키히는 원작파거든."

엄청 폼 잡네.

뭐, 파이어 시스터즈의 정의의 사자 놀이보다는 어느 정도 건전할지도 모른다…. 산속의 시체는커녕, 학대아의 시체를 발견할지도 모르는 모험을 갓 마친 오빠로서는 나무라기 조금 어렵다.

내 경우에는 동행자까지 시체였지만… 다만, 츠키히도 오노노키를 찾고 있었던 것을 보면 인형을 안고 하이킹을 갈 생각이었는지도 모르지만.

※더 보디 : The Body. 영화 〈스탠 바이 미〉의 원작인 스티븐 킹의 소설. 시골 마을의 친구들이 모여서, 마을 근처에서 벌어진 사고 피해자의 시체를 찾으러 가면서 벌어지는 일들을 그리고 있다.

그것도 날카롭다고 할까.

보물 장신구를 걸치고 보물찾기를 하러 가는 듯한 상황이네.

어쨌든 대학생이 되어서 여동생의 행실에 너무 꼬치꼬치 참견하는 것도 좀 그렇지… 그런 불성실한 소문에 휘둘리는 것 또한 청춘이겠지.

중학교와 고등학교로 나뉜 것으로 인해, 찰싹 붙어 있는 관계였던 두 여동생이 서로 적당한 거리를 두게 된 것도 바람직한 경향이고.

"하지만 정말로 시체가 있다면, 제대로 신고해야 한다?"

"당연하잖아. 츠키히를 누구라고 생각하는 거야?"

"츠키히잖아. 당연히."

흠.

그러나 세 명의 자녀가 제각기 외출하다니, 아라라기 가는 평화롭다. 최소한 누구 한 명도 우리에 갇혀 있지는 않다.

"츠키히. 우리는 정말로 복 받았네."

"으응? 무슨 소리야, 그건?"

"입는 것에도 먹는 것에도 잘 곳에도 불편함이 없으니까. 좀 더 부모님에게 감사하는 게 좋을지도 몰라."

"갑자기 왜 그래? 어머니날이 될 때마다 어딘가로 모습을 감추던 오빠가."

"올해는 어디에도 가지 않았잖아. 약속대로."

"아버지날에는 없었잖아. 흔적도."

"아버지날까지 약속하지는 않았어."

아직 아버지에 대해서는, 그렇게까지 솔직해질 수 없어서 말이지.

뭐, 부모님의 날에 관해서는 오노노키와도 이미 이야기한 테마이므로 여기서는 반복하지 않기로 하고.

"뭐~ 너도 옥상에서 뛰어내리거나 불량배 그룹에게 납치되거나 이런저런 일이 있었지만."

"있었지~"

"집이 평화롭다는 건, 고마운 이야기지."

나도 봄방학이 지옥이었거나 골든 위크가 악몽이었거나 했지만, 기본적으로 그것들은 전부 집 밖에서 벌어진 일이다.

가정이 지옥이거나 가족이 악몽이거나 했던 것은 아니다… 아무리 친자관계, 형제관계가 악화되었을 때라도 적어도 목숨의 위기를 느낀 적은 없다.

저녁 식사의 테이블에, 나의 자리는 항상 있었다.

센조가하라 히타기가 어머니에게 강요받았던 효도나, 하네카와 츠바사가 복도에서 생활하고 있던 사실은, 역시 아직 내 안에서 제대로 소화할 수 없다…. 아무리 자기 일처럼 공감한다는 말을 하더라도, 혹은 엄하게 호통을 치더라도, 진정한 의미에서 내가 그녀들의 괴로움을 이해할 수는 없을 것이다.

죽을 뻔한 사건과 조우해도, 내 경우에 그것은 역시 일시적인 액시던트였다. 말하자면 기한 한정의 비극이다.

보호자로부터 보호받지 못한다는, 앞이 보이지 않는 영원이 아니었다.

"그러네. 가정 내에 문제가 있었다면 나도 카렌도 집 밖으로 나쁜 일을 찾으러 나가지 않아도 되었을 테니까. 아라라기 가가 가지고 있는 문제 따위, 기껏해야 오빠가 여동생을 성적인 시선으로 보기 시작한 것 정도일까."

"문제가 너무 크잖아. 안 봤어. 모멸의 시선으로 보고 있어."

"감사해야겠네. 뭐, 부모는 부모대로 자식을 키우는 기쁨을 느끼고 있을 테니, 서로 마찬가지라고도 말할 수 있겠지만."

"말해서는 안 되잖아. 자식 측이니까."

"다음에 다시 태어났을 때에는, 아빠와 엄마의 어머니가 되어서 소중하게 키워 주겠다고 맹세하겠어!"

복잡하게 꼬이기 시작하네.

네가 다시 태어난다는 소릴 하면, 뭔가 일이 꼭꼭 꼬여서 현실 감을 띠기 시작할 것 같은데… 꼭꼭 꼬인다고는 했지만 닭이 아니라 두견새다.

시데노도리.

그리고, 피닉스.

"그 이야기를 하자면 츠키히, 다음에 다시 태어나도 나는 아빠와 엄마의 딸이 되고 싶다, 가 아닌가?"

"그러고 보니 그러네! 나, 아라라기 가에 태어나서 다행이라고, 정말로 그렇게 생각해! 아빠와 엄마의 딸로, 오빠와 카렌의 여동생으로 태어나서 아주 행복해! 낳아 달라고 부탁한 건 아니지만!"

"한마디가 많네."

"욕심을 말하자면, 오빠의 누나로 태어나고 싶어! 남동생인 오빠를 엄청 괴롭히고 싶어!"

"두 마디가 많네."

너에게 학대당하는 것만은 사양하겠어.

010

모교에는 체육 계열인 만큼 도보(러닝?)로 가기로 하고, 첫 집합장소인 칸바루의 일본식 저택까지는 자동차로 가기로 한 비체육 계열인 나이지만(운전할 수 있게 된 자신을 후배에게 보이고 싶다는 욕심이 있는지도 모른다), 의외로 뒷좌석에 오노노키는 타고 있지 않았다.

여기로 피해 있는 것이 아니었나…? 그렇다면 혹시 센고쿠네 집에 놀러 간 것일까… 동분서주하는, 참으로 활동적인 시체다.

뭐, 좋다. 어쨌든 여자 농구부의 교류회에 동녀를 데리고 갈수는 없으니… 그건 그렇고 타임스케줄대로 일이 진행되었다면 칸바루 스루가와 히가사 호시아메라는, 나오에츠 고등학교에 재적 중인 후배 두 사람과 합류했어야 했는데.

"이야, 오래간만이네요, 아라라기 선배. 요즘에 좀 어떻게 지내시나요? 저예요, 스루가 선배의 열혈 팬인, 2학년 오시노 오기예요."

라고.

칸바루 가의 거대한 대문 앞에서 나를 맞이해 준 후배는 BMX에 걸터앉은 오시노 오기, 남자 고등학생 버전이었다. 칸바루 가는 칸바루 스루가의 영역이므로 남자판인 듯하다.

그 부분을 자기소개와 함께 나타나 주는 부분이, 여전하다.

여전히 빈틈없어 보이니 다행이다.

"…여자 고등학생 둘은?"

"파티를 앞두고 장을 보러 나간 모양이라, 제가 빈집을 지키고 있었어요. 스루가 선배의 신임이 두터운 제가 말이죠. 당연히 아라라기 선배를 상대해 달라는 부탁을 받았지요."

칸바루가 오기… 즉, 오기 군에게 빈집 지키기를 맡기리라고는 생각되지 않지만, 뭐, 정해져 있다면 어쩔 수 없다.

정해져 있는 것이니까.

"저도 스루가 선배에게 볼일이 있었으니 마침 잘됐네요. 안심하세요, 어슬렁어슬렁 교류회에 따라가지는 않을 거니까요. 어떠신가요? 이제부터 두 사람이 돌아오기를 기다리면서 저와 아라라기 선배의 콤비로 스루가 선배의 방이라도 청소하지 않으시겠어요?"

"여자가 자리를 비운 동안 남자 둘이 방을 헤집고 다니는 건 역시나 안 되겠지…."

"아~ 아라라기 선배는 왜 그렇게 스루가 선배를 여자로서 의식하시는 건가요~ 저의 스루가 선배를, 그런 눈으로 보고 있는 건가요~?"

"……."

남자판인 오시노 오기는 상대하기가 어렵다. 아니, 여자일 때도 이런 느낌이었던가? 어느 쪽이 됐든, 나는 남자 고등학생 시절에 남자 고등학생 간의 대화라는 것에 별로 참가할 수 없었던 편이어서 신선하게 느껴졌다.

아라라기 코요미가 오시노 오기 상대로 딱딱해지면 어떡하느냐는 생각도 들지만.

"근데, 이렇게 말하는 저는 숨은 히가사 선배파이기도 하지만요~ 빼앗기는 없기라고요?"

"그렇게나 스루가 선배, 스루가 선배 하며 졸졸 따라다녀 놓고, 너무 숨었잖아. 빼앗기라니…."

"핫하~ 아니면 최애캐를 '바꾸기'로 하실 건가요?"

"…하하."

방심을 못 하겠네.

어디까지나 '오기 군'은 칸바루의 마음의 어둠이지만, 역시 동일인물인 '오기'는 나의 마음의 어둠이므로 이 정도는 훤히 꿰뚫어 보는 건가.

오시노 메메의 조카딸, 오시노 메메의 조카니까.

"아뇨아뇨, 저는 아무것도 몰라요. 당신이 알고 있는 거예요, 아라라기 선배."

"그렇다면 좋았겠는데 말이야. 츠키히에게도 말했지만 나는 알고 있는 것밖에 몰라."

"그러시다면 알고 계시는 사정을 이 충실한 후배에게 털어놓는 것은 어떠신가요? 그저 얌전히, 반론도 허락되지 않아서 가만히 들을 수밖에 없는 역학관계를 이용해서."

"내가 그렇게 힘으로 꾹꾹 누르는 선배였던가?"

얌전하게 듣는 타입이 아닐 텐데.

반론밖에 안 하잖아.

다만 뭐, 이대로 칸바루의 집 앞에서 무위하게 시간을 때울 바에야, 수다의 테마로 아동학대와 이에스미 준교수 실종을 꺼내는 것도 하지 않는 것보다는 나을지도 모른다.

실수로라도 칸바루나 히가사에게 불평 아닌 불평을 해서 모처럼의 선후배 교류회의 분위기에 찬물을 끼얹어 버리는 일이 있어서는 안 되고… '임금님 귀는 당나귀 귀'는 아니지만, 오기… 오기 군을 상대로 이야기를 해 두면 마음이 편해질지도 모른다.

그런 핑계를 준비하고서 나는 되도록 간략하게 정리해서 오기 군에게 심정을 토로했다. 이런 건 궁극적으로는 독백 같은 것이지만, 뭐, 오시노 오기를 상대로 입이 가벼워지는 것은, 말하자면 아라라기 코요미의 전통 기예 같은 것이다.

"허어. 삼중밀실인가요~ 어쩐지 반갑네요. 요즘 시대는 밀실 트릭이라는 말 자체가 거의 들리지 않게 되어 버렸으니까요."

"거기서 천진난만하게 기뻐해도 곤란해. 각각의 밀실이기는 해도, 어느 문에도 트릭 같은 건 없었으니까."

나는 그날 이후로 계속 바지 주머니 속에 들어 있는, 이에스미 준교수의 맨션 열쇠를 의식하면서, 그렇게 어깨를 축 늘어뜨려 보였다. 반납하기 전에 실종되어 버리는 바람에 버리지도 못하고 어쩔 수 없이 계속 가지고 다니는 것이다.

그것이 좋지 않은 걸까.

"제2의 문 같은 건, 오노노키가 발로 걷어차 부숴 버렸고."

"그러네요. 꿈이 없는 이야기를 하자면, 밀실 살인사건 같은 불가능범죄를 프로듀스하는 것은 지능범이 할 일이 아니겠죠. 대학교수 정도로 지적인 직업도 좀처럼 없으니까요."

생글생글 웃으면서 말하는 오기 군.

학대라느니 실종이라느니 하는 무거운 단어가 만재한 이야기를 들어도, 전혀 흔들리지 않는다. 성별이 어느 쪽이든, 이 아이는 이래야지.

"그래서, 어떻게 생각해? 오기 군."

"어떻게라뇨?"

"모순에 대해서. 자기 아이로 생각하는 천 인형의 등을 과도로 찌르고 우리에 가둬 둔다는, 행위의 시비에 대해."

"시비是非로 말한다면 물론 비非입니다만, 모순矛盾으로 말한다면 순盾이겠죠."

"순?"

"보신이라고요. 방위예요. 참고삼아 이야기하자면, 모矛는 원한이나 살의에 기초한 공격성이죠."

"…등 뒤에서 무저항인 인형을 칼로 찔렀는데도 보신?"

"네. 죽기 전에 죽인다는, 겁쟁이의 범죄죠."

지능범이 할 일이 아니라고 말하는가 싶더니, 겁쟁이의 범죄라니… 이에스미 준교수에 대한 배싱bashing이 격렬하네.

나의 심층심리인가?

하지만 남자인 오기 군은 오기와 달리, 존재로서는 칸바루에 치우쳐 있을 텐데… 그런데 칸바루의 이면이라고 하면….

"무슨 말씀이세요, 아라라기 선배. 저는 딱히 이에스미 준교수를 비난하고 있는 게 아니에요."

"어?"

"그도 그럴 것이, 증거가 없잖아요. 이에스미 준교수가, 무저항인 인형을 등 뒤에서 찌른 범인이라고 단정 지을 수는 없어요."

무죄추정의 원칙이에요, 라고 말하는 오기 군.

그 원칙은, 나도 법치국가에 사는 사람으로서 물론 알고 있지만… 어디 보자, 어라?

확실히, 증거는 없다. 듣고 보니.

감식반이 현장에 들어가서 과도의 지문을 조사한 것도 아니고, 좀 더 말하자면 본인에게 참고인 조사를 한 것도 아니다…. 내가 멋대로 그렇게 생각했을 뿐이다.

내가 알고 있는….

"범죄조사는 이루어지지 않았고, 굳이 말하자면 이루어진 것은 인상조작이네요."

"…………."

잠깐, 잠깐. 이건 제대로 생각해야만 한다.

인권에 관련되는 문제다…. 나의 섣부른 발언이 오기 군에게 트집 잡히는 것은 늘 있는 일이라고 할 수 있지만, 그것이 누명의 온상이 되어 버리면 맹렬한 반성이 필요해진다.

그렇다.

모순이다.

자기 아이를 본뜬 학대용 인형의 등을 칼로 찌른다는 행위에 정합성이 없다며 나는 그 베이비 룸에서 어마어마한 거북함을 느꼈는데, 그 점을 나눠서 해석하면 모와 순은 충돌하지 않는다.

자택에서 '세 살 난 딸'을 우리에 가뒀다는 '사실'에 대해서는, 이것은 의뢰했을 때에 본인이 더듬더듬 자백했다…. 그래서 나는 우리 안의 인형을 찌르고 있는 날붙이를 봤을 때, 그것 역시 이에스미 준교수의 짓이라고 망설임 없이 받아들였다.

"그렇습니다만, 그런 건 혼자 멋대로 위화감을 느낀 것뿐이죠. 인간이 '이상하네'라든가, '이거, 어떻게 한 걸까?'라든가, '어떻게 이런 짓을…'이라든가, 그런 식으로 느낄 때는 대개 여러 사람이 다방면으로 한없이 관련되어 있을 때예요. 그러니까 이해를 초월하기 시작하는 거죠."

여러 사람. 복수의 범인.

아니, 그렇게 말하면 마치 공범자가 있는 것처럼 들리기 시작하는데, 그런 게 아니라 의사소통이 없는 개개인에 의한 완벽한 분업체제가 깔려 있었다고 한다면….

일의 내용을 자잘한 세그먼트로 분할하고, 여러 사람에게 따로따로 담당시켜서, 전체상을 아무도 파악하지 못하게 만듦으로써 기밀을 유지한다. 옆에서 봐도 무슨 일을 하고 있는지 알 수 없는 것 정도가 아니라, 본인들조차 자신이 대체 무엇을 하고 있는지 알 수 없을 듯한 시스템.

심플하게 말한다면.

이이에짱을 '가둔 범인'과 이이에짱을 '등 뒤에서 찌른 범인'이 완전히 다른 사람일 가능성을, 나는 전혀 검토하지 않았었다.

학대하는 행위와 살해하는 행위.

거의 이웃해 있는 듯한 퍼즐의 조각은, 그러나 딱히 조합하지 않아도 괜찮았던 것이다.

"⋯⋯."

하지만⋯ 당연히 다른 의문도 생겨나네.

우선은 아동학대범 외에 다른 아동살해범이 있다는 발상을 채용한다고 치고, 그렇다면 그것은 어디의 누구인가 하는 의문이다.

그리고 그 누군가는 어떻게 범행을 저지를 수 있었나, 하는 것이다. 그것이야말로 지나간 옛 시대의 미스터리에서 나오는 삼중밀실, 불가능범죄.

범행 현장이 이에스미 준교수의 자택이었다는 것으로 성립되었던 이론의 대부분이 붕괴하고, 범인상도 동기도 트릭도 불가해한 것이 된다.

"그렇지도 않지만 말이죠."

"무슨 소리야, 오기 군."

"그렇게 전형적인 조수 역할 같은 대사, 아라라기 선배에게는 어울리지 않아요. 저는 아무것도 모르니까, 부디 요점은, 자신의 뇌세포로 생각해 주세요. 회색 뇌세포로요."

뻔뻔스럽다고.

하지만 뭐, 확실히 이 아이에게 전부 의지할 수도 없다. 나에게 어울리는 '초보적인 일이라네, 오기 군'이라는 대사를 말하게 만들기 위해, 상상력의 날개를 구석구석까지 펼쳐 보자.

동기는 뭐, 일단 치워 두자. 나는 동기의 여왕이 아니다. 이에스미 준교수의 경우 학대든 살해든 '자신의 딸이니까'라는, 원래대로라면 보호할 이유가 되었을 '이니까'가 역설적으로 동기로 접속되었다고 해도… 그 밖에 범인이 있었다는 이야기가 되면, 사람이 사람을 죽이는 이유는 베리에이션이 무한히 풍부해질 것이다.

"글쎄요. 사람이 사람을 죽이는 이유는, 대개는 연애나 원한이나 금전이나 전쟁이겠지만요. 사고를 포함해도 고작 다섯 가지 패턴이에요, 한 손으로 꼽을 수 있어요."

오기 군 쪽이 조수 역할로 돌아가 준 모양이지만, 기분 나쁜 조수네… 훼방을 넣을 뿐 전혀 탐정 역할에게 찬성해 주지 않는다.

절대 화자가 되지 않았으면 좋겠다.

"세 살 난 아이를 죽일 이유가 되면, 변태 성욕을 동기로 포함해야 할지도 모르겠습니다만. 하물며 인형이 되면 말이죠."

뭐, 이 정도쯤이야.

어쨌든 동기는 일단 놔두고… 밀실 트릭은?

우리에 달린 빗장은 어떻게든 된다. 그 자물쇠를 여는 데 피킹 기술은 필요 없다. 하지만 베이비 룸과 현관의 자물쇠를 열 수 있는 것은 집 주인인 이에스미 준교수뿐이니까.

"그것도, 좀 생각해 봐야겠네요. 왜냐하면 사실로서 제1의 문은 아라라기 선배가 열었고, 제2의 문에 관해서는 오노노키가 보기 좋게 돌파해 줬잖아요?"

은근무례한 조수의 가차 없는 딴죽은 멈추지 않는다… 아니, 아니. 이건 받아칠 수 있거든? 그도 그럴 것이 제2의 문은 그야말로 돌파, 파쇄추로 박살을 낸 것이다.

보기 좋게, 라기보다는 보지 않았던 것으로 하고 싶은 파괴였다.

제1의 문도, 열 수 있었던 것은 내가 집 주인에게 열쇠를 받아 두고 있었기 때문이고, 그것이 없었다면 밀실에 대한 침입은 불가능했다. 아니면 범인은 예비 열쇠를 가지고 있기라도 했다는 말인가?

이에스미 준교수의 키홀더에서 일시적으로 자택 열쇠를 슬쩍 해서 복사하고… 혹은 맨션의 관리회사에서 마스터키를 훔쳐내어….

"어라? 그렇게까지 하지 않아도 되…는 건가?"

예비 열쇠가 아니었다고 한다면?

아니었다고 한다면. 제2의 문의 밀실성도, 또한 일단 제쳐 두었던 동기 문제도, 무섭게도 단숨에 해결된다. 해결되지만….

"어, 어어, 어떻게 된 어떻게 된 일인가요요요. 그, 그그, 그렇게까지 하지 않아도않아도않아도 된다니, 니니니."

"이제 와서 조수인 척하지 마."

너무 동요하고 있잖아, 그 조수. 너무 놀란 나머지 DJ처럼 되었다.

왜 제대로 못 하는 거냐고.

아니, 제대로 못 하고 있는 건, 나였다. 이런 추리는 그 자리에서 하지 않으면 안 되었던 것이다.

나는 말한다.

예비 열쇠가 아니라 소유자에게 제대로 된 소유권이 있는, 즉, 정당한 열쇠였다면.

"별거 중인 남편이 집을 떠날 때 자기 열쇠를 가지고 갔다면, 열쇠로 열 수 있을 거 아냐?"

011

열쇠로 열 수 있을 거 아냐, 라고 어쩐지 말장난처럼 되어 버린 점은 어떻게든 못 본 척 넘어가 줬으면 한다. 나도 동요할 때가 있다.

원래부터 내가 제멋대로에, 친구가 적고, 주위와 대립해 버릇하며, 어쨌든 누군가 다른 인간과 협력해서 뭔가를 한다는 행위가 서투르므로 그런 당연한 발상에 이르지 못했다는 점도 있지만, 그 범행 현장이 부부의 공동작업일 수도 있다는 가능성을 완전히 놓치고 있었던 것은 부끄러울 정도의 맹점이었다.

흡혈귀나 시체 인형이나 신, 거기에 마음의 어둠과는 나름대로 페어를 짜기도 했지만… 다만 공동작업이라는 표현은, 비유로서는 적절해도 역시 어폐가 있다.

학대한 것이 어머니. 살해한 것이 아버지.

그 공정이 제각각이라서, 현장이 그렇게나 불가사의하게 보였던 것이다. 이에스미 준교수가 집을 비웠을 동안 남편이 돌아왔고, 그리고 아내의 핸드메이드 작품을 등 뒤에서 칼로 찔렀다고 한다면.

동기는 '자신의 딸이니까'.

별거의 원인이 되기도 했던 아내의 그 행위가, 보고 있는 것만으로도 불쾌했으니까… 일까, 아니면 남편도 역시 인형을 '내 아이'라고 믿고서 찌른 것일까.

극단적으로 말하면, '우리에 갇혀 있는 것이 불쌍하다'고 생각해서 연민의 정으로 끝을 내 주었다는 설도 성립한다…. 등 뒤에서 찌른 것은 엉성하게 그린 얼굴이라도 그 눈을 보며 죽일 수 없었기 때문에?

동기의 베리에이션은 무한대.

아니, 아니아니, 이것도 역시 성급한 단정에 지나지 않는다. 상상력의 날개를 너무 펼쳤다. 만난 적도 없는 남편을, 이름도 모르는 남편을 이런 식으로 마냥 의심하다니, 인간으로서 해서는 안 될 짓이다. 생각의 자유는 소녀나 동녀나 유녀에 대해 행사해야만 하는 것이지, 불법침입이나 살인을 의심할 때에 사용하고 싶지는 않다.

"일단은 아직 자택이니까 불법침입은 아니고, 인형이니까 살인도 아니지만요."

그렇게 말하는 오기 군.

"하지만 증거는 없더라도 근거가 없는 것은 아니거든요? 아라라기 선배는 인형의 만듦새에 대해 말씀하셨는데, 풍선 아트 같은 조형과 성의 없이 그린 '얼굴'의 낙차…. 이건 준교수가 봉제에 능숙하고 그림에 서툴렀기 때문이라고 봐도 괜찮겠습니다만, 각각 다른 사람이 담당했기 때문에, 라고 생각할 수도 있겠죠?"

"……."

공동작업. 분업.

핸드메이드.

"그렇다고 한다면 그것에는 어떤 사정이 있었는가. 외람되지만 말씀드리자면, 아라라기 선배, 수사를 처음부터 다시 시작하는 편이 좋지 않을까요? 준교수 실종의 의미도 그렇게 되면 다소 변하기 시작할지도 모르고요."

"……."

변하기 시작할 거라고는 생각되지 않는다.

분단하고, 잘라내서 생각한다는 말을 하자면, 그 실종에 관한 문제도 나눠서 생각해야만 한다…. 오기 군은 그 실종마저도 남편이 관여하고 있지 않느냐고 나를 선동하고 있는 것인지도 모르지만, 설령 만에 하나 그랬다고 해도 그것을 조사하는 것은 경찰이 할 일이다.

원래부터 나에게 수사권은 없다.

괴이 현상, 즉 '바뀐 아이' 현상이 관련되어 있다면 그야 경험자로서 기꺼이 훈수를 해 주겠지만, 그렇지 않다면 주제 넘은 탐정놀이야말로 불법행위가 될지도 모른다.

오노노키에게 진언을 받은 대로, 나도 익히도록 할까, 경찰에게 의지하는 법을.

이런 소리를 하면서도, 그러나 한 시간 뒤, 나는 여자 농구부 선후배 교류회 행사장인 나오에츠 고등학교의 체육관 근처가 아니라 이에스미 준교수의 자택 맨션 주차장에 뉴 비틀을 정차시키고 있었다.

칸바루와 히가사가 장을 본 뒤 돌아오는 것을 기다리지 않고, 오기 군에게 전언을 부탁하고 핸들을 최대한 꺾어서, 빙글 하고 U턴해서, 그대로 이에스미 가를 다시 방문했던 것이다.

이런 의리 없는 행동을 아무렇지도 않게 하니까 나는 대학에서도 좀처럼 친구가 생기지 않는 것이겠지만, 그러나 여자 고등학생들과 재미있게 노는 것은 나중이다.

어쨌든, 일은 긴급을 요한다.

아니, 지적 호기심에 사로잡혀 충동적으로 추리게임을 시작한 명탐정 기분을 내는 것은 결코 아니다…. 오히려 나는 정반대로, 살인사건이 있었다는 현장은 멀리 돌아가는 한이 있더라도 피해 가는 타입이다. 이해를 표하는 듯한 말을 했지만, 시체가 묻혀 있다는 소문을 듣고 친구와 하이킹을 하러 가는 츠키히의 마음 따위, 솔직히 이해할 수 없다.

무슨 짓을 하고 있는 거야, 그 녀석은.

설령 살인도 범죄도 아니더라도, 아동학대 행위뿐만 아니라 부부간의 불화까지 엿보이기 시작한 맨션의 한 집을 굳이 다시 방문한 이유는, 지적 호기심 따위와는 달리 굳이 말하자면 오기… 오기 군이 말했던 모순의 순이다.

요컨대 보신이다.

오기 군과 삼중밀실에 관해 이야기하고 있을 때에 떠올렸다. 그렇다기보다 깨달았다. 간단히 열 수 있는 우리의 열쇠가 아니라, 남편이 열쇠를 가지고 있을지도 모르는 현관 열쇠도 아니라, 베이비 룸의 열쇠, 제2의 문에 대해서다.

제2의 문의 자물쇠에 관해서도, 과거 그 집에 살았을 남편이라면 열쇠의 행방을 알고 있어도 이상하지 않으니 요컨대 밀실성은 상실된 것인데… 거기까지 생각했을 때, 문득 깨달은 것이다.

멋지게 돌파, 파쇄추.

오노노키가 킥 한 방으로 부숴 버렸는데… 그거, 혹시 위험한 거 아닌가?

위험하다는 정도가 아니다.

열쇠를 받았으니 이번에는 베니쿠자쿠짱 때와 달리 불법침입이 아니라고 우습게 보고 있었지만, 실내를 파괴해도 괜찮다는 말까지 들은 것은 아니었는데… 등에 칼이 박힌 인형이 우리 속에 들어 있는 것을 보고서 생각 이상으로 혼란에 빠졌던 것인지, 그 뒤처리를 완전히 잊고 있었다.

인형을 학대하는 행위도 인형을 살해하는 행위도 양쪽 다 범죄는 아니지만, 남의 집 실내의 문을 파괴한 행위는 변명의 여지가 없다.

오노노키…!

그 아이, 부수는 것에 주저함이 없다고 할지 여념이 없다고 할지…. 얌전한 얼굴을 하고서 (얌전한 수준을 넘어서 그냥 무표정으로) 상당히 아무렇지도 않게 이것저것 크러시하고 있지…. 그러고 보니 베니쿠자쿠짱 때도 맨션의 창문이라든가, 1초도 망설이지 않고 깼었지.

그런 기능의 도구이기 때문이라고 본인은 부끄러워하지도 않고 태연하게, 오히려 자랑스럽게 대답하겠지만, 그 뒷정리를 하는 건 항~상 나라고.

마왕을 쓰러뜨리는 것은 용사여도, 전쟁으로 파괴된 세계를 부흥시키는 것은 보통 사람들이란 이야기처럼… 아니, 교훈을 얻을 수 있을 만한 그런 이야기는 전혀 아니고, 이것은 단순히 예절교육이 되지 않았을 뿐이다. 어쨌든 오노노키의 본래 소유자는 그 폭력 음양사니까… 지금의 소유자인 츠키히도, 빈말로도 정리정돈이 삶의 보람이란 타입은 아니다.

어쨌든 생각이 부족했다.

어중간하게 끔찍한 베이비 룸이었기에 파괴된 문도 자연스럽게 보였지만, 애정의 잔해 같은 방이라도 문까지 리얼하게 잔해로 만들어도 괜찮다는 법은 없다.

지금은 아직 문제화도 사건화도 되지 않은 모양이지만, 이에스미 준교수의 실종이 길어지면 언젠가는 그 방에 누군가 제삼자가 들어가게 될 것이다. 관리회사일지도 모르고, 그야말로 경찰일지도 모른다.

행방불명이라고는 해도 어디까지나 직장에 모습을 보이지 않고 연락도 취할 수 없게 되었다는 것일 뿐이지, 행방불명자 수색원이 제출된 것도 아니다. 그 수색원을 제출해야 할, 부모를 포함한 그녀의 친족은 아마도 전부 스위스에 거주하고 있다. 현재, 당국은 움직이지 않고 있는 모양이지만 그것도 한도는 있을 것이고.

집세 입금이 계속 밀리면 언젠가 맨션에서 퇴거해야만 하니 그때, 그 베이비 룸이 누군가에게 목격되면 그때야말로 일대 스캔들이다. 우선 틀림없이 실종과 결부되게 될 것이고 그때 그 파괴된 문이 어떤 식으로 보이게 될지….

소심한 인간의 지나친 추측일지도 모르고, 실제로 그럴 것이다. 그 정도의 파괴로 사법의 손길이 뻗어 온다면 오노노키는 한참 전에 체포되었을 것이다(그 아이는 아라라기 가의 현관도 산산조각 낸 적이 있다. 내 여동생째로).

아마도 오노노키의 뒤처리는 평소에는 전문가의 관리자인 권력자, 가엔 이즈코 씨가 하고 있을 거라 생각된다. 그런 뒷공작에 매우 뛰어나다, 그 '뭐든지 알고 있는 누나'는.

파괴공작에 대한 뒷공작.

다만, 그 누나와 현재 관계를 끊고 있는 나로서는 그 고확률을 의지하고 있을 수는 없다…. 깨달아 버린 이상 내가 스스로 어떻게든 해야만 한다.

깨닫지 못했다면 내버려 두었겠지만… 여자 고등학생과 놀며 기분전환을 해야 했는데, 범죄를 은폐하기 위해 동분서주하게 될 줄이야, 정말 이도 저도 아닌 업다운이라고.

집세가 은행구좌에서 인출된다고 한다면 본인이 없더라도 곧바로 입금이 밀리지는 않겠지만(예금의 잔고에도 달려 있겠지만), 그러나 쓸 수 있는 수는 빨리 써 두는 편이 좋다. 처치곤란이었던 현관 열쇠를 처분하지 못하고 계속 주머니에 넣고 다니기를 잘 했다고도 할 수 있다…. 차라리 이 녀석을 버렸더라면 은폐를 꾀할 여지도 없이 체념할 수 있었을지도 모르지만. 실제 범죄도, 이런 아무래도 상관없을 듯한 실수로 인해 발각되어 가는 것이겠지….

잘 풀리지 않네, 인생.

하지만 깨달은 것이 오노노키가 자리를 비운 타이밍이어서 다행이다…. 감시하에 있는 전 흡혈귀의 이런 독단적인 단독행동, 또다시 죽게 될지도 모른다. 오노노키의 뒤처리를 처리하려 하고 있는데 내가 오노노키에게 처리되어 버리는 것은 역시나 납득할 수 없다.

그렇게 되어서, 가는 도중에 보인 잡화점에서 구입한 수선용 목공도구를 들고 이에스미 가를 다시 방문한 것이다.

012

파괴된 문을 잽싸게 고칠 수 있다면 여자 농구부 교류회의 2차 모임 정도에는 참가할 수 있을지 모른다는 어설픈 계산도 있었지만, 그 노림수는 빗나갔다.

　이렇게 계속 말하면 내가 그 모임에 너무너무 출석하고 싶어서 견딜 수 없는 녀석처럼 되어 버리는데, 원래부터 나는 사교적인 성격이 아니므로 어떤 취지이더라도 파티 같은 건 영 부담스럽다…. 파이어 시스터즈의 해산파티에도, 상당히 마지못해 참가했던 귀찮은 녀석이 바로 나다.

　그때는 여자 중학생들의 파티였지만… 뭐, 나의 사회성에 대해서는 대학 재학 중에 어떻게든 하기로 하고, 어쨌든 교류회에 출석하는 것은 완전히 포기할 수밖에 없어 보였다.

　베이비 룸의 문이 어지간한 정성으로는 고칠 수 없을 만큼, 손쓸 방법이 없을 정도로 파손되어 있었기 때문…이 아니다.

　그랬다고 해도, 궁극적으로 나에게는 비기가 있다. 과거에 전설의 흡혈귀였던 오시노 시노부, 구 키스샷 아세로라오리온 하트언더블레이드의 '물질창조능력'에 의지해서, 문을 감쪽같이, 완벽하게 재건해 달라고 한다는 비기가… 밤을 기다려야만 한다는 조건은 있지만, 그렇다면 차라리 낮에는 교류회에 출석하고 (역시 출석하고 싶은가?) 밤에 다시 한번 이 집을 찾아오면 되는 것이다.

　대가(도넛)는 지불하게 되겠지만… 그러나 그 심모원려深謀遠慮는 쓸모없는 것이었다. 제2의 문의 파괴는, 가능하면 자력으로 해결하고 싶다는 나의 독립심에 적합한 것이었다… 오노노키가 맨발로 걸어찼던 것이 다행이었는지도 모른다. 항상 신던 부츠였다면, 하물며 '언리미티드 룰 북'이었다면 문 자체에 구멍이 뻥 뚫려 있었겠지만, 어렴풋이 발자국이 남아 있는 정도일 뿐 경첩 본체는 거의 무사했고, 나사 몇 개가 부러져 있는 정도의 파손이다.

이거라면 나 정도 수준의 DIY 기량으로 어떻게든 될 것 같은 정도였다. 그러면 어째서 나는 설레는 마음으로 여자 고등학생들과 재미있게 놀러 갈 수 없는 걸까?

그렇게 복잡한 사정은 아니지만, 중요한 일이므로 순서대로 설명하겠다. 사정이 아니라 이상사태라고 말해야 할 전개에 대해서.

열쇠를 받았다고는 해도 켕기는 부분이 전혀 없는 정도는 아니므로, 나는 방범 카메라를 피하듯이 맨션의 뒷문으로 몰래 들어와서(더욱 수상하다), 3층의 333호까지 엘리베이터를 이용하지 않고 계단으로 올라갔다. 어쨌든 집 주인이 행방불명이고 유괴범이 증거 인멸을 하러 왔다고 여겨져도 곤란하다. 유괴를 하지 않았을 뿐 사실은 아주 그것에 가까운데, 가깝기에 곤란한 것이다… 점점 거동수상자가 되어 간다.

뭐, 카메라를 완전히 피하는 것 따윈 완전히 흡혈귀화하지 않는 한 불가능하므로 (하면 거울에 비치지 않게 되니까, 미러리스 카메라가 아닌 한 안전하다. 아마도 미러리스라도 안전하다) 어느 시점에서는 깔끔히 포기하는 수밖에 없겠지만… 그것과는 반대로 다른 준비도 필요했다.

별거 중인 남편이 '아동살해범'이 아닐까 하는 가능성에 생각이 미쳐 버린 이상, 반드시 333호가 빈집이라고만은 할 수 없다는 점에도 나는 주의를 기울여야만 한다…. 그 부분까지 경계하기 시작하면 끝이 없다는 말을 들을지도 모르겠지만, 집에 돌아온 남편과 내가 베이비 룸에서 딱 마주치는 사태는 가능성으로서 성립할 수 있다.

끔찍한 수라장이다.

실재하는 여자친구와도 그런 슬픈 상황은 경험한 적이 없는데, 어째서 그런 샛서방 같은 꼴을 겪어야만 하는가…. 그러나 문 파괴범(의 일당)인 내가 이렇게 당당히 들어왔으니, 남편도 두 번째 귀가를 하고 있어도 이상하지 않다. 진범은 현장으로 돌아온다, 라는 이야기처럼.

게다가 평범하게 '남편이 귀가했다'라는 상황도… 남편이 '아동살해범'이라든가 하는 것은 현시점에서 어디까지나 나(와 오기 군)의 억측이지만, 그렇지 않더라도 행방불명된 아내를 걱정해서 집에 돌아와 있을 가능성은 생각할 수 있을 것이다. 그 경우, 서로 피장파장이 아니게 된다. 내가 일방적으로 불법침입자이며 파괴적인 범죄자다.

학대받은 아이가 갇혀 있다고 상상하면서 현관을 열었을 때도 긴박했지만, 그 아버지가 있을지도 모른다고 상상하면서 여는 현관도 상당히 스릴이 넘쳤다.

그러므로 숙고한 끝에 일단 나는 인터폰을 눌렀다…. 반응은 없다. 노 리액션. 일단 안심해도 되는 걸까?

아니, 아직 안심보다는 조심이다.

왜냐하면 사실 나에게는 또 한 가지, 배려해야만 하는 전개가 있는 것이다. 그것은 문제의 중추인, '행방불명된 이에스미 준교수'가 자택에 틀어박혀 있을 뿐이라는 전개다. 어딘가로 실종된 것도 스위스로 귀국한 것도 아니라, 직장이나 친구와의 연락을 끊은 상태로 방에서 한 발짝도 나오지 않고 집을 지키고 있는 것이라고 한다면?

깜빡 지나칠 법한 고전적인 트릭처럼 보이지만, 실은 현대사회이기에 성립되는 빈집 지키기다. 어떤 생활필수품이라도 인터넷 쇼핑으로 배송받을 수 있으니까… 뭐, 한도는 있겠지만 그래도 일주일 정도라면 인간은 외출하지 않더라도 여유 있게 지낼 수 있다.

대학 관계자나 친구가 끊임없이 집을 찾아와도, 계속해서 완고하게 없는 척할 수 있을 만한 강한 마음이 있다는 전제이지만… 나 같은 건, 교류회 참가를 갑자기 취소한 것만으로도, 이 죄악감이다.

그래, 맞다. 언젠가 내가 실종되고 싶은 심정으로 체육창고에 틀어박혔을 때도(자세한 사정은 묻지 말아 줬으면 한다), 하네카와의 메시지 한 통으로 싱겁게 붙들려 버렸으니 말이야…. 그러므로 설령 이에스미 준교수가 어떤 심정으로 모습을 감췄다고 해도, 자택에 숨어 있을 가능성은 몹시 낮다고 생각한다.

아직 남편과 인사를 나누게 될 위험성 쪽이 명백히 높다고는 생각하면서도, 그러나 실내에서 며칠 만에 이에스미 준교수와 재회해 버리는 패턴도 제대로 시뮬레이션해 두지 않으면 어물어물 당황하게 될 뿐이다… '열쇠를 돌려드리러 왔습니다' 정도일까?

아니면 조금 전처럼 명탐정 느낌으로 '역시 여기 계셨습니까…' 같은 대사 한마디라도 중얼거리면 되는 걸까.

다 알고 있었습니다, 라는 얼굴로.

어쨌든 누른 인터폰에 반응이 없었다. 여기서부터는 방문한 손님이 아니라 수리공이 되어야만 한다.

훤히 다 아는 남의 집, 이라고까지는 못하더라도 어쨌든 두 번째 방문이므로 3LDK의 복도를 걸으면서 길을 잃지는 않는다. 미아의 신을 불러낼 것도 없다. 곧바로 베이비 룸에 도착한다.

덧붙여 두자면 거실에서도, 도중에 있는 제1의 문… 즉 이에스미 준교수의 침실인 듯한 방에서도 인기척은 느껴지지 않았다. 대학교수의 히키코모리 설은, 거의 사라졌다고 해도 좋을 것이다. 그것보다도 내가 어제 제1의 문을 활짝 열어 두고 돌아가 버렸다는 부주의함을 반성하자.

제2의 문은 활짝 열어 둔 정도가 아니었지만… 그렇지만 그 파괴의 수준이 수작업으로 원상복구가 가능한 정도였다는 것은 이미 이야기한 대로다.

그 점을 일단 기뻐하자.

…라고 전혀 생각할 수 없었던 것은, 부서져 있던 것이 문제의 베이비 룸의 문뿐만이 아니었기 때문이다.

"…엥?"

가장 큰 문제인 문이 부서져 있었다. 베이비 룸의 구석에 놓인 케이지의 문이다. 어제, 이 차광 커튼이 쳐져 있는 방에서 보았을 때는 제대로 빗장이 걸려 있었던 우리의 문이… 그쪽은 거의 회복이 불가능하게 부서져 있었다.

몬스터를 가둬 두기 위한 케이지의 철책이, 안쪽에서부터 우격다짐으로 비틀어 열려 버린 듯한… 쇠로 된 봉이 마치 엿가락처럼 휘어 있다. 문이 부서져 있다기보다는 흐물흐물 녹아 있는 듯한… 그러나 말할 것도 없이, 그 우리의 내부에 몬스터는 없다.

그리고.

등에 과도가 꽂힌 학대 인형도, 우리 안에서 사라졌다. 그녀의 제작자와 마찬가지로 행방불명되었다.

013

음. 음음. 음음음?

어떻게 된 사태지, 이건?

나는 일단 도구함을 베이비 룸 바닥에 내려놓았다…. 이것이 잘못이었는지도 모른다, 조금이라도 현명한 인간이라면 곧바로 발걸음을 돌렸을 상황이다.

하지만 적지 않게 어리석은 나는 검증하지 않을 수 없었다. 생각 없이, 생각하는 것을 선택해 버렸다… 뭐 어쨌든, 하다못해 진정하도록 하자.

그 자리에 머물러 버리는 나의 나쁜 버릇은 조만간 고치기로 하고… 실내의 상황만을 담담하게 묘사하면, 마치 그 인형이, 마치 자신의 의사를 가지고, 우리 안에서 탈주한 것처럼 보이게 될지도 모르지만 아직 그렇다고 확정된 것은 아니다.

초조해 하지 마라.

나 또한 우연히도 인연이 있어서 자율적으로 움직이는 인형, 그것도 시체 인형이라는 극단적인 실제 사례를 알고 있으니까 그런 첫인상을 느껴 버렸을 뿐이지… 상식에 따르는 한, 인형은 탈옥하지 않는다.

다들 잘 알고 있는 대로다.

그러니까 이 며칠 사이에 누군가가 이 케이지를 파괴했다고 한다면, 그것은 갇혀 있던 인형이 아니라, 그 사이에 집을 찾아 왔던 인간의 짓이라고 추측해야 한다.

안쪽에서 힘으로 비틀어 연 듯 보여도, 그냥 그렇게 보이는 것 뿐일지도 모르지 않는가.

빈집을 지키고 있는 것은 아닌 모양이지만 실종 후에 이에스미 준교수가 한 번 귀가했다는 가설은 얼마든지 세울 수 있고, 그렇다면 그때에 핸드메이드인, 어떤 의미에서 애착이 깊은 인형을 가지고 갔는지도 모른다. 동일한 가설을 남편의 경우에도 간단히 세울 수 있다.

아내가 '귀여워하고 있던' 인형을 칼로 찔러 버린 것을 후회하며… 뭐랄까, 수리를 위해 가지고 갔다든가?

아내의 실종을 알고 증거 인멸을 위해 가지고 갔다는 추리도 성립한다. 지금 내가 딱 그러기 위해 이에스미 가를 방문한 것처럼.

…하지만, 실제로는 어떤 거지?

이에스미 부부가 아니어도, 어쨌든 인간이 그 기분 나쁜 인형을 가지고 갔다고 가정하고서, 말이다…. 어디의 누가 그것을 위해 철제 케이지를 뒤트는 폭거를 저지른다는 거지?

제2의 문을 파괴한 식신이자 파괴신인 오노노키라 할지라도 이 케이지를 열 때는 평범하게 빗장을 풀 것이다…. 설령 빗장식 문이라는 고대의 잠금장치를 태어나서 지금까지 본 적 없는 유치원생일지라도, 간단히 열 수 있는 심플한 구조다.

그렇다, 유치원에 들어가기 이전의 세 살 난 아이라도 아닌 한….

애초에 동물용 케이지다. 흔한 완구가 아니다. 어떠한 힘이 어떠한 각도로 가해져야 쇠로 된 봉이 저렇게 기묘하게 휘는 거지?

적어도 나의 완력으로는 무리다. 흡혈귀 시절이라면 물론 쇠가 다이아몬드였더라도 식은 죽 먹기였겠지만, 지금의 내 완력으로는….

실제로, 어떤 거지?

아무리 청순한 척을 하더라도 나는 타임 트래블을 한 적도 있거니와 패럴랠 월드를 멸망시킨 적도, 구원한 적도 있는 능력자다…. 인형의 탈옥사건으로 인사불성이 될 정도로 혼란에 빠지는 것도 앞뒤가 맞지 않는다.

그렇지만… '실제 사례'인 시체 인형 오노노키도 츠쿠모가미가 되기 위해서는 100년간 사용될 필요가 있었잖아? 그리고 그애가 그렇게 자유롭고 활달하게 움직이기 위해 카게누이 요즈루와 테오리 타다츠루는 '지면을 걸을 수 없다'라는 영문 모를 저주를 짊어지고 있다. 그만한 시간과 대가가 있었기에 만들어진, 시체 인형이다.

지난주에는 평범한 봉제인형이었던 인형이, 주초에 다시 내방해 보니 힘으로 우리에서 탈옥했다니… 그렇게 쉬운 일인가?

"…아니."

평범한 봉제인형, 이 아닌가.

손수 만든, 자기 아이의 대역.

고통당하고.

등을 찔린 봉제인형. 기간은 짧을지라도 담긴 정념은 장난이 아니다. 오히려 그것으로 부족하다면 대체 어느 정도의 정념이 필요할까 싶을 정도의 정념이다.

굳이 말하자면 내가 이 집을 찾아온 것이 방아쇠가 되어 버렸을 가능성은 있다…. 괴이 경험이 풍부한 내가 적지 않은 영향을 주어 버렸을 가능성. 그 옛날, '좋지 않은 것들'이 모여드는 장소가 되어 있던 키타시라헤비 신사가 자기리나와蛇切繩에 대해 그러한 역할을 했던 것처럼, 내가 그런 존재가 되어 있었는지도.

능력자의 병 주고 약 주기.

그런 일이 없도록, 가엔 씨가 구 키스샷 아세로라오리온 하트언더블레이드의 영향력을 완전히 봉인해 주었을 테지만, 원숭이가 나무에서 떨어지는 일도 있을 것이다.

그렇다면 책임을 느끼지 않을 수 없다…. 이에스미 준교수 실종의 계기는 고사하고 학대 인형 탈옥의 계기를 만들어 버린 것이라면, 농담이 아니라 오노노키에게 살해당해도 할 말이 없다.

그 아이는 언제나 농담 정도가 아니다.

언제나 괴담이다.

하지만 그렇다고 해도 이 사태는 더 이상 은폐할 수 없다…. 살해당하는 것을 각오하고 오노노키에게 보고할 수밖에 없다. 제2의 문과 달리, 이 흐물흐물하게 뒤틀린 우리를 원래대로 고쳐 놓기 위해서는 정말로 시노부를 불러낼 수밖에 없고, 그렇지만 그 로리 노예의 영향력에 누출이 있었다고 한다면 안이하게 흡혈귀의 힘에 의지할 수는 없다.

이거 야단났네….

어쨌든 나 때문이건 아니건 탈옥한 인형을 수색하지 않을 수 없고, 그렇게 되면 오노노키라는 프로의 조력은 불가결하다. 그렇게 생각하면서 일단은 그럴싸한 단서를 찾아, 얼마 전에 그렇게 했던 것과 마찬가지로 케이지에 가까이 다가가서 바로 위에서 안을 내려다본다.

어떠한 방향으로 보더라도 텅 비어 있는 케이지 안에 숨을 수 있는 공간 따윈 없지만… 과도도 사라졌네.

꽂힌 채로 도망친 걸까?

그렇다면 도주범은 중상을 입고 있다는 이야기가 된다… 그렇게 생각해도 될까, 아니면 천 덩어리에 너무 감정이입하는 걸까.

하지만 감정이 이입되었기에 그 인형은… 명명하자면 이이에짱 인형은, 우리에서 도망친 게 아닐까?

"음… 하지만 도망쳤다니, 어디로?"

자연스럽게 의문점이 입 밖으로 나왔다.

물론 그것을 오노노키와 함께 찾아야만 한다는 이야기인데… 뭐, 아동상담소에 달려가지는 않았을 것이다. 내가 하고 싶은 말은 그 이전의 이야기다.

내가 현관으로 들어왔다. 열쇠를 사용해서, 자물쇠를 열고.

반대로 말하면 문은 잠겨 있었던 것이다. 만약 이이에짱 인형이 정면으로, 즉 그 현관으로 나갔다면 문은 열려 있지 않으면 이상하지 않나?

남편과 달리 봉제인형이 열쇠를 가지고 있었다고는 생각할 수 없다…. 학대받지 않은, 살아 있는 아이여도, 세 살 아이에게 열쇠를 맡기는 부모가 그리 흔하리라고는 생각되지 않는다.

모든 방면에서 다각적으로 검토하기 위해, 그래도 이이에짱 인형이 열쇠를 가지고 있었다고 가정하더라도, 그렇다… 빗장을 여는 법을 몰랐던 '그 아이'가, 열쇠로 문을 잠그는 법을 익히고 있을 리도 없을 것이다.

즉, 얼추 생각해서 이이에짱 인형은 현관으로는 나가지 않았다…. 어딘가의 창문으로 유리를 깨고 탈출? 하지만 이 집에 들어왔을 때에 느낀, 지난번과 달라지지 않은 공기로 봐서는 그렇게 환기가 이루어지고 있었던 것처럼은 도저히….

"…우리에서는 나왔지만."

혹시, 이이에짱 인형.

아직, 이 집 안에 있는 건가?

014

믿기지 않게도, 나는 케이지의 뒤틀린 프레임을 보고도 이이에짱 인형의 탈옥이 바로 조금 전에 이루어졌다는 추리를 하지 못했다. 어쩌면 아직 이이에짱 인형은 집 안에 있을지도 모른다든가, 좀 더 말하자면 이 베이비 룸 안에 숨어 있을지도 모른다고는 전혀 상상하지 않았다.

하지만 텅 빈 우리 안에는 분명 숨을 수 있는 장소가 없었지만, 집 전체가 스테이지가 되면 세 살 난 아이 사이즈의 봉제인형 따위, 얼마든지 숨을 수 있다.

갑자기 긴장되기 시작했다.

과도도 함께 소실되었음을 생각하면 가속도적으로. 케이지를 불가역적으로 파괴할 수 있는 인형이 날붙이를 들고 있다니, 그건 이미 충분 이상으로 위협이다.

위협이며, 공포다.

집 안에서 빈집을 지키고 있었던 것은 이에스미 준교수가 아니라 이이에짱 인형이었다든가… 우리에서 나온 것까지는 좋았지만 현관 여는 법을 몰라서 그 뒤에도 계속 갇혀 있었다든가? 세 살 난 아이 사이즈로는 잠금장치까지 손이 닿지 않고… 철로 된 봉을 힘으로 구부릴 수 있으니 창유리를 깰 정도의 힘은 분명히 있겠지만, 다만 세 살 난 아이가 유리라는 물질을 이해할 수 있는지 어떨지는 또 다른 이야기다.

예를 들어 성견은 세 살 아이 정도의 지능을 가지고 있다고 하지만, 창유리에 쾅쾅 부딪치기도 하는 모양이다…. 거울에 비친 자기를 인식하는 것과는 또 다른 개념이겠지만, 이이에짱 인형이 투명한 유리를 '부순다'는 발상을 가지지 못했다고 해도 이상하지는 않다. 투명해서 보이지 않는 공기를 부수려고 생각하지 않는 것과 마찬가지로… 젠장, 의미도 없이 주위를 두리번거리게 된다고.

인형이 도망쳤다는 것에 놀라고 있었지만, 말이 끝나자마자 이번에는 내가 도망칠 생각을 하게 될 줄이야…. 다만, 혹시 겁쟁이인 나의 지나친 생각이 아니라 아직 이 이에스미 가 내부에 이이에짱 인형이 있다고 한다면, 그것은 어떤 의미에서 봉쇄에 성공한 상황이라고도 말할 수 있다.

전문가가 말하는 '결계'다.

내가 도망칠 때에 현관을 열면 그 결계가 풀려 버리게 된다…. 당연히 열린 문을 바로 닫고 단단히 잠그면 아마도 아무 일도 일어나지 않겠지만, 반드시 그렇게 되리라는 보증은 없다…. 내가 뛰어나가는 순간에, 탈옥자가 마침 잘되었다며 편승할지도 모른다.

그것보다는 지금 여기서 책임을 느끼고 있는 내가, 밀실 아닌 결계의 결판을 내야만 하는데… 만약 오래전에 탈출을 마쳤다면, 이런 건 나 혼자 난리를 피우는 것이나 마찬가지지만.

괴력으로 쇠로 된 우리를 비틀어 열 수 있는 봉제인형이 스르륵 하고 벽을 통과해 빠져나갔다고 해도 비난을 뒤집어쓸 정도의 더블 스탠더드는 아니다.

그것을 잘 이해한 상태에서 자신이 할 수 있는 일을 나는 해야만 한다… 지금 여기서, 이이에짱 인형을 집에서 놓쳐 버리면 어디로 가 버릴지 알 수 없으니까. 아니, 사실은 짚이는 곳이 있다.

실종 중인 '어머니'를, 혹은 별거 중인 '아버지'를, 학대받은 '세 살 난 딸'은 찾아가지 않을까, 라고 짐작하고 있다. 상식 밖의 슈퍼 파워를 지니고서.

그러니까 멈추게 해야만 한다.

아직 이곳에 있다면, 놓쳐서는 안 된다.

레이더처럼 괴이를 탐지하는 스킬이 나에게 있다면 좋을 텐데 말이야…. 시노부였다면 분명 가능하겠지만… 그러나 쉴 새 없이 두리번거려 보기로는, 아무래도 이 베이비 룸에는 없는 모양이다. 빈틈없이 천장도 체크했지만 모빌에 매달려 있거나 하지도 않았다.

거실이나 준교수의 침실도 지나올 때에 그렇게까지 신경 써서 본 것은 아니지만, 하지만 역시 가장 수상한 것은 제3의 방일까? 별거 중인 남편의 방. 아직 보지 않은 방에, 용기를 짜내서 드디어 들어갈 때가 온 모양이다. 의외로 베이비 베드에서 새근새근 자고 있는 게 아닐까 하고 그쪽에도 눈길을 주었지만 물론 케이지와 마찬가지로 텅 비어 있었다.

아니, 엄밀히는 마찬가지가 아닌가.

케이지는 말 그대로 텅 비어 있었지만, 베이비 베드는 요컨대 침대이므로 안쪽에는 담요가 덮여… 담요?

"!! 크윽!"

직감했을 때에는 이미 늦었다.

베이비 베드에서 튀어 오른 담요가, 나의 목덜미에 휘감겼다. 쇠도 구부리는 강렬한 힘으로.

015

천 덩어리, 천 덩어리, 라면서 받아들이기에 따라서는 인형의 인형으로서의 형태를 경시하는 듯한 표현을 써 왔는데, 나는 그 대가를 치르게 된 것이다. 풍선 아트처럼 형성되어 있던 이이에 짱 인형이 스스로 **풀려서** 베이비 베드에 숨어들어 있다니, 발상의 전환도 뭣도 아니었는데.

나의 배려가 결여된 발언, 그 부족함에 대해서는 나중에 많이, 이 책과 같은 정도의 두께로 반성문을 쓰기로 하고, 그러나

이 사태를 경험한 것에 의해 아라라기 코요미가 먼저 써 둬야 할 것은 경고문이다.

담요로 목을 꽉꽉 엄청 졸렸기 때문에 그 원한을 담아서 말하고 있는 것이 아니다…. 왜냐하면 세 살 난 아이의 형태에서 자의적으로 얇고 평평한 담요 형태로 돌아갈 능력이 있다면, 일부러 케이지를 비틀어서 탈옥할 필요는 없잖아?

빈틈으로 빠져나오면 될 일이다.

풀려서, 얇아져서.

그런데도 그렇게 하지 않았던 것은 그때에는 그것이 불가능했기 때문이라고 해석하는 것이 가장 타당하다…. 탈출 후에, 말하자면 그 '담요화' 능력을 획득했다.

학습했다고 말해야 할까, 아니면… 성장했다고 말해야 할까, 세 살 난 아이처럼.

그 성장속도, 그 성장 잠재력.

괴이로서 위험도가 S급 이상이다. 이중으로 '전前'이라고는 해도, 괴이의 왕의 권속을 이렇게나 화려하게 함정에 빠뜨린 것만으로도 장래성이 넘쳐 난다.

현관 여는 법을 알려 줄 녀석이 어슬렁어슬렁 찾아오기를, 덫을 치고 계속 기다리고 있었다고 해석하는 것은 역시나 너무 깊이 생각하는 것이라고 보지만, 긴장하고 있다고 생각했는데도 나에게는 위기감이 한참 부족했다.

그러므로 나는 여기서 목뼈가 부러져도 전혀 이상하지 않았고, 치러야 할 대가로서는 지극히 적절하다고까지 말할 수 있었을 것이다. 이렇게 꼴사나운 패자의 변을 늘어놓을 수 있는 것은 뜻밖의 행운일 뿐이다.

그런 행운을, 나는 지금, 이럴 수가 저럴 수가, 케이지 안에서 음미하고 있다. 그렇다, 처음에 이이에짱 인형이 감금되어 있던 그 케이지다.

나는 지금, 감금되어 있다.

세월이 느껴지는 마법의 담요에 목덜미를 붙들린 채로 우리 안에 처넣어졌다. 그것도 학습한 것인지, 실신 직전의 나를 해방한 담요는 이번에는 비틀려 열려 있는 철책에 빙글빙글 휘감기더니 흐물흐물한 원래 모습으로 돌아갔다.

우연인지 의도적인지 그때, 빗장의 봉도 한꺼번에 휘감아서 철책에 얽히도록 구부려 주었다. 그렇게 되어서 나는 우리에서 나갈 수 없게 되었다.

갇힌 것이다.

사냥감의 무력화에 어렵지 않게 성공한 담요는 더 이상 나에게 눈을 주지도 않고, 그대로 팔랑팔랑 베이비 룸에서 나갔다.

그 뒤에 복도 너머에서 들려온 소리로 판단하기로 담요는 현관을 열고 밖으로 나가 버린 듯하다…. 두려워하던 사태는, 간단히 현실화되었다.

하늘을 나는 담요가 될 수 있다면 키 문제는 어렵지 않게 클리어 되는 것이니, 아무래도 결계는 자물쇠뿐인 결계였던 모양이다…. 잠금장치를 돌리는 방법을 알지 못해서 갇혀 있는 상황이었는데, 증거 인멸을 하러 왔던 내가 봉인을 풀어 버린 것이다.

아이고~

안에 들어온 뒤에는 제대로 문을 잠그고, 뭐하면 도어체인도 걸어 뒀어야 했다… 아니, 그 학습 속도로 봐서, 내가 오지 않았더라도 어차피 머지않아 이이에짱 인형은 집을 뛰쳐나갔을 것이다.

그렇다고 해도… 학대 인형의 가출인가.

이렇게 되어 보니 기분을 잘 알 수 있다고 할까, 이렇게 비좁은 우리에 갇혀 있으면 도망치고 싶어질 만도 하겠는데?

이 뒤에 생각해야만 하는 것들의 막대한 양에 진절머리가 나지만, 나도 우선은 이 케이지에서 탈옥해야만 한다…. 빗장은 뒤틀리고 뒤엉켜서 움직이지 않고, 철책을 비틀어 연다는 곡예는 (지금의) 나에게는 불가능하고. 이거야 원, 나 자신이 밀실 트릭을 고안해야만 하게 될 줄이야.

엄청 흥분된다고.

감금되는 것은 1년 만이다.

작년 여름, 갓 알게 된 센조가하라 히타기에 의해 폐 빌딩에 감금된 적이 있다. 그때는 일단 그 애가 음식과 마실 것을 준비해 주었지만 이번에는 그것을 기대할 수 없다.

담쟁이는 도망쳤고, 집 주인은 실종 상태다.

자칫 목숨이 아슬아슬했다가 살아난 듯한 분위기도 있지만, 이대로 사흘만 있으면 나는 굶어 죽는다.

학대당한 사람의 기분은 학대당한 적 없는 인간이 영원히 알 수 없다는, 그야말로 다 안다는 듯한 이야기를 듣곤 하는데, 설마 내가 이이에짱 인형과 같은 경험을 하게 될 줄이야….

그것도 의도적인가? 앙갚음인가?

그렇다고 한다면 복수할 상대가 잘못되었다고밖에 말할 수 없고, 그렇다고 해서 복수해야 할 상대에 대한 복수를 허락할 수도 없다.

탈옥왕이 되어야만 한다.

다행히 방법이 두 개 있다.

방법①……시노부를 깨운다. 아직 해가 높이 떠 있지만, 정확히는 흡혈귀가 아니라 흡혈귀의 영락한 몰골인 유녀는 교섭하기에 따라서는 낮의 활동도 가능하다.

방법②……칸바루와 오기 군 쪽에 전화한다. 다행히 문명의 이기인 휴대전화는 빼앗기지 않았고 파괴되지도 않았다. 오기 군에게는 이미 이 맨션에 대해 이야기했고, 괴이 사정에 정통한 (지금도 콤비로, 뭔가 수상한 활동을 하고 있는 듯한) 그 두 사람에게 도움을 청하면, 탈옥뿐만 아니라 이후의 이이에짱 인형 수색에도 손을 빌려 줄 것이다.

양쪽 다 나쁘지 않지만 방법①과 방법②, 양쪽 모두 공통되는 디메리트로서 '엄청 꼴사납다'라는 난점을 거론할 수 있다…. 동물용 케이지에 갇혀 있는 이 모습을 그 녀석들에게 보이면 주인님으로서도 선배로서도 두 번 다시 경의를 얻을 수 없을 것이다.

평생 얕보이게 된다.

혹은 버림받는다.

너의 시답잖은 체면 따윈 알 게 뭐냐는 말을 듣겠지만, 그 시답잖은 체면이 없으면 도망쳐 버린 이이짱 인형을 어떻게 해서든 붙잡아야만 한다는 사명감도 사라져 버린다.

중요한 낮잠 시간 중인, 혹은 중요한 선후배 대교류회가 한창일 그 녀석들을 불러낼 거라면, 하다못해 케이지에서 탈출하는 것 정도는 자력으로 해야만 한다.

정말이지, 울고 싶어지는구만.

지옥이나 악몽을 경험하고, 타임 트래블을 하고, 패럴렐 월드를 멸망시키거나 구원하거나 한 내가, 지금 동물용 우리에서 어떻게 나가야 할지로 애를 먹고 있다니… 하지만 뭐, 어차피 동물용 우리다. 인간 님의 지혜 앞에서는 무력하다. 동물은 고사하고 담요에 의해 감금당한 인간 님이지만, 뭐, 나도 아무런 승산도 없는데 이 여유 없는 환경에서 허세 부리는 소릴 하지는 않는다. 실제로 시노부에게는 더욱 꼴사나운 모습을 엄청 보이고 있으니….

대체 어떻게 된 하늘의 뜻인지, 현재 이 베이비 룸에는 주말 목수의 공구가 가득 채워진 공구상자가 있는 것이었다. 분명 어딘가의 멍청이가 증거 인멸을 위해 문을 수선하려고 가지고 온 것이겠지.

그 멍청이가 이제부터 하려고 하는 일은, 그 목적의 정반대다. 공구를 사용해서 문을 파괴한다. 인간의 생활을 풍요롭게 하기 위해 개발된 기술이, 후세에 전쟁병기에 이용되는 현실과 자신의 현상황을 비교하며 깊이 고찰할 수도 있을 듯했지만…

뭐, 그건 그렇다 치고.

철책 틈새로 공구상자를 향해 손을 뻗었지만 유감스럽게도 닿지 않았다. 발은 무릎까지밖에 나가지 않는다. 넓적다리는 넓적하니까 넓적다리라고 한다. 그러므로 나는 조금 머리를 써서, 바지를 벗기로 했다.

그만큼 넓적다리가 슬림해질 거라고 생각한 게 아니라 올가미처럼 쓰기 위해서다. 우선은 바지를 우리 밖으로 내보내고, 철책 틈새를 통해 두 손으로 좌우 끝단을 잡아, 바지를 도구함을 향해 펄럭인다.

세 번째의 챌린지에서 도구상자는 사타구니 부분에 제대로 걸려 주었다. 남은 것은 당겨 오는 것뿐이다.

남의 집 안에서 팬티 바람이 되어서 무슨 짓을 하고 있는 건가 하는 생각을 하면 패배다… 그리고 목표를 달성했다고 생각하기에는 아직 이르다.

진짜는 여기부터다.

자, 세일 중이라 2980엔이었던 도구함 안에는… 좋았어, 실톱이 있었다! 이거다! …라고 나는 혼자 갈채했지만 유감스럽게도 이것은 꽝이었다. 톱질을 시작하고서 깨달았는데, 철제 우리를 실톱으로 절단하는 것에는 아마도 5년은 걸릴 것이다.

철봉 하나를 자르면 지나갈 수 있는 것도 아니고, 이런 것은 진짜 탈옥왕의 수법이다. …그렇다면 드라이버를 사용해서 이 우리를 근본적으로 해체할까… 그 방법도 조립설명서가 없으면 간단할 것 같지 않은데…. 그렇게 생각하던 동안에 떠올랐다.

도구함 바닥에 망치가 있었던 것이다.

DIY.

디스트로이 잇 유어 셀프.

5분 뒤, 나는 밀실로부터의 탈출 트릭을 성공시켰다. 한낮에 시노부를 깨우거나 칸바루나 오기 군을 전화로 불러내는 것보다도 결과적으로는 단시간에 탈옥한 것이다.

계산해 보면 나는 고작 반시간조차도 이곳에 갇혀 있지 않았던 것인데, 그래도 이 해방감이다.

기쁨을 노래하고 싶을 정도다.

그렇게 되면 지금의 이이에짱 인형이 어떠한 기분일까⋯ 그렇게 마냥 해방감에 젖어 있을 수 없다.

도망친 담요를 뒤쫓아야만 한다.

아직 그렇게 멀리는 가지 않았을 것이다. 지푸라기에 매달리는 심정으로 현관 밖으로 뛰쳐나간 나였지만, 담요의 모습도 인형의 모습도 어디에도 보이지 않았다.

그렇다면 엘리베이터의 사용법까지 이미 익혀 버린 건가? 아니면 비상계단으로⋯ 아니, 하늘을 나는 담요니까 그 부분의 수속은 전부 건너뛸 수 있나. 현관 앞의 복도는 하늘에 접해 있으니 거기서부터 날아가 버리면 이이에짱 인형은 이제 자유다.

쉽게 포기할 수 없어서 난간에서 몸을 쭉 내밀며 눈에 힘을 주고 크게 떠 봐도 바람에 휘날리는 담요는 보이지 않는다. 발견했을 때를 위해서 일단 준비해 두었던 '담요가 바람에 휘날려 갔어!'라는 대사의 등장 기회는 아무래도 없어 보인다.

그래도 절망하지 않고 행동해야만 한다. 초조함에 재촉당하는 것처럼, 나는 계단을 뛰어 내려간다. 올라왔을 때처럼 방범 카메라를 경계해서 하는 행위가 아니라, 엘리베이터를 기다리고 있을 수 없었던 성급함이 이뤄 낸 업이다. 3층에서 주차장을 향해 다이빙하지 않았던 만큼, 아직 이성적이었다고 말할 수 있다.

그리고 목적지를 정하지 않은 채로 뉴 비틀에 뛰어들…려고 하다가.

"우와."

하고 놀라게 되었다.

이렇게 절망하고 있음에도 불구하고, 입에서 흘러나온 것은 탄식이 아니라 감탄의 목소리였다. 내 애차의 타이어가, 네 개 모두 펑크가 나 있었던 것이다.

타이어가 터져 있었다, 라고 말해야 할지… 두꺼운 고무가 힘으로 찢겨, 휠의 림이 거의 드러나 있었다.

하늘을 날아간 담요를 쫓아서 어쨌든 어딘가로 가려 했지만, 이래서는 나는 어디에도 갈 수 없다. 제대로 저질러 주시는구만, 이이에짱 인형.

15분 전에는 부주의하게 휴대전화를 빼앗지 않고 나를 감금했었는데, 지금은 적절하게 이동수단을 빼앗은 이 판단력. 어떻게 이 뉴 비틀이 나의 차라고 판단할 수 있었는가는 지금은 불명이지만, 그 세 살 난 아이, 쑥쑥 성장하고 있다.

이건 정말 장래가 기대된다.

016

생각했던 것보다도 원시적인 스트롱 스타일이었다.

이이에짱 인형은 나의 뉴 비틀을, 이 차라고 특정해서 펑크를
낸 것이 아니라 주차장의 자동차, 그곳의 모든 타이어를 펑크
내 놓았다. 그냥 손에 잡히는 대로, 닥치는 대로.

확인은 하지 않았지만 아마 자전거 주차장에 세워져 있는 자
전거들의 타이어도 마찬가지로 찢겨 있지 않을까?

지능범의 수법이 아니다.

그러나 그렇더라도 파괴부위를 타이어로 한정한 부분에서는
역시 성장이 절절히 느껴진다. 이이에짱 인형은 자포자기해서
히스테릭하게 날뛰고 다니는 것이 아니다.

조잡하기는 하지만, 방향성도 있다.

그러나 자동차 타이어의 고무를 찢어 발기다니, 아마도 철책
을 구부리는 것보다도 힘이 필요할 거라 생각하는데… 학습능력
이 높은 것뿐만 아니라, 단순한 파워까지 성장했다는 건가?

아니면 합리적으로 날붙이를 사용했다든가… 과도는 어디에
갔지? 지금쯤 담요에 감싸여서 운반되고 있는 걸까…. 흉악범이
사용하는 날붙이 운반법이다.

그렇게 되어서, 뉴 비틀을 파괴당한 내가 그것을 확인하자마
자 바로 옆 자동차의 전기계통을 연결해서 시동이 걸리자마자

풀 스로틀로 액셀을 밟는다는 익숙한 전개는 없다. 자동차 도둑이 되지 않을 수 있었다… 고는 해도, 이래서는 이미 증거 인멸이라느니 하는 시시콜콜한 이야기를 계속하고 있을 수 없겠네.

가엔 씨에게 도움을 요청하지 않고 수습할 수 있는 상황이 아니게 되었다. 움직이는 인형, 하늘을 나는 담요라는 얼버무릴 수 없는 괴이가 등장한 끝에, 가정 내라는 밀실이 아닌 백주 대낮의 주차장에서 대형 맨션의 거주자 전원을 말려들게 만드는 규모의 파괴행위가 이루어져 버렸으니까.

지금은 아직 소동이 벌어지지 않았지만 목격자도 있을지 모르고, 시노부의 물질창조스킬로 모든 차의 타이어를 고쳐 달라고 하기에도 원래 어떤 타이어였는지 알 수 없다…. 참고로 뉴 비틀의 타이어만 고쳐 달라고 하는 것도… 뭐, 아마도 무리일 것이다. 말 그대로 태양 아래니까 말이야. 올해 여름은 특히 더우니 밤이 될 때까지 나의 애차는 여기에 버려 둘 수밖에 없다…. 유일한 위안이 있다면 인적 피해가 발생하지 않았다는 것 정도다. 아직은.

인적 피해라….

내가 목을 졸리고 우리에 처넣어진 것은… 뭐, 피해로 셀 수 없다고 치고… 학대당한 아이는 학대하는 부모가 된다, 라는 언설을 다름 아닌 이에스미 준교수가 말했었는데, 인간에게 학대당하고 인간에게 칼로 등을 찔린 인형은, 대체 어떤 인형이 되는 걸까?

그저 도망친 것뿐일까, 아니면 '학대하는 부모', '살해하는 부모'의 곁으로 복수를 하러 간 것일까. 어느 쪽이라고 해도 우선 나도 이 자리를 벗어나는 편이 좋겠다.

평소에 못 보던 대학생이 타이어 파괴범이라는, 수수께끼의 힘자랑이라고 오해를 받으면 감당이 안 되니… 그건 그렇고, 이 제부터 어떻게 하지?

실내, 혹은 그늘로 이동해서 시노부를 불러낸다? 칸바루나 오기 군에게 도와 달라는 전화를 건다? 우리에서 탈출하기 전에는 당연히 그럴 생각이었지만, 그러나 이이에짱 인형을 완전히 놓쳐 버리고 소중한 자동차가 파손된 것으로 나는 조금 냉정해져서 생각이 바뀌었다.

딱히 받은 피해가 어마어마해서 망연자실한 나머지 의욕을 상실한 것은 아니다…. 오히려 어떻게든 해야 한다는 의욕은 높아졌다.

높아졌기에, 시노부보다도, 칸바루와 오기 군 페어보다도 도움을 청하기에 적절한 상대가 있다고 생각했던 것이다…. 고등학교 시절 나는 시노부에게 너무 의지한 끝에 지옥에 떨어져 버렸으니, 배틀 전개가 기다리고 있을 듯한 때일수록 그 유녀를 끌어내서는 안 된다.

칸바루도 오기 군도, 괴이에 관계를 가졌거나 혹은 괴이 그 자체일 뿐이지 그쪽 방면의 프로는 아니다…. 목숨의 위험이 동반되는 임무에 말려드는 것은 바라는 바가 아니다. 선후배 대교류회도, 지금이야 그런 이야기가 나오고 있지만 올해 초에는 거의 칼부림이 벌어질 듯한 분위기였던 것이다…. 방해하고 싶지 않다. 칸바루에게는 칸바루의 시대와, 싸움이 있다.

그러니까 나는 독단전행을 비난받고 살해당할 리스크를 알면서도, 여기서는 다시 한번 프로페셔널에게 의지해야만 한다.

눈에는 눈, 이에는 이다.

인형에는 인형으로, 괴이에는 전문가.

오노노키는 어디까지나 불사신의 괴이를 전문으로 하는 전문가지만, 그러나 이이에짱 인형은 더 이상 '바뀐 아이'라고 이야기하기 어렵다. 그 담요를 이이에짱이 다시 태어난 모습이라고 생각한다면, 아슬아슬하게 동녀의 전문가 영역에 포함되지 않을까?

살해당할 리스크를 제쳐 두더라도, 솔직히 프로에게 빚을 만드는 것은 별로 현명하지 못하므로 전문가에게는 일을 맡기기 어려운 구석도 있지만, 그러나 어쨌든 주차장 참상의 뒤처리를 하기 위해서 오노노키에게는 절연 중인 가엔 씨에게 다리를 놓아 달라고 하지 않을 수 없다는 것에 생각이 이르자, 결심이 섰다.

그러면 다음 문제입니다.

오노노키는 대체 지금, 어디에 있을까요?

뒷좌석에 타고 있지 않아서 다행이라고 생각하고 있었는데, 이렇게 되면 뒷좌석에 영주해 주었으면 싶을 정도다. 업무 중이 아니라면 이미 츠키히의 방에 돌아가 있으려나? 그렇다면 나도 지금부터 대중교통을 이용해서 귀가하면… 아니, 그게 아니면.

아니면.

아까 넘겨짚어 생각한 대로 지금쯤은 사이좋은 나데 공, 센고쿠 나데코의 집이라거나?

017

나데 공의 집이었다. 나로서는 최악의 위치정보다. 왜냐하면 아라라기 코요미는 센고쿠 가에는 다가갈 수 없으니까.

결코 그 사기꾼과의 약속을 성실하게 지키고 있는 것이 아니라, 이것은 나와의 약속이다. 맹세라고 해도 좋다.

확실한 긴급사태이니 맹세라는 소리 하고 있을 수는 없겠지만, 이것에 관해서는 나의 체면이라는 문제도 초월해 있다.

마음의 델리케이트함을 제쳐 두더라도, 현실적으로 나와 센고쿠가 조우해 버렸다가 그것으로 그 녀석이 다시 신이 되어 버리기라도 한다면 마을 사람 모두에게 곤란하잖아? 그런 일이 없도록 오노노키도 센고쿠 가에 빈번하게 발을 옮기고 있는 점도 있겠고… 그건 그렇고 진퇴양난에 빠진 내가 어떻게 했는가 하는 것도, 순서대로 이야기하겠다.

다만, 시간이 없으므로 템포 좋게.

우선은 정류장에 온 버스에 타고, 차 안에서 바로 츠키히에게 오노노키가 방에 있는지 없는지를 확인해 달라는 메시지를 보냈다… 그 애가 시체 찾기 하이킹을 하러 갔던 것을 까맣게 잊고서.

다만 과거 파이어 시스터즈의 참모를 맡고 있었던 만큼, 우리 여동생은 이미 분실한 자신의 인형의 행방을 밝혀낸 상태였던 것이다.

[왠☆지☆말☆이☆야☆~☆지☆금☆나☆데☆코☆짱☆이☆가 ☆지☆고☆있☆는☆모☆양☆이☆야☆전☆에☆놀☆러☆갔☆을 ☆때☆빌☆려☆줬☆는☆지☆도☆몰☆라☆☆☆☆☆]

…메시지에 유성우가 내리게 하는 거, 요즘 유행하고 있나? 그렇다면 인플루언서는 히가사인가…. 나의 새로운 친구는 어마어마한 영향력을 지니고 있는 모양이다. 어찌 이렇게 든든할 수가… 히가사에게 도움을 청할까.

그렇게 할 수는 없나.

천하의 전직 참모도, 설마 인형이 자기 발로 친우의 집까지 점프해서 갔다고는 생각하지 않는 모양이지만… 오노노키는 센고쿠를 만나러 가면 오래 머무른다고 할까, 좀처럼 돌아오지 않지.

다른 업무 중인 편이 그나마 나았다.

어떻게 할까 잠시 고민하고, 나는 비난을 피할 수 없는 수단을 취하기로 했다…. 오노노키뿐만 아니라 센고쿠까지도 속이게 된다.

죄는 있지만 해는 없는 거짓말이다. 못 본 척 넘어가 주었으면 한다.

나는 츠키히에게, 센고쿠에게 메시지를 보내도록 오빠라는 권력을 행사해서 명령했다. 내용은 이하와 같다.

[이☆제☆부☆터☆놀☆러☆갈☆게☆!☆☆☆☆☆☆☆]

오래 머무르는 스타일인 오노노키가 유일하게 센고쿠 가에서 조기 귀가할 이유가 있다고 한다면, 그것은 센고쿠의 친구인 츠키히가 찾아왔을 때다. 물론 하이킹 중인 츠키히가 지금부터 센고쿠 가에 놀러 가는 것은 불가능하고, 애초에 방약무인의 체현자인 츠키히가 사전 연락을 취한 뒤에 놀러 간다는 매너를 지킬 리도 없지만, 세계적으로 희귀한 대괴수가 습격한다는 긴급속보에 반응하지 않을 수 있는 녀석이 있을까?

그런 흐름으로.

"알겠냐, 귀신 오빠. 이 일을 정리하고 나면 너를 죽이겠다."

말투가 바뀌어 있다.

그리고 나의 사형에 대해서 확정했지만, 어쨌든 나는 아라라기 가의 내 방에서 오노노키와 합류하는 것에 성공했다. 오래간만의 성공 체험이다. 죽겠지만.

"너는 해도 되는 거짓말과 하면 안 되는 거짓말을 구별 못 하는 거냐? 못 하겠지. 작년 봄방학 때 하트언더블레이드를 구했을 때도 그랬고, 나와 싸웠을 때도, 마요이 언니를 성불시켰을 때도 그랬고."

과거의 잘못을 차례차례 다시 끄집어낸다.

무릎 꿇고 들을 수밖에 없다.

"그렇다고 해도 나데 공과 트위스터 게임으로 한창 흥을 내고 있던 중에, 하필이면 이런 식으로 나의 기대를 배신해 줄 줄이야."

"트위스터 게임… 시체 인형과 트위스터 게임을 해도, 이길 수 있을 것 같지 않은데."

정말로 몸을 트위스트할 수 있으니 말이야.

아니, 이 흐름이라면 트위스트 되는 것은 나의 몸일지도 모른다.

"나를 속인 것은 그나마 나아. 나데 공을 속인 것은 절대 용서하지 않아. 만 번 죽어 마땅해. 고귀고령자에게 피를 빨려서 불사화시킨 뒤에 계속 죽여 줄 거야."

고귀고령자라니….

캐릭터 설정이 상당히 초기로 돌아가 있다.

그러나 그것보다도 무엇보다도, 센고쿠와의 우정이 내가 보기에는 선망의 대상이라고.

선망나데코라고.

"그렇다고는 해도 아라라기 츠키히가 온다는 말을 해 놓고 오지 않았다는 것은, 아주 해피한 기분이 될 수 있는, 거짓말 중에서는 최고의 거짓말이니까 순식간에 죽이는 것만은 참아 줄게. 말해. 그렇게까지 나에게 죽고 싶었던 이유는 뭐지?"

평소대로의 무표정과 교과서 읽기 톤도, 지금만큼은 격노의 표현으로 느껴진다… 실제로 격노하고 있을 테고.

오노노키가 센고쿠와 어떠한 관계를 쌓고 있는지는 모르지만, 으음, 설마 이렇게까지 화를 낼 줄이야….

이렇게 공치사하는 듯한 말은 하고 싶지 않지만, 나도 아이스크림 같은 것을 사 줬잖아. 통산으로 하면 5천 엔어치 정도는 사 줬다고 생각하는데?

"아니면 너희들의 우정은, 5천 엔 이상의 가치가 있는 거야?"

"이 녀석, 카이키 오빠와 똑같은 소릴 지껄이고 있네."

최대한의 매도를 날려 왔네. 이건 달게 받아들이자.

즉사당하고 싶지는 않았으므로, 나는 이에스미 준교수의 맨션에서 체험했던 '괴이담'을 있는 그대로 오노노키에게 게시했다. 그것으로 용서받을 거라고는 생각하지 않지만 원래대로라면 생략하고 싶은, 동물용 우리에 갇혔던 꼴사나운 상황도 감추지 않고 이야기했다.

하다못해 꼴좋다며 분이 풀려 준다면 좋겠는데….

"…그렇군. 그런 느낌이구나."

도중에 나를 죽이지는 않고 끝까지 들어 준 오노노키는 그렇게 중얼거리며 고개를 끄덕였다. 극대노한 분위기는 아직 소실되지 않았다.

"그런 느낌이라니, 무슨 느낌?"

"아라라기 츠키히의 오빠라는 느낌."

그것도 최대한의 매도일까?

아니, 의외로 진심인 모양이다.

"시데노도리에 대한 시각에 새로운 해석을 더하는 편이 좋을지도 모르겠어. 나는 빙의가 아니라 동화同化, 가로챈 것이라고 말했는데 혈연 이상의 유사함이 느껴져. 생각해 보면 불사조가 흡혈귀와 남매가 된 실제 사례 같은 건 없었으니 이레귤러가 생겨나지 않는 편이 부자연스러울까."

"……."

내가 저지른 행동이 츠키히의 명예 회복으로 이어졌다? 그렇다면 이것 또한 설마 하던 전개다. 아니, 오노노키가 어떻게 해석한들 결국 카게누이 씨의 사상에 변화가 없는 한, 불사조의 안전은 확보되지 않겠지만… 그래도, 한 걸음 전진한 기분이 들었다.

나는 오늘 죽는 것이 확정되었지만, 어쩌면 츠키히는 생명이 연장될지도 모른다.

"귀신 같은 오빠가 아니라 불사조의 오빠란 이야기일까. 작년 여름에 어째서 언니가 아라라기 츠키히를 못 본 체 넘어가 주었는지가 이상했는데, 그런 부분을 내다보았던 걸까."

"? 그 사람에게 그런 생각이 있었다고는 생각하기 어려운데… 그때는 내가 너무 꼴사나웠기 때문에 봐준 것뿐이고…."

"누가 말대답해도 된다고 했지?"

언론의 자유를 매몰차게 봉인당했다.

무섭네, 무서워.

이 눈치로 봐서는 당분간 화가 풀리지 않겠네…. 나야말로 이상하게 너무 생각하지 말고 순순히 시노부에게 도움을 청하는 게 좋을 뻔했다.

다만, 이제는 물러설 수 없다.

오빠로서, 시데노도리의 새로운 해석이란 것도 신경 쓰이지만 (좋은 일뿐이라고 단언할 수 없다. 결국 그것이 이유가 되어 또다시 여동생이 숙청 대상이 될지도 모르는 것이다) 지금 중요한 것은 불사조보다 학대 인형이다.

"부탁이야, 오노노키. 이런 상태야. 이런 꼬락서니야. 이이에 짱 인형을 놓쳐 버린 건 내 책임이야. 더 이상의 피해는 막고 싶어. 그야 하늘을 나는 담요가 실종 중인 이에스미 준교수나 별거 중인 남편을 노리고 있다고는 단정할 수 없겠지만, 하다못해 먼저 움직여서 경고해 주기만 해도 상황이 달라질 거 아냐?"

"자상하고 착한 사람이네, 귀신 오빠는."

통렬한 비아냥이다.

옛날에 하네카와에게 그런 말을 들었을 때는 잘 받아들일 수 없었던 대사다.

"다 큰 어른이 되어도 여전히 착한 사람이라니, 놀랐어."

"…다 큰 어른이라고 할 정도는 아니야. 아직 한참 멀었어, 대학교 1학년생이야."

"100살이 되어도 똑같은 소리를 할 것 같아. 아직 한참 먼 100살이라고."

100년간 사용된 츠쿠모가미에게 들으면 설득력이 다르다… 뭐, 나는 향년 19세인 것이 조금 전에 결정되어 버렸으므로 100살까지는 살 수 없겠지만.

칼날 위에 서 있는 것처럼 아슬아슬한 상태다.

저승의 바늘산에 온 듯한 심정이다.

"좋아. 받아들일게. 그 일. 어떻게 억지로 해석하더라도 나의 전문 분야라고는 도저히 말할 수 없지만, 귀신 같은 오빠, 생략해서 귀신 오빠의, 대리 인형이니까 다시 태어나서 불사신이라고 하는 잘 알 수 없는 억지스런 주장을 채용해 줄게."

"아… 그래?"

그렇게까지 화가 났는데 협력해 주다니, 의외다… 곧 죽을 자에 대한 동정일까? 저승길 선물? 감정에 좌우되지 않는 프로페셔널의 자세라고 한다면, 오노노키를 파트너로 선택한 나의 초이스에 틀림은 없었다는 이야기지만… 그런 단순한 문제도 아닐 것이다.

확실히, 어떻게 둘러대더라도 이 건은 오노노키 요츠기의 전문 분야는 아니지만… 그렇지만 상대가 의지가 깃든 인형이라면 오노노키는 이이에짱 인형을 무시할 수 없는지도 모른다.

그렇지만 이유야 어떻건 이보다 더 든든한 상황은 없다. 간신히 광명이 보이기 시작했다는 기분이 들었다. 설령 그 광명이 꺼져 가는 촛불의 마지막 빛이었다고 해도.

"아… 고마워. 덕분에 살았어, 오노노키."

"여기서 오시노 오빠의 대사를 인용하면 스타일리시할지도 모르지만, 귀신 오빠는 혼자서라도 살아나지 못하겠지. 구할 수 없어, 당신은."

"…하하. 헤헤헤."

"웃기나 하고. 그렇지만 업무가 되면, 귀신 오빠에게는 마땅한 개런티를 받아야겠지."

그런 부분의 수속은 그야말로 오시노 때와 똑같을까… 그 중년 알로하에게 많을 때는 500만 엔의 빚을 졌는데, 대학생이 되어서까지 그런 대출 변제에 쫓기게 될 줄이야…. 학생 할인은 대학생에게도 적용되는 걸까? 나의 사랑하는 오이쿠라 소다치는 장학금이라는 빚을 지면서 대학 생활을 하고 있는데 그런 부분에서도 발걸음을 맞춰 버리다니, 소꿉친구의 지긋지긋한 인연은 마냥 이어질 듯하다.

최악의 경우에는 뉴 비틀을 팔아야만 할지도 모른다며, 두근두근하는 심정으로 귀를 기울이고 있으려니 오노노키는,

"그러면 5천 엔이야. 잘 부탁해."

그렇게 가격을 발표했다.

"어, 5천 엔? 뭐야, 그 가격파괴는… 디플레이션이라도 일어난 거야?"

"친구 요금이야. 귀신 오빠와의 우정에도 그 정도의 가치는 있겠지…. 내가 걷어차 날려 버린 문을 수선하기 위해 가 준 것에 감사하지 않는 것은 아니야. 안심해, 할부로 해 줄게. 하루에 100엔씩 지불해."

"……."

분노가 풀린 것은 아니겠지만.

우선 사형의 집행은, 약 50일 정도 연기된 듯했다.

018

거기서부터의 오노노키의 행동은 아주 신속했다. 느긋한 성격인 나에 비하면 차원이 달랐다.

정말이지.

자상하고 착한 사람이라고 오노노키는 비아냥거렸지만, 내가 정말 자상하고 착한 사람이었다면 이에스미 준교수가 실종된 시점에서 본격적인 수색을 개시했을 것이다.

그야말로 초등학생이나 여자 중학생, 여자 고등학생이 실종된 것이 아니라 대학교수라는 '다 큰 어른'이, 그것도 자신의 의지로 모습을 감추었다면 무작정 찾아서는 안 된다고 판단했지만, 현명한 척하며 내렸던 그 판단은 역시 어른의 판단일 뿐이었다.

어린아이가 내리는 어른의 판단이다.

실패로 점철된 고등학교 시절을 반성하는 것은 그야 필요한 일이겠지만, 그 무렵의 앞뒤 가리지 않는 스타일을 전부 부정하는 것은 좀 아니라고 생각한다.

이번에는 아니었다.

뭐, 오노노키의 감시라거나 시노부와의 관계성 등 그 무렵과 똑같이 할 수 없는 사정도 있지만, 오늘에 한해서는 조금만 컴백하자.

다시 시작하는 것이 아니다.

새로운 스타트를 위해서.

"도주한 학대 인형이 '부모'를 노리고 있다는 귀신 오빠의 스트레이트한 추측은… 뭐, 올바르겠지. 그 밖에 할 일도 없고 말이야."

"……."

"그러니까 먼저 가서 보호하자는 플랜에는 매우 동의해. 학대 인형의 성장속도는 경계할 만하지만, 갓 태어난 지금이라면 아직 억누를 수 있을 것 같고."

"응…. 문제는 이에스미 부부를 어떻게 이이에짱 인형보다 먼저 찾을까, 겠네. 실종 중인 사람과 별거 중인 사람… 각각이 각각, 행방불명이야."

"학대 인형 측에서도 같은 말을 할 수 있어. 학대 인형에게도 부모는 증발 중이야. 다만 학대 인형에게 그 부부는, 어찌 되었든 '낳아 준 부모' 같은 존재니까. 귀소본능 같은 서치 능력으로 간단히 발견해 버린다 해도 이상하지 않아."

엄마 찾아 삼만 리, 인가?

하긴, 표적을 핀 포인트로 발견하는 스킬 따위, 괴이 중에서는 그렇게 드문 능력도 아니다…. 반대 사례가 되겠지만, 키스 샷 아세로라오리온 하트언더블레이드의 권속이었을 무렵 나의 위치는 그 녀석에게 훤히 들여다보였으니까.

"걱정할 것 없어. 저쪽이 서치 능력이라면 이쪽은 리서치 능력이야."

"리서치?"

"특기거든, 나는. 조사하기. 귀신 오빠는 나를 파괴마처럼 말했지만."

그 말을 듣고 꽁해졌구나.

그러면 대답이 궁해진다고.

정확히는 파괴신이라고 말했다.

"그야 리서치는 '언리미티드 룰 북'에 견줄 만한 오노노키의 특기겠지만, 직장 동료나 친구들이 열심히 노력해도 발견할 수 없는 이에스미 준교수를 우리가 어떻게….”

“귀신 오빠하고 비슷한 감각으로, 어른의 실종이니까 아직 모든 수를 다 썼다고 할 정도로 모든 사람들이 진심으로 찾았을 거라는 생각은 들지 않는데… 가령 아내는 그렇다고 해도 남편 쪽은 그렇지도 않지 않아?”

“음.”

“남편은 찾을 수 있겠지. 별거 중일 뿐 없어진 것은 아니니까. 아내와 몰교섭하게 되었다고 해도 주위와의 관계를 전부 끊은 건 아닐 테고… 연락도 할 수 있을 테고.”

그런가….

나도 모르게 두 사람을 나란히 놓고 생각해 버렸는데, 따로따로 어프로치할 거라면 이에스미 준교수보다는 그 남편이 낫다. 스위스에 기반을 둔 이에스미 준교수와 달리 그 남자의 흔적은 비교적 찾기 쉬울 것이다.

이에스미 준교수가 스위스로 돌아갔다고 가정한다면, 지금 위험한 것은 그녀보다도 남편 쪽일지도 모르고… 하늘을 나는 담요도, 아무리 그래도 스위스까지 도착하려면 여러 날이 걸리지 않을까?

“다만, 귀신 오빠가 오시노 오기에게 시사받은, 학대 인형의 등을 칼로 찌른 것이 남편이라는 추리에 대해서는 나는 동의하기 어렵지만.”

어이쿠…. 이이에짱 인형의 등에 박혀 있던 칼에 관해서는, 오노노키의 첫 코멘트네.

확실히 남편이 이 건에 전혀 관여하지 않았을 가능성은 있다…. 그 사람이 이이에짱 인형의 학대에 관여하지 않았다면 이이에짱 인형의 표적이 될 이유도 없는 것이고, 찾으면서까지 보호하는 것은 슬플 정도로 무의미하다.

"봉제인형 입장에서는, 별거하며 집에서 나간 것 자체를 아버지에게 '학대당했다'고 받아들이고 있을지도 모르니까, 완전히 무의미하다고는 말할 수 없어."

"어어…? 그것을 학대라고 이야기하기 시작하면 끝이 없지 않아…?"

"끝은 없어. 왜 있다고 생각하는 거야?"

"……."

부부의 별거는 기본적인 인권의 범위 내에 있는 행동이므로, 그것을 했으니 학대라고 책망하는 것은 어떻게 생각해도 지나치지만… 내가 그 부부의 자식 입장이라면, 역시 불평 한마디 정도는 하고 싶어질까.

철이 들기 전, 사리분별을 제대로 하기 전이라면 더욱 그렇다.

"게다가 실종된 선생님이 별거 중인 남편에게 감금당했을 가능성도 있고. 이것은 역시나 과도한 기대라고 해도 어딘가 짚이는 곳이 있을지도 모르잖아? 설령 '아동살해범'이 아니더라도, 만약 표적이 된 것이 아니더라도 남편을 찾는 의미는 있어."

"음…. 나로서는 이견은 없어. 하지만 구체적으로는 어떡할 건데? 대학 관계자들에게 물어보면 누군가 한 명 정도는 남편의 행방을 아는 사람도 있을까? 연구실의 총책임자는 결혼 피로연에 초대받은 적이 있었을지도….”

피로연을 열었을지 어땠을지는 알 수 없지만, 그 부분부터 알아볼까. 그러기 위해서는 우선 나와 달리 대학 사람들과 깊은 교류가 있는 학생의 협력을 얻어서… 그런 것은 메니코보다는 히타기 쪽 루트일까.

나와 달리 착실하게 사람들과의 관계를 넓혀 가고 있는 그 연인에게.

“그렇게 우회하지 않더라도, 좀 더 빠른 방법이 있겠지.”

“음? 무슨 얘기야?”

“제3의 문. 아직 열지 않은 문이 선생님의 자택에 있었잖아? 가장 깊숙한 곳에 있는 그 방은 아마도 남편이 사용하는 침실 겸 서재일 거라고 추측하지 않았던가?”

아아, 그런가. 그랬다.

그 부분을 조사하려고 하자마자, 나는 베이비 베드에 숨어 있던 담요에게 꿈에도 생각하지 않았던 기습을 당했던 것이다.

집을 나갈 때 짐은 어느 정도 챙겨 갔겠지만, 정식으로 이사한 것이 아니라면 남편의 행선지에 대한 어떠한 단서는 있지 않을까. 본가의 주소나 근무처 같은 곳을 알 수 있으면 감지덕지다.

가령 그 방에서 아무것도 발견할 수 없다고 해도 남편 앞으로 온 우편물이 집 안 어딘가에, 캐비닛 같은 데라도 들어 있을 가능성은 극히 높다. 그야말로 냉장고나 쓰레기통 안까지 샅샅이 뒤지면 본인의 얼굴 사진, 까지는 아니어도 이름 정도는 알 수 있지 않을까?

다만, 그렇다고는 해도….

"이런 말을 해서 미안해, 오노노키. 나, 그 맨션에는 돌아가기 좀 어려운데… 슬슬 주차장의 자동차가 전부 펑크 나 있는 것을 주민 중 누군가가 알아차려서 소동이 벌어졌을지도 모르고…."

최악의 경우, 그 대규모 '장난'이 경찰에 신고가 들어가 맨션 전체가 봉쇄되어 있지 않을까? 지명수배가 되어 있을 거라고는 생각하지 않지만, 어쨌든 번호판이 붙은 뉴 비틀을 방치하고 있으니, 소유자인 나를 특정하는 것은 그리 어렵지 않다.

"너무 많이 나간 추측이라 생각하고, 그 부분은 제대로 가엔 씨에게 수습해 달라고 조치를 해 둘게…. 하지만 귀신 오빠, 잊고 있는 거 아냐? 나에게는 파괴와 조사 외에도, 또 하나의 도구로서의 기능이 있다는 걸."

"또 하나…? 뭐, 뭐였더라?"

도구로서의 아이덴티티에 관련된 센서티브한 부분이므로 만에 하나라도 틀릴 수는 없다는 생각에 곧바로 대답하지 못했는데… 하지만 오노노키의 세 번째 기능이라고 하면, 뭘로 보나 그것이겠지.

첫손에 꼽힌다고 말해도 좋을지 모른다.

오노노키는 끄덕였다.

"이동. 고속이동. 누구에게도 들키지 않도록, 여기에서부터 '언리미티드 룰 북'으로 다이렉트로 점프해서 베란다로 침입하면 되겠지."

"아앗."

그 방법이 있었다. 오노노키의 폭발력을 활용한 쇼트 트립.

이이에짱 인형이 하늘을 나는 담요라면 오노노키는 하늘을 나는 시체이므로, 그렇다면 문제는 해결된다.

어떠한 감시라도 피해 갈 수 있다.

참고로, 어째서 나에게서 그런 발상이 생겨나지 않았는가 하면 흡혈귀 시절이라면 몰라도 현재 19세인 인간의 몸으로 오노노키의 고속이동을 함께 했다간 내가 무사하지 못하기 때문이다.

최소한이라도 저체온증, 혹은 저산소증에 걸린다.

고도에 따라서는 꽁꽁 언 채로 질식사해도 이상하지 않다. 오노노키가 그런 난폭한 교통수단을 아무렇지도 않게 선택할 수 있는 것은, 어디까지나 그녀가 시체이자 인형이기 때문이다.

하지만 이런 상황이면 불평하고 있을 수 없다. 한창 더운 한여름이지만 나는 최대한 두껍게 입고 옷장 안쪽의 안쪽에서 끄집어낸 스키 모자까지 눌러쓰고 오노노키에게 찰싹 달라붙었다.

열렬한 허그다.

어쨌든 또 하나의 유력한 사망 원인으로 손이 미끄러져서 추락사하는 것도 있으니… 장갑도 끼고 있으므로 더욱 그렇다.

저산소증 대책으로서는, 가능하면 산소 봄베도 있으면 싶었지만 나는 칸바루와 달리 운동선수가 아니다… 방에 상비하고 있지 않다. 사러 갈 곳도 빌리러 갈 곳도 없으므로, 차라리 알기 쉽게 힘껏 1분간 숨을 참자는 각오를 했다.

"조금 정도라면 흡혈귀화해도 못 본 체해 줄 수 있는데? 나데 공을 속인 것은 용서할 수 없지만, 그 정도라면."

좀처럼 기준이 파악되지 않지만 오노노키의 그 제안은 감시자로서의 트랩일지도 모르므로 얌전히 사양했다…. 그리고 좀처럼 보기 드문 나의 옷 갈아입기가 끝나자,

"'언리미티드 룰 북'."

발동했던 것이다.

019

그렇게 해서 세 번째로 맨션을 방문한 내가, 그 3LDK의 마지막 방에서, 이에스미 준교수의 남편의 개인정보를 어떻게든 입수하고, 숨 돌릴 틈도 없이 이어서 곧바로 그 사람 곁으로 홉 스텝 점프했다고 생각하나? 생판 모르는 아저씨에게, 당신 혹은 당신의 아내가 하늘을 나는 담요의 표적이 되었다고 경고하러 갔다고 생각하나?

그런데 그것이, 그렇지는 않았다.

나라는 로드 무비는 그런 할리우드 스타일 대본풍으로는 적혀 있지 않다. 미리 말해 두겠는데, 나는 할리우드 영화를 아주 좋아한다. 상업영화 만세다. 영화사의 수입에 공헌하는 것이 삶의 보람이다. 그렇게 생각하고 있는데도 항상 '어째서 일이 이렇게 되었지'인 것이다.

어떻게 된 것인지, 일단 들어 주었으면 한다.

순조로웠던 것은 우리가 333호의 베란다에 도착했던 것까지다… 엄밀히는 그 시점에서도 순조로웠다고는 말할 수 없다.

예상대로, 내가 숨이 끊어질락 말락 했으니까.

온도와 산소에 대한 대책은 나름대로 성과를 거뒀지만, 고속이동에 동반되는 공기저항에 있어 나는 너무나도 무방비했다…. 온몸을 구석구석까지 두들겨 맞은 듯한 감각에 체력 소모도 무시무시했다.

그래서 내가 그렇게 축 늘어져 있는 동안 오노노키가 펀치로 창유리를 깼다…. 역시 이 아이의 기능 중 첫 번째는 이동이 아니라 파괴인 듯하다.

가엔 씨에게 뒤처리를 맡긴다고 결정한 것으로, 집의 파괴에 주저함이 없어졌는지도 모른다… 아니, 제2의 문을 걷어차 부쉈을 때부터 이 아이에게는 주저함 따윈 티끌만큼도 없었지만.

다만 깨뜨린 것이 거실의 창문이라는 점으로 보면 아주 생각이 없지는 않은 모양이다…. 이에스미 준교수의 침실도 근원인 베이비 룸도, 조사할 수 있다면 제대로 조사하고 싶은 참이니까. 유리조각을 흩뿌리기 전에.

하지만 역시 가장 우선해야 할 조사대상은 가장 깊숙한 곳에 있는 방이다. 나와 오노노키는 실내에서, 이번의 이번이야말로 완전히 불법침입을 행해(흩어진 유리조각에 다치지 않도록 신발을 신은 채라는 것도 덧붙여 둔다) 그쪽으로 향했다.

그리고 제3의 문을 열었다.

제2의 문과 달리 잠겨 있지 않았다. 라기보다 제3의 문에는 자물쇠 자체가 붙어 있지 않아서 천하의 파괴신도 이 문을 부수지는 않았다. 그리고 드디어 그 실내에서 우리가 발견한 것은… 남편의 급여명세? 주민표? 연하장 다발? 기념우표 컬렉션? 서가에 꽂혀 있는 희귀본? 보물의 행방을 표시한 지도? SNS 계정?

결코 아니다.

그곳에서 우리가 보게 된 것은 직접 만들었다는 느낌이 물씬 풍기는, 핸드메이드 인형이었다. 어떤 의미에서는 얼마 전에 봤던 것이라 특별히 새로울 것도 없게 느껴지는, 굳이 말하자면 그리 놀랄 만한 일은 아니라고도 말할 수 있다.

하지만 완전히 동일하지는 않았고, 이 인형의 연쇄에는 숨을 삼키지 않을 수 없다. 우선 이 인형이 드러누워 있던 것은 우리 안이 아니라, 침대 위였다.

그리고 담요로 만든 것이 아니라 상반신은 이불, 하반신은 바닥에 까는 요로 만들어져 있었다…. 풍선 아트에서도 풍선을 두 개 사용해서 만든 작품이 있는데… 뭐, 그런 느낌이다.

요컨대 그만큼 사이즈가 크다.

세 살 아이 사이즈가 아니다.

매트리스가 드러난 침대 위에 드러누워 있는 것은 이른바 어른 사이즈, 그것도 평균적인 성인 남성 사이즈였다.

얼굴은 똑같다. 성의 없이 그려진 '헤노헤노모헤지'. 그렇다, 마치 그날 봤던 이이에짱 인형과 '부모 자식처럼 쏙 빼닮았다'.

풍선 아트가 아닌 이불 아트의 제작법도 포함해서 그 조형에는 공통점이 느껴진다. 『마음*』과 『암야행로*』를 따로따로 읽더라도 같은 작가가 썼다고 느끼는 것과 마찬가지다.

"정말 대학에 합격한 거 맞아? 둘 다 좀 우중충하긴 해도 『마음』과 『암야행로』의 작가는 다르다고, 귀신 오빠."

그랬던가?

입시 준비 내내 어두운 밤길을 걷는 마음이어서 그랬나 보다.

그렇지만 그런 의미에서는 상이점이 그 밖에도 있다. 그것에 관해서는 상이점도 있고, 동시에 공통점도 있다고 간주해야 할지도 모르지만… 과도.

이이에짱 인형을 발견했을 때에는 등에 꽂혀 있었기 때문에 곧바로 알아차리지 못했었는데, 이번에는 그것이 특별히 알기 쉽도록 그렇게 한 것도 아닐 텐데, 얼굴 중앙에 꽂혀 있었다.

푹, 하고 꽂혀 있었다.

칼날 부분이 전혀 보이지 않는, 그 정도가 아니라 자루 부분도 1센티미터 정도 박혀 있다…. 성의 없이 그려진 얼굴의 눈과 눈 사이, 요컨대 미간 부근에 깊숙이.

칼날이 얼마 길지 않은 과도로도, 침대까지 꿰뚫고 있지 않을까 싶을 정도로 '깊숙이'다…. 저런 부위에 저런 각도로 날붙이가 꽂히면, 흡혈귀라도 한 번은 죽는다.

※마음 : 『こころ』 일본의 문호인 나츠메 소세키의 소설. 1914년 작.
※암야행로 : 『暗夜行路』 소설가 시가 나오야의 장편소설. 제목은 어두운 밤길을 걸어간다는 뜻이다. 1921~1937년까지 잡지에 연재했다.

인형이었다면?

칼에 찔린 침대 위의 사체. 큰대자로 쓰러져서 미동도 하지 않는다…. 그야 당연하겠지만, 응, 그야 당연하겠지만.

"성인 남성 인형이라고 간주한다면, 이건 귀신 오빠가 명명한 이이에짱 인형의 아버지 인형이란 걸까?"

오노노키가 거침없이 말했다.

아버지 인형.

나였다면 그 결론에 도달할 용기를 짜낼 때까지 최소한 사흘은 필요로 했겠지만 역시 프로페셔널, 이 정도의 현장에는 익숙하다는 걸까.

"아니, 아니. 상당히 쫄아 있어. 확실히 말하자면 기분이 나빠. 무표정이긴 해도 무정한 건 아니거든. 트랜지스터 슬렌더를 뒤쫓으며 베니구치 가를 조사했을 때도 참 어지간했는데, 귀신 오빠의 부탁을 들어주면 이런 일뿐이네. 역시나 아동학대의 전문가, 지루하지 않아."

"내가 이 인형을 만든 게 아니라고."

"그럼 누가 만들었을까?"

"……."

누가… 이이에짱 인형과 제작자가 같다고 한다면… 필두로 꼽힐 용의자는 당연히 이에스미 준교수가 된다. 그렇게 되면, 어떻게 되지?

어떠한 '기분 나쁜' 상황이 되지?

베이비 룸의 우리 안에 갇혀 있던 이이에짱 인형도 그것은 그것대로 기분 나빴지만, 뭐랄까, 그것은 아직 인형으로서 받아들일 수 있었다···. 요컨대 그런 사이즈였다.

하지만 이 방에 드러누워 있는 아버지 인형에는 그것과는 전혀 다른 오싹함이 있었다··· 커다란 이유로서는, 무시할 수 없을 정도로 거대했기 때문이다.

크기가 그대로 커다란 이유다.

등신대 인형 같은 건 무슨 이벤트 행사장 같은 데서밖에 볼 일이 없으니까··· 인형이라고 하기보다는 거의 마네킹 같다.

그것도 부티크에 있을 법한 마네킹이 아니라, 그것··· 교통사고의 위험성을 나타내기 위한 비디오에서 자동차 운전석에 앉히는 그런 쪽의 마네킹. 마치 이제부터 벽에 힘차게 충돌할 예정이라 차의 앞유리를 뚫고 튀어 나가게 될 안전벨트를 매지 않은 마네킹 같은 위태로움을, 절절하게 느낀다.

"나는 살인사건의 현장 검증 같다고 생각하지만 말이야, 귀신 오빠. 그 왜 있잖아, 명탐정의 수수께끼 풀이 장면에서 피해자를 마네킹으로 대용해서 대규모 트릭을 재현하는 것."

그렇구나, 예시로서는 그쪽이 적절한가···. 실제로 아버지 인형은 이제부터 교통사고를 당하는 것이 아니라 이미 얼굴에 과도가 박혀 있으니까.

과거의 사건이다.

돌이킬 수 없는 과거의.

다시 한번 나는 침대의 인형을 본다. 본심 같아서는 실눈을 뜨고 보고 싶지만 용기를 짜내어 눈을 크게 뜨고 똑똑히 본다···

역시, 사이즈는 성인 남성일 것이다. 요컨대 여성 인형으로는 보이지 않는다. 뭐, 우리 집의 커다란 쪽 여동생은 이 정도, 어쩌면 이 이상으로 키가 클지도 모르지만 골격으로 볼 때도 남성을 이미지해서 만들어진 것으로 생각된다.

천으로 만들어진 통통한 인형을 놓고 골격이 어떻고를 논하는 것도 이상하지만… 젠장, 고속비행의 후유증일까, 생각이 제대로 정리되지 않는다. 생각에는 산소가 필요하다.

게다가 덥다.

이제는 두껍게 입고 있는 의미가 없으니 재킷은 벗어 버리자…. 정신이 들고 보니 땀으로 푹 젖어 있다. 그 절반 정도는 식은땀이지만… 이런 것에도 생각이 미치지 않는다는 건, 역시 산소부족이 원인일까?

"과도는 학대 인형에 꽂혀 있던 것과 같은 물건이네. 같은 상품이란 얘기가 아니라, 완전히 동일해."

겸허한 말을 하고 있지만 오노노키는 그야말로 현장 검증처럼 담담하게 분석한다. 뭐, 오노노키에게 산소는 필요 없다. 호흡하고 있는지 어떤지도 수상할 정도다.

하지만 완전히 동일? **완전히**?

이이에짱 인형에 꽂혀 있던 과도의 행방에 대해서는, 하늘을 나는 담요에 감싸인 형태로 함께 날아간 것이 아닐까 하는 걱정을 했던 정도고, 나는 거기까지 신경을 쓰고 있지는 않았는데… 옆방에 있었던 건가?

아버지 인형에 꽂힌 채로?

"…틀린 거 아냐? 겉으로 보기에는 흔한 양산품인데?"

"그립에 부착된 지문의 위치가 요전의 과도와 똑같아."

"오, 오노노키, 그런 걸 해석할 수도 있었어?!"

너의 눈은 ALS 라이트야?!

"거짓말이지롱. 칼자루 가장자리에 일련번호가 새겨져 있어. 그 숫자가 똑같아."

거짓말이지롱은 무슨.

귀여움으로 극복하려고 하지 마.

일련번호를 기억하고 있는 것만으로도 충분히 대단한데 지문을 육안으로 해석할 수 있다는 거짓말이 너무 굉장해서 별것 아니란 기분이 들어 버렸다.

도구를 자칭하려면 과대광고를 하지 마.

하지만, 일련번호…?

"아마도 좋은 칼이야, 저거. 메이드 인 스위스. 명공의 손에 의한, 시리얼 넘버가 들어간 한정생산이라든가?"

진짜냐. 흔한 양산품이라고 말해 버렸는데.

지문이 보이지 않는 것은 흡혈귀화하지 않은 지금은 어쩔 수 없다고 해도, 자신에게 보는 눈이 없다는 사실에 실망한다.

그러나 이렇게 번듯한 맨션에 살고 있는 대학교수가 싸구려 과도를 사용하고 있다고 생각하는 것보다는 잘 어울린다…. 스위스 나이프라니, 그것만으로 유명해 보이는 브랜드고 말이야. 그렇지만 잘 어울리기는 해도, 잘 어울리는 나름대로 나는 난색을 표하고 싶다.

"그건 이상하지 않아? 오노노키. 이이에짱 인형의 등에 꽂혀 있던 과도가 동시에 옆방에 있는 아버지 인형의 얼굴에 꽂혀 있다니, 불가능하잖아?"

"양자역학에서는 불가능이 아니야."

"성가신 소리 하지 마."

"단순한 추론이라도 불가능은 아니야. 우리는 각각의 인형에 칼이 동시에 꽂혀 있는 것을 본 것이 아니잖아? 등에서 뽑은 나이프를 얼굴에 꽂으면 될 뿐이지."

양자역학이 엽기역학처럼 되었지만, 뭐, 어느 쪽이든 논리적이기는 하다. 하지만 문제는 누군가가 그 뽑고 꽂는 작업을 해야만 한다는 점이다.

집 주인은 행방불명이고, 내가 오기 군에게 부추김당하는 형태로 이이에짱 인형의 '살인범'이라는 의심을 받은 남편은⋯.

남편은, 아버지 인형?

아니, 아니. 누가 범인이었다고 해도 그렇다.

아내라도 남편이라도, 다른 누군가라도.

그 '살해범'은 우리 안의 이이에짱 인형을 찌르고 한 번 돌아갔다가, 칼에 찔린 이이에짱 인형을 우리가 목격한 뒤에 다시 찾아와서, 이이에짱 인형의 등에서 과도를 뽑아서 옆방에 있는 아버지 인형의 얼굴에 꽂고, 그리고 또 돌아갔다는 이야기가 된다. 어이, 어이.

아무리 '범인은 현장에 돌아온다'라는 말이 있다지만, 그렇게 왔다갔다 촐랑거리며 범행을 저지르는 녀석 따위⋯.

"핫! 아, 아니야, 오노노키! 분명히 내가 이 맨션에 세 번이나 드나들고 있긴 하지만, 범인은 내가 아니야! 믿어 줘!"

"의심하지 않아. 이런 상황에서 장난을 칠 수 있는 귀신 오빠가, 믿기지 않지만 나는 좋아해."

좋아한다는 말을 들어 버렸네.

장난친 것은 아니었지만… 이 상황에서 가장 의심스러운 사람은 나인 것은 확실하니까… 오노노키를 놀리기 위한 나의 장난이라는 가능성이다. 과도의 일련번호를 못 보고 있었던 그 부분이, 너무나도 나다운 빈틈이다.

"나는 내가 범인이 아닌 것을 알고 있지만, 이거야말로 생각할 수 있는 것 중 가장 용의자스러운 대사지."

"그 이야기를 하자면 나의 장난일 가능성도 있어. 오빠를 함정에 빠뜨리기 위한."

"함정에 빠뜨리기 위해…? 좋아하는 거 아니었어?"

"좋아하는 부분의 100배 정도, 싫어하는 부분도 있다고. 그건 아무래도 상관없다 치고, 하지만 필두인 용의자는 나도 아니거니와 오빠도 아니야. 이 집의 주인인 선생님이나 남편조차도 아니야."

"? 그럼 누군데?"

"학대 인형이겠지. 그쪽은 촐랑거리며 움직이니까."

…아아.

그렇구나, 그것도 분단인가.

흉기가 똑같은 과도라고 해서 이이에짱 인형의 등을 찌른 범인과 동일하다고만은 할 수 없다. 그리고 '피해자=범인'이라는 구도는 삼중밀실 이상으로 미스터리에서는 스탠더드한 수법이다.

뭐, 피해자가 인형이므로 죽은 체를 할 수도 없다는 것은 신기축新機軸이라 할 수 있겠지만… 그날 우리가 돌아간 뒤부터 오늘에 이르는 사이 어디쯤에서 이이에짱 인형이 자신의 등에서 과도를 뽑고 옆방의 아버지 인형을 '살해'했다?

"…이이에짱 인형과 아버지 인형. 제작자는 틀림없이 동일하게 봐도 된다고 생각해?"

"그렇게 보이긴 하네."

오기 군은 풍선 아트 같은 봉제인형 제작과 성의 없이 '헤노헤노모헤지' 얼굴을 그린 화가가 다른 사람이 아닐까 하는 가설을 세우고 있었지만, 뭐, 제작자가 한 명이든 두 명이든 그 이상의 인원에 의한 공동작업이라도 일단은 됐다고 치고… 이이에짱 인형이 아버지 인형을 만든 것은 아니라는 이야기다.

아버지 인형은 원래부터 이 방에 있었다.

큰대자로 누워 있었다.

그리고 칼에 찔렸다.

"복수…? 라는, 얘기가 되려나? 어디 보자….."

노도와 같은 전개에 깜빡 잊어버릴 뻔했는데, 내가 이곳에 온 것은 별거 중인 남편을 찾기 위한 단서를 얻기 위해서였다. 이이에짱 인형의 표적이 되어 있을지도 모르는 그 사람을, 꺼리면서도 보호하기 위해서.

하지만 보호하는 데까지는 이르지 못했고, 보호하기는커녕 복수는 한참 전에 이루어져 있었다? 옆방에서? 봉제인형을 상대로?

비열하게도 등 뒤에서 칼에 찔렸던 앙갚음으로 얼굴이라는 부위를, 상대의 눈을 응시하면서 찔렀다. 응시하는 눈도 응시받는 눈도, 성의 없이 그린 '헤노헤노모헤지' 얼굴의 눈이지만.

"앗. 아니면 혹시 이거, 예행연습인가? 아버지에게 복수하기 위한….."

"그 발상은 아주 무능해서 큐트하지만, 귀신 오빠."

오노노키는 무표정인 채로 팔짱을 끼었다. 그리고 몰아붙이듯이, 무능해서 큐트한 나에게 질문했다.

"그 아버지란 인물, 이 세상에 있는 거야? 별거 중인 남편이란 인물이 실존하는 거야? 인텔리 선생님이 결혼했다는 거, 진짜야?"

020

어디까지가 진짜고 어디서부터가 거짓인지 알 수 없어지는 막연한 환경에는 심히 (심각하게?) 익숙해져 있을 나는, 그러나 오노노키의 물음에 발밑이 우수수 무너져 내리는 듯한 감각을 맛보고 있었다.

발밑도, 지금까지 쌓아 올려 온 것도.

거울 나라에 갔다. 패럴렐 월드에 갔다. 지옥에도 갔었고 최근에는 천국 같은 장소에도 갔었다.

하지만 마치 타인의 망상 속에 길을 잃은 듯한 이 기분은, 지금까지 한 번도 체험한 적 없는 트립이다. 괴이 현상과는 전혀 종류가 다른 공포다.

뒤늦게나마 나는 이 333호의 제3의 방, 그 실내 전체를 확인한다…. 지금까지 어찌하더라도 각광받지 않을 수 없었던 침대에만 주목하고 있었는데, 애초에 그것을 위해 산소부족 상태에 빠지면서도 여기에 날아온 것을 잊지는 않았다.

남편의 개인정보를 찾아서.

남편, 부군, 부친, 아버지. 아직 본명도 모르는 어딘가의 아무개 씨, 익명의 인물을 특정하기 위해서.

하지만 번듯한 책상에도, 그 옆에 배치되어 있는 작은 책장에도, 빌트인 옷장에도, 한구석에 있는 스테레오세트에서도… 그런 눈으로 보고 있기 때문일지도 모르지만 전혀 개성이 느껴지지 않는다. 명창정궤*에도 정도가 있다.

개성이라고 할까, 인간성이라고 할까.

마치 텔레비전 드라마의 촬영장 세트라도 보고 있는 것 같다… 생활감이 없다. 뭐, 별거 중이라면 여기서 생활은 하지 않을 테니 그런 것은 없는 게 당연하지만….

방에 들어간 직후, 교통사고 테스트나 살인사건의 현장 검증

※명창정궤(明窓淨几) : 밝은 창에 깨끗한 책상. 깔끔히 정돈된 방을 이르는 말.

같은 시뮬레이션 비슷한 인상을 받았던 것은 어쩌면 그것 때문일까? 침대 위의 피살 인형뿐만 아니라 방 전체가 그런 이미지를 빚어내고 있었다…. 그런 의미에서는 베이비 룸과는 취향이 다르다.

옆방에서는 애정의 잔해를 느꼈다.

잔해일지라도, 애정은 애정이다.

하지만 이쪽은 전혀 딴판으로, 이 방에서는 그런 뭔가는 느껴지지 않고 고풍스러움조차 느껴지지 않고… 그렇다.

무정을 느낀다.

오노노키가 말하는.

나의 감상 따위를 대체 얼마나 의지할 수 있는가 하는 의견도 있겠지만… 잠겨 있던 제2의 방과 그렇지 않았던 제3의 방. 복도 쪽에서 문을 열기 이전에, 이미 차이는 겉으로 드러나 있었고… 무정.

"〈레미제라블*〉이라면, 뮤지컬을 런던에서 봤어."

그렇게 말하는 오노노키.

이번에 아주 영국 느낌을 내기 시작하는데, 혹시 이 아이, 정말로 워털루 전투에 참가한 건가?

100년 전 정도가 아니잖아.

"덧붙이자면 잔해감이 없는 건, 이 방은 구석구석까지 청소가

※레미제라블 : 원작은 빅토르 위고의 장편 소설. 원제 'Les Misérables'은 '불쌍한 사람들'이라는 뜻이다. 일본에 1900년대 초반 「아아, 무정」이라는 제목으로 번역되어 소개되었다.

잘되어 있기 때문이겠지. 베이비 룸도 정돈은 되어 있었지만 먼지가 쌓여 있었어. 어질러지지 않은 것은 평소부터 방치되어 있었기 때문이라고 생각돼. 뒤집어 말하면, 이쪽 방은 정기적으로 청소가 되고 있다는 인상이야."

사람이 살지 않으면 집은 금방 손상된다는 말을 들은 적은 있는데… 손상되지 않도록 신경 쓰고 있는 침실과, 그렇지 않은 베이비 룸?

생활감은 없어도 청결감은 있다고?

제1의 방, 즉 이에스미 준교수의 방에서는 어느 쪽과도 비슷한 인상을 받지 않았다. 복도나 거실과 마찬가지로 '타인의 집'의 연장선상이다.

"하우스 키퍼를 고용한 걸까? 개인정보 같은 건 나올 것 같지 않네. 책장의 장서도 마치 서점에서 비즈니스 서적 랭킹을 보고 있는 것 같아서, 이 방의 주인이 대체 무엇을 하는 사람인지 짐작도 안 가."

무엇을 하는 사람인지, 무엇을 하지 않는 사람인지.

있는 사람인지, 없는 사람인지.

이야기하던 기세로 텔레비전 드라마의 촬영장 세트 같다고 했는데, 그렇다면 그 설정이 전혀 전해지지 않고 있다고도 할 수 있다…. 겉으로는 완성되어 있지만 성의 없고 조잡하다. 이래서는 캐릭터 리스트가 만들어져 있다고는 생각되지 않는다. 어설프게 좋은 가구로 돈을 들인 느낌이 드는 만큼, 그 실수가 마음에 걸린다.

긁힌 상처처럼.

"굳이 말하자면 스파이의 아지트 같아. 아버지는 탐정이 아니라 밀정인 걸까? 여기서부터는 콘 게임*의 시작이란 얘기야."

"오노노키, 진지하게 하는 소리야?"

"전혀."

익명성이 높다, 는 정도가 아니다.

하지만 만약 이에스미 준교수의 남편이 익명이 아닌 가공의 인물이었다고 한다면, 어떻게 되지?

제2와 제3, 방의 차이는 이것저것 있지만… 그러나 딸부터 가공의 존재였다. 남편이 가공의 인물이어도 이상하지 않다.

아니, 이상하지만. 여기서는 수학적인 어프로치로 '따라서 거짓이다'라고, 이상하다는 것을 증명하기 위해 임시로 이상하지 않다고 치고… 이에스미 준교수가 나에게 이야기한 자신의 내력 중 과연 어디서부터가 거짓말이 되는 거지?

전부 거짓말이라며 잘라 버리는 것은 이 마당에 와서는 내키지 않는다… 별거 중, 이라는 것은 우선 거짓말일까.

그도 그럴 것이 남편은 여기에 누워 있으니까. 인형이라고 해도. 지금은 찔려 죽어 있다고 해도. 세 살 난 딸에게 찔려 죽었다고 해도… 그 세 살 난 딸이 인형이었다고 해도… 가정 내 별거도 별거에 들어간다든가 하는 세세한 주석을 달았던 사람은 나였던가?

※콘 게임 : con game, confidence game의 약어. 사기, 야바위라는 뜻.

하지만 그런 '거짓말은 하지 않았다' 같은 서술 트릭을, 현실 세계에서 너그럽게 수용해도 괜찮을지 어떨지… 아니.

베이비 룸에서 보이는 애정의 잔해.

적어도 만 한 살, 혹은 두 살 정도까지의 딸이 옆방에서 '생활'하고 있었던 흔적은 있다…. 오노노키가 말했던 대로 그 뒤에 그 애가 어떻게 되었는가는 확실치 않고, 어떠한 형태로 사망했기 때문에 이이에짱 인형이 만들어졌다는 추측에는 분명 정당성이 있다.

"…다만 몇 살이더라도, 살아 있든 죽어 있든 딸이 있다면 아버지도 있겠지? 생물학적으로 말이야."

"아버지는 있겠지만, 그것이 남편이나 반려라고만은 할 수 없어."

리얼리스틱한 동녀로군. 그건 그렇다. 생물학적으로는.

클론보다는 가능성 있다.

하지만 스위스 국적이었던 이에스미 준교수의 경우, 일본으로 이주하기 위해서 일본인 남성과 결혼하는 것으로 체류자격을 얻었으니… 아아, 하지만 그 사정이 사실이라고만은 할 수 없나.

대학교수의 실종이 실은 불법체류가 발각되어 강제로 송환되었을 뿐이었다는 사정이라면, 진심으로 낙담하게 되는 비극적인 진상이라고 말할 수밖에 없지만… 하지만 만약 그랬다면, 그녀를 고용하고 있던 대학 측은 그것을 일부러 공표하려고 하지는 않겠지….

큰 조직으로서, 조용히 내부적으로 처리할 것 같다.

"입국관리국이 움직일 만한 사태가 벌어졌다면, 이 333호도 이미 파악되어 있겠지. 이런 피살 인형이 뒹굴고 있다는 것은 그렇지 않다는 뜻이야."

"흠…. 확실히 지금으로서는, 발을 들인 것은 선량한 시민과 시체 인형뿐이니 말이야."

그러나 그래도 이에스미 준교수가 결혼하지 않은, 즉 체류자격을 가지고 있지 않은 불법체류자 신분이었을 가능성은 남는다. 불법체류가 들키기 전에 도망쳤을 가능성도.

나도 법학부는 아니므로 그런 쪽의 법률이 엄밀히 어떻게 되어 있는지는 모르지만… 아아, 고등학교 시절이었다면 그런 법 해석, 만물박사인 하네카와에게 물어보면 한 방에 해결인데 말이야.

말할 수 있는 사실로서는, 베란다로 침입했을 때 주뼛주뼛 눈치를 살펴보기로는 주차장의 타이어 대량 펑크 사건조차 아직 수사기관이 움직이고 있지 않은 듯한데….

"죽은 아이 인형을 만들어서 언제까지나 계속 품에 안고 있다는 스토리는, 흔해 빠진 눈물 뽑는 이야기라고 나는 말했었는데."

"그렇게까지 말했던가? 너무 위악적이지 않아, 오노노키?"

"없는 남편 인형을 만들어서 함께 생활하고 있다고 하게 되면, 언제까지나 울며 시간을 보낼 수도 없겠지. 카운슬링을 권한다는 것 정도는, 취해야 할 수단으로서 조금 약해."

"확실히… 나도 옛날에 만물박사 하네카와가 해외로 여행을 떠난 뒤에, 외로움을 견디지 못한 나머지 과거에 절단되었던 그 녀석의 땋은 머리카락을 그 녀석 본인으로 간주하고 고민상담을 했던 시기가 있었는데, 그 무렵은 내가 봐도 상태가 많이 안 좋았다고 생각하니까."

"두 번 다시 나에게 말 걸지 마. 그렇게 옛날 일이 아니잖아, 그건. 그 무렵이 아니라 이 무렵이잖아."

본인으로 간주하고 있었다는 것보다 땋은 머리를 가지고 있는 것 쪽이 무서워, 라고 오노노키는 말했다. 음… 잠깐, 그 부분은 어떻지?

놓치고 있던 부분이 있었다.

그렇다기보다 지금까지 생각도 하지 않았지만… 이이에짱 인형도 아버지 인형도, **어째서** 침구로 만들어져 있는 거지?

담요. 이불과 요.

어쨌든 다른 의문점들이 너무 많아서, 풍선 아트 같은 그 만듦새에 멍하니 설득당한 구석도 있었지만, 보통 이불로 인형을 만들지는 않잖아?

나는 테오리 타다츠루와 달리 인형사가 아니므로 확실하게 말할 수는 없지만, 적어도 일반적인 스타일은 아닐 것이다….

"내가 강한 애착이 있는 하네카와의 땋은 머리를 하네카와로 간주한 것처럼, 이에스미 준교수에게도 그 이불은 가족과의 유대가 되는 키 아이템이었다…?"

"소름 끼치는 고백에서 중요한 것을 깨닫는 거, 그만 좀 해 줄래? 귀신 오빠가 선거권을 가지고 있다는 거 진짜야? …담요가 베이비 베드에 숨어 있었던 것을 생각하면, 그 깨달음 자체는 그리 빗나간 건 아니겠지만."

애착… 정념.

학대를 받고, 그리고 살해되었기에 이이에짱 인형이 움직이기 시작한 거라고 해석하고 있었는데, 그 이전에 그 담요 자체에 괴이가 탄생할 이유가 있었다고 한다면… 그렇다면 아버지 인형은?

이불과 요는?

"우선은, 죽여 둘까."

오노노키가 교과서 읽기 톤으로 그렇게 말해서, 나는 몸을 움츠렸다. 연기되었을 사형 집행이 새로운 죄(소름 끼침)의 고백에 의해 갑자기 이루어지게 되었나 하고 생각했는데, 집행 대상은 내가 아니었다.

"지금은 단순한 인형인 모양이지만… 이 피살 인형까지 움직이기 시작하면 상황이 복잡해지니까. 만일을 위해서 '언리미티드 룰 북'으로, 과도째로 박살을 내 두자. 이견은 있어?"

"아니…."

솔직히 말하면 인간의 형태를 한 물체를 파괴한다는 결단에는 생리적인 저항감이 들지만… 하늘거리는 담요가 되어서 나에게 덤벼들었던 이이에짱 인형을 생각하면, 이불과 요를 풀어놓는다고 해결이 되는 것도 아닐 것 같고 말이야.

이에스미 가의 사정은 여전히 수수께끼이지만, 그렇기에 인형이 괴이화할 이유를 알 수 없는 이상 아버지 인형에 관해서는 선수를 쳐 두는 편이 무난할 것이다.

역시나 오노노키의 초필살기, 나를 산소결핍에 빠뜨렸던 '언리미티드 룰 북'까지 사용하는 것은 아무리 그래도 지나치다는 기분이 들지만 (실내에서 사용해도 되는 스킬이었던가?) 하려면 철저하게 하는 편이 나이스 버디의 스탠스다.

침대째로 파괴하게 될 것 같은데… 창문을 깨거나, 낡은 문을 걷어차 쓰러뜨리거나, 오노노키의 파괴신스러움이 멈출 줄을 모른다.

"하지만 정말로 괜찮을까? 침대를 부순다면 모를까, 바닥을 꿰뚫어 버리면 역시나 큰일이잖아? 아래층에도 누군가가 살고 있을 테고… 인형이 아닌 누군가가."

"괜찮아. 최근에 생각한 새로운 기술을 시험해 볼까 해."

"새로운 기술?"

"베리에이션이야. 파괴 범위를 최소한으로 억제하기 위해서… 사실은 아라라기 츠키히에게 사용할 예정이었지만. 뭐, 이것도 걸음하다 보니 생긴 인연이라 해야겠네."

"그런가… 그런 기술이 있다면 꼭 좀… 아니 잠깐, 오노노키. 혹시 너, 아직 내 동생을 죽일 생각이었어?"

질문에는 답하지 않고, 오노노키는 자신의 주먹을 과도가 꽂힌 아버지 인형으로 향했다.

평소 같으면 마치 손가락으로 가리키기라도 하는 것처럼 검지를 세운 그 주먹이지만, 이번에 세우고 있는 것은 그 검지보다도 짧은 소지小指, 새끼손가락이었다.

"'언리미티드 룰 북', 소지판."

021

뉴 테크라고 할 정도는 아닌, 그런 심플한 발상의 전환으로 파괴력이 억제될 수 있다면 우리 집 현관을 파괴할 때도 소지판으로 해 주었으면 했다, 라고 말하고 싶은 참이지만 최소한이라고 할 정도의 핀 포인트로 줄여지지는 않았고, 위력도 그렇게 많이 억제되지 않았다…. 침대는 착실히 방바닥까지 파괴되었다. 아래층까지 관통하지 않았다는 정도다.

"힘 조절은 서툴러. 손가락 조절은, 이라고 해야 할까. 집게손가락이든 새끼손가락이든."

파괴신은 위축되지도 않았다… 뭐, 결과적으로 아버지 인형은 산산조각 났으므로 목적은 달성되었다고 할 수 있다.

그러나 파괴할 때에 상당히 큰 소리가 났으므로 우리는 이 맨션에서 얼른 퇴각하는 편이 좋겠지만,

"귀신 오빠, 잠깐만 이 방을 감시하고 있어. 나는 다른 장소를 보고 올 테니까."

라고 오노노키가 말했다.

"다른 장소라니?"

"냉장고, 쓰레기통, 화장실, 욕실, 인텔리 선생님의 침실."

전에는 하지 않았던 본격적인 조사란 이야기다…. 단서가 없었던 이 제3의 방을 이렇게 파괴해 버렸으므로, 그 대신 문자 그대로 아직 손(가락?)을 대지 않은 곳을 샅샅이 조사할 심산인 듯하다.

나도 거들어야 하나 생각했지만 프로가 하는 업무의 프로다운 부분이다. 방해가 될 뿐인가.

하지만 그렇다고 해서, 진짜 잔해가 된 이 방을 감시하는 의미는 없다고 생각하는데…?

"그렇지도 않아. 산산조각 난 이불이, 그래도 아직 움직이기 시작할지도 모르고."

"그렇구나…. 프로는 그런 곳까지 경계해야만 하는 건가."

그야말로 진짜 불사신의 괴이 같네… 흡혈귀라도, 산산조각으로 찢긴 상태에서 재생하는 건 간단하지 않다고 들었는데 말이야.

"조각들이 움직이면 오노노키를 부를게."

"응. 마음이 내키면 조사를 중단하고 도우러 와 줄게."

"좀 더 강한 모티베이션으로 구하러 와 달라고?"

"그건 그렇고, 어렵지?"

"? 뭐가?"

"숙녀를 구하는 거. 소녀를 구하는 것처럼은 안 되네."

그렇게 말하고 오노노키는 척척, 다른 방의 분석을 하러 가 버렸다. 젠장, 할 말만 하고 가 버리기냐.

소녀를 구하는 것도 어려웠다고… 실패뿐이었고…. 다만 상대가 어른이 되니 어려움의 종류가 달랐다.

결국 잘 모르는 사람의 부탁을 들어주면 안 된다는 교훈이 되는 이야기일까, 이건…. 모르는 어른과 이야기를 나누어서는 안 됩니다, 라는 부모님의 가르침을 설마 여기서 살리게 될 줄이야.

살리지 못했지만.

죽게 만들었지만.

부모님의 가르침이라…. 오노노키가 있을 때는 핀치일 때라도 경쾌한 토크를 날리는 터프가이를 연기할 수 있었는데, 혼자가 되니 투덜거리며 쓸데없는 생각을 하게 되네.

이야기했던 '세 살 난 사랑하는 딸'뿐만이 아니라 '별거 중인 남편'까지 실존하지 않는 가족이었을지도 모른다는 이야기가 되면, 몹시 마음이 무거워진다…. 내가 하고 있는, 부탁받은 것을 완전히 일탈한 불법침입도 그런 망상을 구성하는 무엇과도 바꿀 수 없는 조각 같다.

다름 아닌 나 자신이 그런 요소가 되어 버리다니, 얼굴에 칼이 박힌 아버지 인형보다도 훨씬 한기가 느껴진다…. 아버지 인형이 산산조각 나도, 전혀 후련해지지 않는다.

여전히 기분은 안개가 끼어 있는 상태다. 조사하러 온 것으로, 보다 심연이며 보다 완곡한 오리무중 속에 길을 잃은 것 같다.

뭐, 별거 중인 남편이 원래부터 실존하지 않는다는 이야기가 되면 목숨의 위기가 닥쳐 있다고 실존하지 않는 그 남자에게 경고할 절박성도 동시에 사라지므로, 그 사실이 판명된 것만으로도 쓸데없는 조사는 아니었던 걸까. 아버지 인형을 찌른 것으로 이이에짱 인형의 복수가 이미 성취되었다고 한다면 더욱 그렇다.

하지만… 그렇게 상상한들, 이에스미 준교수의 실존만은 절대 흔들림이 없지? 연구실에서 직접 만나 이야기를 나누었고, 그 이전에 1학기 내내 나는 그 사람에게 계속 스위스독일어 강의를 듣고 있었으니까.

스위스가 실존하는 것과 같은 수준으로, 이에스미 준교수도 실존한다.

남편이 있는 곳을 밝혀냄으로써 고구마 줄기가 줄줄 딸려 나오듯 준교수가 있는 곳도 밝혀낼 수 있다면 좋겠다는 희망은 이미 끊어졌으므로, 그렇다면 준교수가 있는 곳을 알아낼 수 있는가 없는가는 오노노키가 현재 진행하고 있는 제1의 방 및 거실과 주방 등등의 감식작업에 달려 있다는 이야기가 되는데…. 하지만 체류자격조차 위장이었을지도 모르는 사람의 위치정보를 밝혀내는 것은, 아무리 억지로 해석해도 이미 완전히 불사신의 괴이의 전문가가 할 일이 아니지?

평범한 경찰의 업무다.

이매망량의 오소리티로서는, 아버지 인형이 괴이화하기 전에 산산조각으로 파괴한 것만으로도 충분히 제 역할을 다했다고 말할 수 있다…. 물론 놓쳐 버린 '하늘을 나는 담요'를 어떻게 하는가 하는 책임이 나에게는 있지만, 현실적인 문제로 그 결말에 이르는 루트는 형성될 수 없다고 할까… 아니, 아니. 혼자가 되었다고 해서 네거티브해지지 마라.

무엇을 할 수 없는가가 아니라, 무엇을 할 수 있는가를 생각하는 거다.

지금 나에게 가능한 일은? 동녀에게 명령받은 대로 찢어진 이불이 침대의 파편들 사이에서 움직이지 않는지 가만히 감시하는 일이다. 나만이 할 수 있는 극히 전문성 높은 업무라고는 생각하지 않지만, 지나친 생각에 잠겨서 의욕을 잃는 것보다는 낫다.

나야말로 유지해라, 모티베이션을.

오노노키가 하고 있는 모든 방 조사에 시간이 얼마나 걸릴지 알 수 없으니, 의자에 앉아서 감시할까… 아니면 무슨 일이 있을 때에 대응할 수 있도록 계속 서서 감시해야 할까.

그러한 뭐, 딱히 아무래도 상관없다고 스스로도 생각할 만한 일로 망설이면서 주의가 흐트러졌을 때,

"……웃!"

그렇게.

그야말로 천 조각 하나가 조금 움직인 것처럼 보였다. 앉… 일어서 있기를 잘 했나, 하고 생각하며 나는 자세를 낮춘다.

하지만, 그러나 그 조그만 천 조각이 나를 향해 날아드는 일은 없었다… 그렇다고 해서 소심한 자의 착각인 것도 아니라, 천 조각은 미약하게 팔랑팔랑 움직임을 계속하고 있다.

가만히 응시해 보니 그 주위의 천 조각도, 이불 속에 들어 있

던 깃털도, 침대 매트리스 안에 있던 솜도, 닫혀 있던 차광 커튼도. 팔랑팔랑, 흔들흔들, 까딱까딱하며 흐릿하게 흔들리고 있다.

어… 뭐지?

산산조각 나는 것으로 조각 하나하나의 질량이 가벼워져서, 약간의 바람에도 반응하며 흔들려 버리고 있을 뿐인가. **약간의 바람**?

바람?

실내인데?

오노노키가 창유리를 깬 거실이라면 모를까. 베이비 룸과 마찬가지로 커튼도 창문도 다 닫혀 있는 이 방에서?

관통되지는 않았다고 해도, 차마 눈뜨고 못 볼 정도로 커다란 구멍이 뚫린 방바닥에서 기압 같은 것의 영향으로 공기가 들어오고 있는 건가? 그게 아니라면… 방바닥에 쥐 같은 게 뛰어다니고 있어서, 그것으로 생겨난 공기의 움직임에 반응해서… 하지만 이런 맨션에서 쥐 같은 건…. ……. ……. 공기를 움직이는 건 딱히 쥐가 아니어도… 내가 의자에 앉으려고 한 것만으로도 공기는 움직이고… 요컨대… 즉 바닥이 아니어도, **실내여도 상관없다**?

그렇게 깨달음을 얻었을 때는, 늦었다.

산산조각 난 아버지 인형에서 한시도 눈을 떼지 않고 대비하고 있던 감시자인 나는, 바로 뒤에서 습격을 받았던 것이다. 조금 전 더위를 못 이겨 벗어 두었던, 자신의 두꺼운 재킷에게.

022

담요에게 습격을 받은 것과 같은 날 재킷에게 습격을 받은 녀석도 드물겠지만, 그것을 자랑하고 있을 상황이 아니다. '늦었다'라고는 말했지만, 그래도 아슬아슬하게 깨달은 것은 소용없지 않았다. 그리고 같은 날의 몇 시간 전, 담요로부터 습격받았던 것도.

재킷의 두 소매가 목덜미에 감기기 직전에 나는 그 틈으로 한쪽 팔을 끼워 넣는 데 성공했다…. 두 번 다시 천으로 목을 졸리고 싶지 않다는 트라우마가 반사신경으로 작동한 것이다.

하지만 그 파워는 무시무시해서, 나는 간단히 백드롭 같은 느낌으로 등 뒤 쪽으로 쓰러졌다. 정확히 말하면 잡아당겨지는 힘을 느낀 시점에서 '아, 이건 무리네' 하는 생각이 든 나는 굳이 버티지 않고 오히려 일부러 자진해서 힘차게 쓰러졌다. 유도에서 말하는 낙법의 사고방식과는 반대가 되겠는데 등 전체로 바닥에 떨어지는 것으로 대미지를 평등하고 고르게 분산시키고, 그것으로 최대한 큰 소리를 낼 수 있으면 된다고 생각한 것이다.

그 소리를 듣고 믿음직스러운 오노노키가 (마음이 내킨다면) 구하러 와 주지 않을까 하고 기대하고서. 하지만 공교롭게도 기대한 만큼의 소리는 나지 않았다.

나를 잡아당긴 재킷을 깔개로 삼는 형태가 되었으므로, 결과적으로 소리가 작아져 버린 것이다. 대미지도 그만큼 경감되었지만, 그래도 이렇게 되면 쓰러져 버린 것은 위험하다.

목이 졸리는 것을 능숙하게 피했다고 할 수 있지만, 그러나 이 자세는 한쪽 팔을 봉인당한 것이라고도 말할 수 있다…. 이런 파워로 계속 졸렸다간 나는 팔째로 목뼈가 부러져 버린다.

쇠도 구부러뜨리는 힘… 아니, 하지만 그것은 이이에짱 인형에게 속한 힘이잖아? 아버지 인형조차 아니다. 어째서 내 재킷이 나를 습격하지? 나는 자기 재킷을 학대하지 않았는데?!

아니면 완전히 추측이 빗나간 건가?

이이에짱 인형의 담요가 특별했던 것이 아니라, 이 맨션 333호는 모든 천이 인간을 습격하는 집인가. 생각은 나중이다, 도움을 청해야만 해!

이대로라면 조용히, 소리도 없이 꽉꽉 졸려 목이 잘록하게 되어 죽는다…. 잘록한 것은 하네카와의 허리만으로 충분한데. 거실은 물론이고 맨션 전체에 크게 울리는 소리를 낼 생각으로 구조 요청을 하려고 나는 입을 크게 벌렸다. 재킷의 두툼한 두 소매가 나의 목을 계속 조르려 하는 힘은 멈출 줄을 모르지만, 다행히도 아직 어떻게든 목구멍은 열려 있다. 그 열린 목구멍에.

이번에는 모자가 날아들었다.

스키 모자다.

이것도 조금 전에 더워서 벗은 것 중 하나다. 모자까지?!

"우욱… 우욱…."

농담이겠지, 어이.

나는 모자를 삼켰다는 이유로 죽는 건가?

아니, 하지만 이대로라면 기도가 막혀서 질식사다. 설마 재킷과 모자에게 겉과 속 양면으로 목덜미를 공격당하게 될 줄이야.

나의 의복이 반란을 일으키고 있다.

설마 초고속 초고도 비행에 견디기 위한 두꺼운 옷이, 이런 형태로 부작용을 일으킬 줄이야…. 저산소증 정도가 아닌 무산소 상태다. 지금까지 나도 다양한 대미지를 입어 봤지만, 이런 불합리한 상황에 처한 것은 틀림없이 처음이다. 고통스러운 것도 큰일이지만 입이 막혀서 무력한 내가 도움을 청할 수 없게 된 것은 더욱 큰일이다.

혼자서 멋대로 살아날 뿐인 게 아니라, 혼자서 멋대로 죽을 뿐이다.

이렇게 되면 꼴사납다든가 추하다든가 하는 소릴 하고 있을 수 없다. 두 다리와 자유로운 한쪽 팔로 방바닥을 두들겨서 오노노키에게 모스 부호… 아니, 그냥 버둥거리기만 해도 된다.

그런데 아무리 기다려도 도움이 찾아오지 않는다.

어떻게 된 거야, 오노노키.

땋은 머리에게 상담을 청하는 남자를 구하는 것이 그렇게나 내키지 않는 거냐. 아니면 소리가 전혀 나지 않는 건지도 모른다. 나는, 내가 생각하는 것보다 훨씬 빨리 체력이 바닥나 있는지도… 큰북을 쿵쿵 두드리는 것처럼 온 힘을 다해 바닥을 박차고 있다고 생각하지만, 실제로는 미끄러지듯 걷는 정도의 소리

밖에 나지 않고 있는 건지도 모른다.

그리고 오노노키는 그렇다 쳐도 시노부가 전혀 구해 주지 않네. 확실히 나는 또다시 배트 시그널*을 점등시킬 기회를 놓쳤는지도 모르지만… 시노부, 그냥 자신의 타이밍으로 구하러 와줘도 괜찮다니까?

이 정도의 위기는 스스로 극복하란 거야?

우리에 갇혔을 때와 마찬가지로?

아니, 아마도 새근새근 자고 있을 뿐이겠지…. '자신이 너무 오래 잤다'는 정도의 이유로 파트너가 죽는다면, 그 유녀도 역시나 쇼크를 받을 거라고 생각하지만….

하지만 죽을 때는 의외로 이런 법인가?

교통사고로 목숨을 잃은 하치쿠지 마요이도, 나중에 신의 자리까지 올랐으니까 그 사고가 마치 드라마틱한 일처럼 받아들여지고 있을 뿐이지, 기본적으로 그 죽음도 덧없고 갑작스런 죽음이다.

사고도 사건도, 병도 수명도, 인간의 죽음 따위는 예상을 빗나가며 불시에 찾아오는 것…임은 틀림없어 보이지만, 그렇지만 그 불시는, 나에게 한해서는 오늘 이 순간이 아니었다.

시노부는 늦잠을 후회하지 않아도 되게 된 것이다.

모자를 먹었다는 이유로 죽는가 싶었는데, 그것과는 정반대로

※배트 시그널 : Bat Signal. 영화 배트맨 시리즈에 등장하는 장치로, 고담 시의 경찰청장인 제임스 고든이 배트맨을 부를 때 사용하는 조명기구.

나는 모자를 먹었다는 이유로 살아난 것이다.

우물우물 꿈틀꿈틀하며 계속 버둥거리는 동안, 입속을 채운 스키 모자의 움직임이 약해져 가는 것이 느껴졌다. 드릴처럼 회전하며 내 목구멍으로 침입하려 하는 스키 모자의 움직임에는 차라리 스키 플레이트를 삼키는 쪽이 낫겠다는 생각이 들기까지 했지만, 그 파고드는 스크루가 약해지고 약해지고 약해지더니… 멈췄다.

"?! 커헉. 쿠헉. 카학!"

그 이유도 모르는 채로 (그도 그럴 것이, 이유를 알 수 없다고 하자면 애초에 모자가 내 입을 향해 날아든 이유부터 알 수 없으니까 이제 와서 새삼스러운 소리다) 나는 입안의 스키 모자를 토해 낸다.

아직 재킷에 목을 졸리고 있는 상태이므로 호흡이 완전히 회복된 것은 아니지만, 이것으로 단숨에 훨씬 살 만해졌다.

물론 토해 낸 모자가 다시 딥 키스를 시도해 오지 않을까 두려워하지 않을 수 없었지만, 침 범벅이 된 모자는 바닥에 축 늘어져서 움직이지 않고 있다. 평범한 스키 모자로 돌아간 것처럼 보인다.

처, 처치했나…?

아무것도 안 했는데? 버둥버둥하며 드러누워서 발버둥 친 것뿐인데? 내가 전 흡혈귀니까 깨무는 힘이 강했다든가…? 그게 아니면… 타액? 최근에는 사용하지 않아서 그 후유증이 아직 유지되고 있는지 어떤지 확증은 얻을 수 없지만 흡혈귀의 체액에는 치료 능력이… 아니, 아니. 낮게 해서 어쩔 거냐.

그러면 그게 아니라.

"무… 물인가."

물이 약점인가, 이 녀석들.

어림짐작일 뿐이지만, 천… 직물이라는 특성과 그 약점은 부합된다…. 나를 질식시키기 위해 입속으로 날아들었고, 그렇지만 타액에 젖는 것으로 괴이로 변했던 스키 모자는 진정되었다.

젖은 모자 따위, 아무도 쓰고 싶지 않으니 말이야.

그렇다면 재킷에도 같은 말을 할 수 있다, 그렇다면 시험해 볼 가치는 있다, 라고 할 수 있을지 어떨지는 산소부족인 머리로는 제대로 계산할 수 없지만 시도할 수 있는 카운터 플랜이 그것밖에 없다.

뭐, 나도 흡혈귀화해서 헤엄칠 수 없게 되거나 했으니 말이야. 괴이에게 물이란 대표적인 약점일지도 모른다. 게 같은 것이 되면 또 다르겠지만….

그래서 나는 최대한의 타액을 재킷에 뒤집어씌웠다… 라고 말하고 싶은 참이지만, 유감스럽게도 나는 2리터 정도의 타액을 토해 낼 수는 없다. 불사신성을 마음껏 사용하던 무렵이라면, 자신의 손가락으로 혀를 잡아 뽑아서 방 전체를 흘러넘칠 정도의 피로 물들이고 있을 참이겠지만 지금의 내가 그랬다가는 무참한 자해 이외의 그 무엇도 아니다.

그리고 그것은 리스카쨩의 병법*이다.

아라라기 코요미는 조금 더 촌스럽다. 재킷의 조르기에 힘껏

저항하면서 자유로워진 한쪽 팔과 두 다리로, 드러누운 채로 맨션 바닥을 굼실굼실 기어서 욕실 쪽으로 향한 것이다.

다행히도 집의 구조는 처음 찾아왔을 때 파악해 두었다…. 수도시설이라면 차라리 화장실이라도 괜찮을까 하는 체념도 있었지만, 위생관념이 승리했다.

나는 의외로 결벽증인 모양이다.

서바이벌 상황에서는 죽는 타입이다.

온몸으로 바닥 청소를 하고 있는 듯한 움직임을 하고 있으니 말이야…. 뱀의 저주인가?

그래서 뱀처럼 구불구불하는 갈지자 운전 끝에 욕실의 샤워기 앞으로 굴러 들어간 나는, 목욕 준비를 하다가 수도꼭지를 잘못 비틀었을 때처럼 옷을 입은 채로 온몸으로 샤워기의 물을 뒤집어썼다. 대담하게도, 외부활동을 의식한 디자인의 머플러째로.

요컨대 만약 예측이 잘못되었다면 나는 조금 전의 스키 모자처럼 온몸이 물에 흠뻑 젖은 생쥐 꼴로 질식사했을 것이다. 여름방학에 대학생이, 소재불명인 준교수의 맨션에 불법침입한 끝에 욕실에서 변사… 죽을 때란 이런 법일까 라고 깨달은 듯한 말을 했었는데, 정정한다. 이런 괴상한 죽음은 사양이다.

이렇게 했던 말을 취소할 수 있었던 것으로도 알 수 있듯이,

※리스카짱의 병법 : 니시오 이신의 다른 작품 『신본격 마법소녀 리스카』의 주인공에 대한 서술. 자해하는 것으로 변신한다.

아무래도 물이 약점이라는 증명불가능한 내 나름의 리만 가설*은 적중했는지, 축 늘어진 것은 재킷뿐이었다.

호흡으로 봐서는 상당히 아슬아슬했다…. 만약 샤워기가 미스트샤워였다면 늦어 버렸을지도 모른다. 해방되었는데도 전혀 일어서자는 생각이 들지 않는다… 수도꼭지를 원래 위치로 돌려놓는 것조차 귀찮아서, 물을 그대로 뒤집어쓰고 있다. 폭포수행 같다.

머릿속의 잡념이 씻겨 나가는 기분이다.

그래서일까, 지금 상황을 전혀 모르겠다.

"아~…. 어디 보자….'

어디 보자.

지금, 뭘 하고 있던 중이더라? 아, 그렇지, 감시… 아버지 인형의 조각이 따로따로 움직이기 시작하거나 서로 뭉쳐서 재생하거나 하지 않도록… 제대로 감시를 해야….

"야아, 여기에 있었어? 귀신 같은 오빠. 줄여서 귀신 오빠. 샤워 중에 실례할게. 옷가지가 덮쳐 올 테니까 옷장은 절대 열면 안 돼, 라고 주의를 주러 왔어."

그렇게.

정신이 들고 보니 탈의실에 선 오노노키가 푹 젖은 나를 내려다보고 있었다. 감정을 읽을 수 없는 무표정은 변함없지만, 맥

※리만 가설 : 수학자 베른하르트 리만이 세운 가설. 유명한 수학 난제인 밀레니엄 문제 중 하나로 유명하다.

시 기장의 원피스 자락이나 어깨끈이 흐트러져 있고 목이나 팔뚝에 또렷하게 멍이 들어 있는 것을 보면, 격렬한 전투를 벌인 뒤임은 간단히 알아차릴 수 있었다.

알아차릴 수 있었지만, 무슨 일이 있었지?

추측하기로는 다른 방을 조사하던 중에, 조사할 때의 당연한 수순으로서 옷장을 열었다가 옷들에게 뭇매질을 당한 것이겠지…. 파괴신인 그녀라면 나와 달리 힘으로 극복할 수 있었겠지만… 그렇구나, 그래서 그만큼 큰 소리를 냈는데도 나를 구하러 올 수 없었던 것이다.

서로가 서로의 배틀음을 상쇄하듯이 노이즈 캔슬링을 하고 있었을 줄이야.

"알았어. 조심할게."

나는 몸을 일으켰다.

휴식은 끝이다.

샤워를 해서 후련해졌으니, 자아, 다음이다.

023

자세히 들어 보니, 오노노키는 옷뿐만 아니라 카펫에게까지 습격당했다고 한다. 나였다면 그걸로 한 방에 끝장이었겠지만 과연 파괴신, 그것들조차도 단순한 힘으로 찢어발겼다고 한다. 나에게 그 힘이 10분의 1이라도 있었다면 그렇게 고전하지 않을 수 있었겠지만, 그건 아무리 그래도 불가능한 일일 것이다.

100분의 1을 바라는 것도 뻔뻔스럽다.

스키 모자가 도움을 청하려고 벌린 입안을 노리고 들어와 준 것이 행운이었다… 아니, 그것은 단순한 행운이 아니라 그 높은 학습능력, 이 경우에는 **그 시점**에서의 낮음이라고 해야 할까. 갓 태어난 괴이였기 때문에 저쪽에서 멋대로 자멸해 준 것이나 다를 바 없는 상황이다.

"아니, 아니. 정말 대단해. 스키 모자는 자멸이었어도, 흡혈귀 파워에 의존하지 않고 그것을 실마리로 재킷까지 쓰러뜨린 것에는 귀신 오빠의 성장을 느껴. 다시 봤어. 이 건은 제대로 가엔 씨에게 보고해 줄게."

"가능하면 보고하지 말았으면 좋겠네. 그건 보고가 아니라 밀고야. …오노노키, 그 멍 같은 건 괜찮아?"

"멍이 아니라 사반死斑이네. 내 경우에는. 시체니까. 괜찮아, 이 정도, 찰과상이야."

사반이라고 들은 뒤에 찰과상이라는 이야기를 하면 괜찮다고는 생각이 안 되네….

"그렇지만 나처럼 선생님의 의복에게 습격당한 것이라면 모를까, 귀신 오빠는 자기 옷에게 습격당한 거구나. 어쩐지 법칙을 잘 알 수 없게 되기 시작했네…."

"지금 입고 있는 옷도 위험할지 모르지. 좋아, 오노노키. 둘 다 알몸이 되자."

"다시 본 것을 다시 볼까?"

"만일을 위해서 그 원피스를 적셔서, 비쳐 보이게 해 두는 편이 좋지 않겠어?"

"비쳐 보이게 하려는 흑심이 비쳐 보이고 있잖아. 으음… 아마도 반대로, 귀신 오빠의 스키 모자와 재킷은 귀신 오빠가 더위를 못 이겨 벗은 것으로 발동 조건을 채웠다고 생각해. 그러니까 알몸이 되지 않는 편이 좋아."

"내가 근성이 없어서 벗은 것 같은 표현은 쓰지 말아 줘. 여름이라고, 지금은. 더위에 진 게 아니야, 대응한 거야."

"온도 따윈 느끼지 않게 해 줄까?"

"무서워무서워무서워무서워. 오한이 들어."

하지만 듣고 보면 그 말이 맞다.

만약 착용하고 있는 바지나 셔츠, 속옷이나 양말까지 무조건 덮쳐 온다면 벗을 짬도 없이, 눈 깜짝할 사이에 온몸이 압착되어 버릴 것이다…. 그렇게 뱀 같은, 굼실굼실 움직이는 이동조차 허락되지 않았을 것이다.

재킷과 스키 모자에 공통되는 요소가 있다고 한다면, 내가 벗어 버렸다는 점이다. 벗어 '버려서'.

…그것이 키워드?

버렸다는 것이?

아니, 그것이 '내 아이'를 '버렸다'는 행위와 똑같이 취급되어도 곤란한데…. 하지만 그러고 보니 두 번째 방문에서 우리에 갇혀 있었을 때, 나는 공구상자를 가까이 끌어오기 위해 청바지를 이용했는데 그때는 벗기는 했지만 손에서 놓지는 않았다.

로프로 사용하기 위해 끝단을 단단히 계속 잡고 있었다….

이에스미 준교수의 옷이나 카펫이 오노노키를 습격한 것과 억지로라도 공통점을 찾는다면….

"글쎄. 그 부분은 진짜로 전문 분야 밖이니까 말이지…. 정장이나 셔츠류, 파카가 습격해 오는 것은 그렇다 해도, 팬티나 팬티스타킹에게 습격당하는 것은 참신했어. 이런 것은 귀신 오빠의 담당이라고 생각하면서 격전을 벌였지."

"서로, 그림이 되지 않는 배틀에 흥을 내고 있었던 모양이네."

"귀신 오빠에게 질문. 낮에 귀신 오빠를 동물용 케이지에 가뒀던 담요가 원래는 학대 인형이었다는 것은 착각 아냐? 원래 베이비 베드에 깔려 있던 담요가 아니라?"

"그건… 확실하다고 생각해."

"색조 같은 것이 비슷했을 뿐이라든가? 그 왜, '일체'와 '일절'도, 한자로 써 놓고 보면 비슷하게 보이잖아."

"야, 아무리 그래도 일체—切와 일절—切을 잘못 볼 리… 이건 그냥 똑같잖아!"

아니, 그게 아니라.

"성의 없이 그려 놓은 '헤노헤노모헤지'라는 사인이 있었고, 과도가 꽂힌 등 부근에 구멍도 뚫려 있었고."

그것도 그것대로 급습이었으므로 이번과 마찬가지로 전모를 이해하고 있는 것은 아니지만, 놓쳐 버린 그 마법의 담요가 이이에짱 인형의 구성요소인가 하는 점 정도로 괜찮다면, 단정할 수 있다.

그 정도는 하게 해 줬으면 한다.

다른 의복, 천이나 직물 같은 것이 움직이기 시작한다면, 학대받지 않은 담요라도 움직이기 시작하는 게 아닐까 하는 오노노키의 예상이겠지만… 그리고 확실히 그 추측에는 들을 만한 구석이 있었지만… 그러나 그 부분 역시, 분할해서 생각해야만 하는 포인트인지도 모른다.

"그렇게 되면 우리를 습격했던 의복은 괴이화했다고 말하기보다, 권속화했는지도 모르겠네."

"권속화…? 권속화라는 건 뭐야?"

"네가 옛날에 당했던 그거라고."

요소요소에서 말투가 난폭해지네.

이번에는 완전히 내가 오노노키를 말려들게 했으므로 어떤 대우를 받더라도 어쩔 수 없지만… 트러블에 휘말려서 지긋지긋하다고! 라는 말도 작년에 그야말로 신물 나게 해 왔는데, 말려들게 하는 쪽은 이런 기분인가.

"이이에짱 인형이 '동료'를 늘리고 있다는 얘기야…? 그 방에서 도망칠 때 부하에게 추격자를 처치하라고 명령해 두었다든가…?"

"혹은 그런 스킬을 소유한 괴이인지도 모르지. 요컨대, **천을 조종하는 스킬**… 그럴 경우에는 괴이화했다기보다는 자동적인 트랩이라고 표현하는 편이 가까워. 집 안에 장치된 지뢰 같은 거야."

벗은 옷을 바닥에 놓는다든가, 옷장을 연다든가, 혹은 유리를 깨거나 침대를 부순다든가, 불법침입자의 그러한 일거일동이 방아쇠가 되어 덫이 작동한다는 일련의 흐름이라면?

흐음.

확실히 스키 모자나 재킷에게서 받은 심플한 공격은, 듣고 보니 '자동적인 트랩' 같았다…. 단순한 명령만을 직선적으로, 그저 따르고만 있는 것 같은… 나의 다른 행동에 대응하려고는 하지 않았다.

적에게 어드바이스를 하는 것도 이상한 이야기지만, 예를 들어 내가 욕실로 향하는 것을 알아차리면, 목을 조르던 재킷의 한쪽 소매를 풀어서 복도의 도어 스토퍼 같은 곳에라도 묶어 두었더라면 그것만으로 나의 희망은 사라졌을 것이다.

하지만… 그러나 그것보다도, 어째서 나는 권속화라는 말 쪽에 심플한 정당성을 느꼈는가. '잘못되어 있다'라고 느끼는 정당성이기는 하지만… 과거에 그것을 겪은 자로서.

"처음으로 당신과 의견이 맞았네. 응, 나도 그렇게 생각해."

"그 말, 자주 하네."

"어떠한 괴이의 권속은 아니지만, 나도 전문가의 도구로서 소생되었다는 점이 있으니까. 뭐, 어쩐지 기분 나쁜 이 집 자체가 괴이를 낳기 쉬운 온상이 되어 있는 것도 확실하겠지. 흙발로 밀고 들어오기를 잘 했어."

신발을 벗고 있었다면 그 신발에도 습격당했을까? 베란다는 '집' 안에 해당하는 걸까, '신발'은 천에 해당하는 걸까, 그것도 검증이 필요한 부분이기는 하겠지만… 솔직히 적극적으로 확인하고 싶지는 않네.

오노노키가 아버지 인형을 파괴한 판단은, 이렇게 되면 정답이었는지도 모른다⋯ 그 거대한 인형에게 습격당했다면, 쉽게 극복할 수 없었을 것 같다는 생각이 든다.

"괴이가 늘은 것으로 '하늘을 나는 담요'를 찾아야만 하는 이유가 늘었네. 학대 인형이 어딘가에서 동료를 만들어서 무한증식하고 있을 위험성이 생겼다면 도저히 방치해 둘 수 없어. 귀신 오빠, 좌절하지 않았어?"

"조금도. 의욕만만이야. 뭐든지 말씀만 하시라의 아라라기야."

"그런 허세, 싫지 않아. 아이에게 이야기로 들려주고 싶어."

"숙녀를 구하는 것은 확실히 어려울 것 같지만, 나는 어려운 일에 챌린지하고 싶어 하는 녀석이야."

"그랬던가⋯?"

"아니었습니다."

"뭐, 심두멸각하면 불도 시원하다는 말을 할 정도로는, 근성이 붙었는지도."

"자동적인 트랩이든 권속이든, 그런 것이 이쪽저쪽에 배치되어 있었다는 것은 이 333호에는 지켜야만 하는 뭔가가 있다는 얘기 아니야? 남편의 개인정보일지, 이에스미 준교수가 실종되며 숨은 곳일지⋯ 어쨌든 이이에짱 인형이 은폐하고 싶었던 뭔가가."

단순하게 불법침입자를 격퇴하는 방어 시스템이었는지도 모르지만, 죽을 뻔한 데다 물에 빠진 생쥐 꼴이 되어서 빈손으로 돌아갈 수는 없다. 아라라기 코요미의 체면 문제다.

"그 점에 대해서는 좋은 보고를 할 수 있을 것 같아, 귀신 오빠."

"? 무슨 소리야?"

"뭐, 그건 여기를 탈출한 뒤에 생각하자…. 어쨌든 이 이상 리스크를 감수하며 이 333호의 수색을 계속할 필요가 없다는 얘기야."

"…혹시, 이미 필요한 정보를 손에 넣었다는 거야? 이에스미 준교수의 옷장을 열기 전에, 거실 같은 곳에서…."

아니, 그랬다면 옷장은 열지 않았으려나…. 하지만 아무것도 손에 넣지 않았는데 꼬리를 말고 도망치려고 할 시체 인형이 아닐 것이다. 절대 아니다. 있을 수 없다.

언뜻 감정이 없는 인형으로 보이지만, 그 내면은 나 이상으로 지기 싫어하는 성격에, 나 이상으로 원한을 마음에 담아 두는 성격일 것이다. 빈손으로 돌아갈 수 없다는 마음 또한, 나 이상일 것이다.

"이런 이야기를 하면 또 귀신 오빠가 나를 파괴신, 파괴신, 하면서 음험하게 나무랄지도 모르지만. 그 왜, 인텔리 선생님의 팬티스타킹과 싸우고 있을 때에 조금 주변 피해를 일으켜 버렸거든."

파괴신 취급받은 것을 가장 마음에 두고 있는 듯한 오노노키가 가장 고전한 상대는 팬티스타킹인 모양이다…. 공부가 부족해서 나는 아직 신은 적이 없지만, 의외로 튼튼하다고 하니까.

최종적으로 승리를 얻었다고 한다면, 그것은 잘되었다고도…
주변 피해?

라고?

"결과적으로 선생님의 방 천장이 부서졌어."

"결과가 그거라면, 원인은 너잖아. 구멍을 뚫어 놓은 건 아니
겠지?"

"괜찮아. 여기는 최상층이니까 구멍이 뚫려도 옥상이야. 출입
금지라서 사람은 없어."

구멍을 뚫은 거잖아, 괜찮지 않다고.

여기가 옥상이 되어 버렸다.

점점 일이 커져 간다…. 전혀 좋은 보고를 들려주지 않고 있잖
아. 적당히 좀 해 줬으면 좋겠다.

"결과로서."

원인인 오노노키는 담담하게 반복했다. 폭거를 반복한 오노노
키는.

"개방된 새 에어리어인 그 옥상에서 나는 이런 것을 발견했
어. 교묘한 은닉 장소였는데, 빛나는 상처란 이런 걸 두고 하는
얘기겠지. 그야말로 빛이 보였어."

"아무리 멋지게 말하더라도 천장을 파괴한 거라니까? 재치 있
게 느껴지지 않는다고… 뭐야, 그건?"

024

천장을 뚫는 리모델링을 했다고 했으니 333호의 첫 번째 방인 이에스미 준교수의 방, 그 전체 상황은 짐작이 간다고 해야 할까, 그래도 아직 그 피해는 실내에 머무르고 있지 않을까 생각하고 있었다. 그렇지만 그 방의 양옆, 즉 거실과 베이비 룸에 파괴신의 피해는 미치지 않았을 것이며, 그러므로 설령 이런 곤경에 처하더라도 그쪽의 조사는 아직 속행해야만 할 거라고.

어설펐다.

오노노키는 첫 번째 방에서 양옆의 벽도 뚫어 놓은 상태였다. 마관광살포*를 쓸 줄 아는 거냐고, 이 애는.

천장뿐만 아니라 벽까지 철거해서 3LDK를 1LDK로 개축해 버리는, 말을 더 보태자면 거실과 주방과 부엌의 구별도 엉망진창이었다.

태풍이 지나간 것 같은 느낌이다.

아버지 인형의 파편이 미세하게 움직이고 있었던 것은 나의 배후에서 괴이화했던 재킷이 꿈틀거리고 있었기 때문이 아니라, 이 집 안에 오노노키의 공격이 소용돌이치고 있었기 때문일지도 모른다… 위법 행위의 위법성이 갑자기 높아져 간다.

강도가 침입했더라도 실내는 이런 비참한 모습을 보이지 않는다…. 그 단정했던 333호가 강도가 들어왔다가 아무것도 훔치지 않고 돌아갈 정도로 황폐하게 변해 버렸다.

※마관광살포(魔貫光殺砲) : 만화 『드래곤볼』에서 등장하는 필살기.

어쩐지 같은 반 친구와의 싸움을 조용히 수습하려고 믿을 수 있는 담임교사에게 상담했는데, 대대적으로 학급회의가 개최되어 버린 듯한 기분이다.

뭐, 일을 크게 만들지 않으면 해결되지 않는 개인적인 일도 있지만 말이야…. 엄청난 범죄의 공범자가 되어 버렸다.

아니, 놀랍게도 내가 주범이다.

나, 정말로 장래에 경찰이 되는 건가?

어쨌든 이렇게 되면 어쩔 수 없이 조사는 중지다. 인근 주민으로부터의 신고가 두렵다는 것도 있지만, 가령 이에스미 준교수나 남편의 흔적, 이이에짱 인형 수색을 위한 단서가 있었다고 해도 우리는 그것을 마구잡이로 뒤섞어 버렸다. 쓰레기통 안까지 수색은 고사하고, 집 전체를 쓰레기통처럼 만들어 버렸다.

꾸물거리고 있다가는 다른 천이 습격해 올지도 모르고, 그것과는 전혀 다른 종류의 트랩이 작동하고 있을 위험도 있다…. 다양한 팩터를 종합적으로 고려하면, 내려야 할 결론은 뻔하다.

지금 바로 도망쳐라.

"'언리미티드 룰 북', 탈출판."

어쩐지 신기하게도 천장에 구멍이 뚫려 있던 덕분에 베란다로 나갈 것도 없이 우리의 도주는 완료되었다. 젖은 재킷과 젖은 모자는, 그래도 극한의 상공에서는 입지 않은 것보다는 나을 거라고 생각해서 착용하고 있었는데, 수분은 고공에서는 얼어붙는다는 것을 잊고 있었다.

그만큼 저산소증과 저체온증을 두려워하고 있었으면서, 도착

후의 333호에서는 무산소 상태를 체험했고, 돌아가는 길에는 스스로 동상에 걸리기 위한 노력을 해 버릴 줄이야… 나는 대체 뭘 하고 있는 거지?

자살인가?

어디 보자, 어학 수업 학점을 받기 위한 베이비시터 아르바이트였던가?

그렇다고는 해도 이 어드벤처, 수확은 있었다.

①세 번째 방에 남편의 흔적은 없음.

②이이에짱 인형 외에 아버지 인형.

③333호에서는 다른 천도 움직일 수 있음.

④천은 물이 약점.

그리고… 오노노키가 참으로 계획적이게도, 옥상에서 발견한 새로운 힌트.

그렇다, 대망의 새로운 힌트다.

"그래서, 오노노키. 뭐야, 그건?"

착륙 후, 호흡을 정돈하고 나서 (쉬운 일인 듯 말하고 있지만, 회복에 5분 이상 걸렸다) 나는 다시 333호에서 '그것'을 보게 되었을 때와 토씨 하나 달라지지 않은 질문을 했다. 그에 대해 오노노키도 같은 대답을 했다.

"인형이야. 봉제인형."

"…………."

참고로 착륙 지점은 낯익은 시로헤비 공원이다. 333호에서 도망칠 수 있었던 것은 어디까지나 좋았지만, 자택에 착륙하는 것은 피하고 싶었다. 자택이 무사하지 못할 가능성을 강하게 느꼈던 것이다.

그 점에서 이 공원은, 그 옛날에 자주 미팅을 했던 장소다…. 헬리포트의 후보로는 그 밖에 키타시라헤비 신사 경내도 있었지만, 만에 하나 신사 건물을 짓밟아 버렸다간 하치쿠지가 화를 낼지도 모르니 말이야.

오래간만에 왔지만 여전히 사람이 없네, 이 공원은… 우리 마을의 출생률 감소는 그 정도로 진행되어 있는 건가?

"다시 한번 볼래?"

그렇게 말하며, 오노노키는 나에게 휙 하고 '그것'을 던졌다. 간신히 입수한 중요한 단서인데 전혀 소중히 다루지 않는다. 증거물 봉투에 넣어서 보존하라고는 하지 않겠지만….

인형. 봉제인형.

손바닥에 쏙 들어가는 사이즈… 이이에짱 인형보다도 작고, 하물며 아버지 인형과는 비교도 되지 않는, 키홀더에 달릴 듯한 크기의.

"…흠."

인형人形이라는 표현은 이 물건에 관해서는 정확하지 않다. '인간의 형태'가 아니기 때문이다.

곰이었다.

손으로 만든 것이 아닌, 과도에 관해서는 보는 눈 없음을 유감없이 발휘한 나였지만, 이것에 대해서는 자신을 가지고 말할 수 있다. 기프트 숍에서 샀을 것 같은, 대량생산품이다.

물론, 대량생산이 수작업에 비해 뒤떨어지는 것은 아니다. 그런 핸드메이드 인형을 두 개나 본 뒤라 더욱 그렇게 생각한다.

테디베어라는 건가?

그렇다면 봉제인형이라는 표현은 오히려 정확하다는 이야기가 되려나? 주술로 만들어진 시체 인형이나 풍선 아트 같은 이불 인형 같은 것 쪽이, '봉제'라는 요소가 훨씬 약하니….

어쨌든 작은 곰 인형이다.

디자인적으로는 상당히 오래된 것으로 보인다…. 고풍스럽다든가 시대가 느껴진다기보다, 그냥 단순히 낡았다. 경년열화經年劣化. 게다가 더러운 상태… 상당히 장기간에 걸쳐 비바람에 노출되어 있었던 듯한…. 옥상에서 주워 왔다고 오노노키는 말했는데, 어휘를 고르지 않고 솔직히 말하자면 조사하던 쓰레기통 안에서 발견한 게 아닐까 하는 생각이 들 정도다.

"…이 조그만 곰 인형 안에, 국제적인 중요기밀이 보존된 USB 메모리가 봉인되어 있었다는 거야?"

"그럴 리가 없잖아. 그 봉제인형이 과거에 선생님의 소유물이었던 게 아닐까 하고 생각한 것뿐이야."

"? 옥상에 떨어져 있었던 것뿐이잖아? 다른 누군가가 떨어뜨린 물건일지도… 출입금지인가."

파라볼라 안테나를 설치하는 작업원이나 누군가가 떨어뜨렸을 가능성도 물론 남지만, 333호 바로 위였다는 것은… 뭐, 신경 쓰이는 점이다.

333호의 베란다에서 옥상을 향해 휙 던지면, 대충 그 부근에 떨어지게 될까? 그러나 그렇다고 해도 무엇을 위해 그런 짓을…

'교묘한 은닉 장소'라고 오노노키는 말했는데, 그 조잡함은 '숨

겼다'기보다는 '버렸다'에 가깝게 느껴진다.

버렸다.

"버렸다고 한다면 어째서 버렸느냐가 문제야, 귀신 같은 오

빠, 줄여서 귀신 오빠. 그것을 밝히는 것이 다음 힌트의 발견으

로 이어질 거라고 생각하지 않아?"

생각하지 않는다… 라고는 말할 수 없지만, 솔직히 그런 완곡

한 힌트가 아니라 좀 더 직접적인 단서를 원했다.

그렇게 그리 믿음직스럽지 못한, 무관계할지도 모르는 아이템

에서도 끈기 있게 단서 찾기를 계속하는 것이 프로의 방식이겠

지만… 아마추어는 답답함에 사로잡힌다고.

노골적인 공략법이 있었으면 좋겠다.

"이 곰 인형이, 선생님이 옛날에 사이가 안 좋았다는 부모님

에게 받았던 유일한 추억의 물건이었다는 기분은 들지 않아?"

"여기서 그 이야기를 하면, 그렇지 않다는 생각 쪽이 들기 시

작하는데…."

"복잡한 마음을 품으면서도 계속 버리지 못하고 있었던 인

형을 버린 것이, 학대 인형이 움직이기 시작한 원인이었을지

도…."

진심으로 말하고 있는 것은 아닌 듯하다… 뭐, 구체적인 스토

리를 상상해 본들 인과관계를 잘 알 수 없으니 말이야.

확실히 곰 인형이라는 물건은 부모가 아이에게 주는 선물로서

는 일반적이지만… 하지만 이런 기프트 숍에서 살 만한 키홀더는….

"그렇기에 가능한 일도 있는 거 아냐? 귀신 오빠가 친자관계의 뭘 안다는 거야."

"갑자기 나를 규탄하지 마. 새로운 발견에 대한 나의 리액션이 그저 그랬다고 해서 나무라지 말고. 여기서만은 사이좋게 있자고. 친자관계의 뭔가를 조금이라도 알고 있다면 나는 여기에 없었을 거라고."

내가 정말로 아동학대의 전문가였다면, 첫 호출이 있던 시점에서 좀 더 현명한 대응을 했을 것이다.

상대가 설령 10년간 가르침을 준 은사라도 그 시점에서 신고했어야 했다…. 세 살 난 딸이 죽어 가고 있다고 생각하게 되어 버린 시점에서, 나는 제정신을 잃고 있었던 것이겠지.

"그런 합리적인 가격의 키홀더밖에 받을 수 없었음을 한탄하면서도 버리지 못하고 있던 딸의 복잡한 마음 따위, 귀신 오빠로선 상상도 할 수 없겠지?"

"합리적인 가격이라고 말하는 시점에서, 너도 상상하지 못하고 있다는 소리잖아."

"타이어가 펑크 난 정도로 부모님이 사 준 자동차를 버리는 귀신 오빠에겐 이해할 수 없는 감정이겠지."

"버리지 않았어. 반드시 찾으러 갈 거야."

"컬렉션에 상처가 난 것만으로도 용서할 수 없는 타입 아니야?"

"그렇게 신경질적이지는 않고, 자동차 컬렉션 같은 걸 하고 있지도 않아. 나는 대부호가 아니야."

그렇다고 해도 이 테디베어는 너무 너덜너덜하다고 생각하는데….

"…테디베어란, 스위스의 인형이었던가?"

"곰 인형은 전부 테디베어야. 국적은 관계없어. 그것을 근거로 말하자면 유명한 것은 스위스가 아니라 독일. 다만 테디베어의 어원은 미국의 대통령*."

전문 영역은 불사신의 괴이일 텐데, 과연 봉제인형에 대해서는 해박하네…. 그렇다면 이 곰, 특별히 이에스미 준교수의 출신국과 관계되어 있는 것은 아닌가.

아니, 잠깐. 교사로서 그 사람의 일은 모국어를 가르치는 일이었다. 스위스독일어도 그중 하나다.

독일….

"시계라면 알기 쉬웠을까? 스위스제 손목시계는 부모 자식 3대가 쓸 수 있다고 하니까."

"…부모님에게 받았을지도 모르는 인형을 옥상에 버린 이유로, 어떤 가설을 세울 수 있는데?"

친자관계의 아마추어는 동녀에게 배움을 청했다.

곰 인형을, 앞면을 보았다가 뒤집었다가 하며 빈틈없이 관찰

※테디베어의 어원은 미국의 대통령 : 테디란 이름은 미국의 26대 대통령인 시어도어 루스벨트의 애칭 '테디'에서 유래한다.

하면서.

아아, 그렇구나.

보면서 어쩐지 기분이 나쁘다 싶었는데 이 곰 인형, 눈알 부품이 떨어져 있네…. 양쪽 눈이 달려 있지 않아서 원래부터 그런 디자인인 줄로 알았는데… 비즈인지 뭔지가 꿰매어져 있던 흔적이 있다. 팔다리 중 어딘가가 떨어지지 않은 것이 신기할 정도다… 꼬리는, 이것은 원래부터 없는 디자인일까, 아니면 떨어진 것일까….

"'교묘한 은닉 장소'야. 애증이, 혹은 그저 증오가 너무 강해서, 보이는 곳에 있는 것이 싫어서, 자신의 영역 내에 두고 싶지도 않아서, 하지만 쓰레기통에 버리는 것은 견딜 수 없어서. 그랬을 경우 옥상이라는 곳은 딱 좋은 선택이 아닐까? 실제로는 버린 것이나 다를 바 없는 상태이지만, '버리지 않았다'고 스스로에게 핑계를 댈 수 있는 거리."

"곁에 두기도 버리기도 부수기도 어려운, 말하자면 처분하기 어려운 물건을 어떻게 처분할까 하는 마음이라면, 뭐, 이해는 갈까…. 나도 여동생의 방에 참고서를 감춘 적이 있어."

"오브젝션. 그 참고서라는 거, 야한 책을 말하는 거지? 여동생의 방이라니, 너 이 자식, 내가 지내는 방이잖아. 그런 걸로 마음을 이해하는 척하지 마."

"막상 들켜도 내 것이 아니라고 발뺌할 수 있으니까. 그건 여동생 것이라고 잡아뗄 거야."

"귀신 오빠의 여동생에 대한 애정을 처음으로 의심했어. …귀신 오빠 입장에서 말하면, 아까 말했던 땋은 머리 아냐?"

"흠… 그런 얘긴가."

하네카와의 머리카락이니, 옥상에 버리는 일은 없을 거라 생각하지만… 하지만 장래를 생각할 때 어떻게 할까를 생각하면 확실히 결론을 내리기 어렵다.

언제까지나 영원히 가지고 있을 수는 없다고 한다면….

장래의 나는, 그 땋은 머리를 어떻게 하지?

"너무 진지하게 고민하는 것도 기분 나빠. 뭐, 버리려야 버릴 수 없는 물건은 누구에게나 있다는 얘기야. 홀딩이라고 하던가? 아무리 흔적을 남기지 않고 실종되려고 해도, 아무리 과거의 모든 것과 인연을 끊으려고 해도 말이지."

"으음… 뭐, 오노노키는 전문가니까 이 인형에서 예민하게 뭔가를 느끼고 있겠지만, 하지만 그것도 옆집 사람의 정념일지도 모르잖아?"

"그렇다고 해도, 조사하면 알 수 있어. 아니면 귀신 오빠는 뭔가 다른 단서를 발견하기라도 한 거야? 우선해야 할 분석대상이 있다면 물론 가장 먼저 그쪽을 조사하겠어."

다른 단서… 없다.

…고 할 수는 없다. 사실을 말하자면, 실은 333호에서 분석대상을 발견했다는 것이 아니라, 그 훨씬 전에 메니코에게 부탁한 해독이 그것이다.

하지만 이것도 확실히 괴이가, 그것도 죽이러 오는 계열의 관용 없는 타입의 괴이가 얽혀 버리면 더 이상 그 녀석에게 도움을 청할 수 없다. 내 의뢰를 잊고 있다면 잊은 채로 그대로 놔두고 싶다.

없었던 일로 하고 싶다.

그렇게 되면, 적중하든 빗나가든 오노노키의 방법에 의지할 수밖에 없다.

"…확인하겠는데, 오노노키. 이 봉제인형은 괴이화하지는 않는 거지?"

방 바깥에 있었던 물건이니까 스키 모자나 재킷과는 달리, 조건은 채우지 않았다고 생각하고 싶지만… 하지만 이이에짱 인형이 어째서 움직이기 시작했는가 하는 근본적인 부분부터, 우리는 알지 못하고 있으니까.

이런 작은 봉제인형이라도 목구멍에 채워지면 치명적이라는 걸, 나는 이미 학습했다. 그렇지만 오노노키의 답은,

"할 거야."

였다.

"하게 만들 거야, 괴이화를. 우리 손으로. 그리고 길 안내를 시킬 거야, 인텔리 선생님이 있는 곳까지."

025

뜻밖에도… 적어도 바라지 않던 형태로 흡혈귀가 되고, 권속화한 이력을 지닌 나에게는, 절대 생겨나지 않는 아이디어였다.

괴이를 낳는다는 발상.

종이를 접어서 종이인형을 만들자는 식으로 가볍게 이야기해도, 그런 방법이 있었구나! 라며 무릎을 칠 수는 없다.

그러기는커녕 무릎에 총을 맞았나 싶을 정도로 쇼킹한 제안이기는 했다…. 어쨌든 인간으로 돌아오는 데 그렇게나 고생했었고 확실히 말하면 1년 이상이 지난 지금도 그 경험의, 의존증과 후유증, 재활로 고통받고 있다.

그렇게 보이지 않을지도 모르지만….

"하, 하지만 그런 짓을 해도 괜찮은 거야? 괴이를 낳는다니, 보통 일이 아니잖아? 그런 일이 없도록 하기 위해서 너희 같은 전문가가 있는 거고… 금지된 술법일 거라고만 생각했는데."

"그렇지. 상당히 그레이에 가까운 블랙이야."

"그건 그냥 블랙이잖아!"

"응. 뭐, 하지만 금지된 술법이라고 말하면 모두 쫄지만, 해보면 의외로 별일 없지 않을까?"

"바보가 돌이킬 수 없는 실수를 할 때의 흐름이잖아!"

애초에 오노노키 자신이 그 터부에 의해 태어난… 소생된, 괴이다.

이미 이야기한 대로 그 소생에 입회했던, 당시 대학생이었던 카게누이 씨나 테오리 타다츠루는 상응하는 저주를 받았다…고 한다.

지면을 걸을 수 없게 된다는 저주.

같은 대학생으로서, 같은 꼴을 당하고 싶지 않다.

"뭐, 어때. 귀신 오빠가 보기에는 담장 안의 인생과 담장 위의 인생, 어느 쪽을 걷는가의 차이잖아?"

"담장 위의 인생이라니. 우리 커다란 쪽 여동생이 자주 물구나무를 서서 걸었다고."

최근에는 별로 물구나무를 서지 않게 되었다.

여자 고등학생이 되었기 때문에, 운동복으로 나다니지 않게 되었으므로.

꾸미고 다닐 마음이 들기 시작한 걸까?

"알겠어? 잘 들어, 오노노키 요츠기. 나와 시노부는 그런 흐름으로 타임 슬립했다가 세상을 멸망시킨 적이 있다고."

"교훈으로 삼기에는 결과가 너무 무거워서 조금도 참고가 되지 않아. 어차피 봄방학에 죽어 가던 하트언더블레이드를 구했을 때도 비슷한 흐름이었지?"

"그럴 리가 있겠냐! 그때는 진심이었어. 그리고 진심인 상태로 실패했어!"

"오히려 잘 들으란 말을 하고 싶은 건 이쪽이야. 귀신 오빠는 한 번이나 두 번의 실패로 질려 버리는 똑똑한 사람이야? 어쩌려고 그러는 거야, 한심하게. 옛날에는 함께 바보짓을 했었잖아. 나데 공은 최근에도 또 저질렀지만, 그 녀석은 아직 그렇게 질리지 않았어."

"내가 이런 말을 할 의리가 있는 건 아니지만, 너, 센고쿠하고 뭘 하고 있는 거야?! 센고쿠와 함께 바보짓 하지 마! 할 거라면 나하고 해!"

"그러니까 귀신 오빠하고 한다고 하잖아."

괜찮아, 괜찮아, 라며 오노노키는 가볍게 받아 흘렸다.

위험한 느낌밖에 들지 않는다.

"괴이화라고 해도 어디까지나 일시적인 변화야. 일시적으로 한정적인 요괴 변화야… 식신이 사역마를 만드는 것뿐이야."

"신神이 마魔를 만든다니, 어떻게 된 상황이냐고… 명백히 금단 같은데…."

"아까 욕실에서 뭐든지 맡겨만 주시라고 했던 건 거짓말이었어?"

"그런 정도의 거짓말이 용서되지 않는 사이였다고 생각되지 않는데… 그건 '가엔 씨에게 혼나지 않고, 세상이 멸망하지 않고, 무해인증이 풀리지 않는 범위 내에서' 뭐든지 가능하다는 의미야."

"이 곰 인형이 선생님의 소유물이었다고 한다면, 어디까지나 영역 밖에 '보관'되어 있었을 뿐이고 괴이화할 소질은 갖추고 있다고 말할 수 있으니까. 나는 그것을 촉진할 뿐이야. 백신을 만들 때도 바이러스를 배양하잖아? 그것과 마찬가지."

"설득당할 것 같은데, 마찬가지인 걸까…."

배양한 바이러스가 폭주해서 인류를 멸망시킨다는 스토리는 서스펜스 소설 같은 데서 자주 읽는데….

"만일 이런 작은 곰 인형이 폭주하더라도, 금방 쓰러뜨릴 수 있을 거야."

"가장 먼저 죽는 연구원이 하는 대사야…."

"불평만 계속하네, 귀신 오빠는. 조금은 나를 신뢰하라고. 전문가에게 의뢰한 거니까, 맡겨 둬."

"맡겨 두라고 무뚝뚝한 교과서 읽기 톤으로 말해도 말이지…"

333호에서 그만한 폭거를 저지른 뒤에 잘도 그런 말을 할 수 있구나.

주택 리모델링의 전문가가 아닌 것은 틀림없다.

"애초에 괴이 만들기도 너의 전문 분야가 아니잖아."

"그렇지도 않아. 인형 제작의 실력자와 한동안 침식을 같이 한 적이 있었거든."

테오리 타다츠루인가… 뭐, 만든 시체 인형은 오노노키뿐이어도 인형이라는 범위라면 그 밖에도 여러 개 만들었을 듯하니까, 그 녀석은.

"도저히 나를 믿을 수 없다고 말한다면 테오리 오빠에게 전부 떠넘겨도 상관없는데?"

"그건 곤란해. 그 녀석에게 부탁하는 건, 카이키에게 의뢰하는 것 다음으로 꺼려져."

"꺼려진다기보다 싫어하는 거지? 귀신 오빠에게도 싫어하는 사람이 있다는 것은 안심할 수 있는 이야기네…. 딱히 나의 제작자를 감쌀 생각은 없지만, 아라라기 츠키히를 날려 버린 나에게 의뢰하는 것과 여동생 둘과 후배까지 유괴했던 테오리 오빠에게 의뢰하는 건, 그렇게 차이가 없다고 생각하는데?"

미미한 차이겠지, 미미한 차이… 라고 말하면 확실히 그 말이 맞긴 하지만, 그 부분은 기분 문제다.

오기에게도 엄청 나무라는 말을 들었던 모순이지만.

"그 녀석은 지금도, 여동생뿐만 아니라, 무해인증 같은 건 무시하고 나하고 시노부를 노리고 있잖아."

"그건 나도 마찬가지야. 지금도 틈만 나면 그 모두를 죽이려고 생각하고 있어."

"테오리는 싫어. 오노노키는 좋아해. 목숨을 노린다는 정도로 이 마음은 변하지 않아. 시노부도 츠키히도 내가 지킬 거야, 오노노키를 계속 좋아하기 위해서도. 오케이, 맡길게, 너의 판단대로 자유롭게 해."

"진짜 부끄럽네."

생각 외로 두터운 신뢰의 말이 돌아와 버렸네, 라며 오노노키는 두 손바닥으로 얼굴을 가렸다. 몸짓은 귀여웠지만 그 아래, 결국은 무표정일 텐데.

최종적으로는 영업 멘트에 낚였다고 할까, 전문가의 입심에 넘어가 버린 느낌은 있지만… 그러나 현재 내 쪽에서 내놓을 수 있는 플랜이 없는 이상, 오노노키에게 백지위임이다.

확실히, 여기서 맡길 수 없다면 처음부터 맡겨서는 안 되는 것이었다. 다른 선택지는 없었지만, 하지만 나는 이번에 어쩔 수 없이 오노노키를 의지한 것이 아니다.

선택해서, 내 판단으로, 의지한 것이다.

"그래서… 구체적으로는 어떻게 하는 거지? 이 공원에서 가능한 거야? 아니면 의식이라고 했으니 키타시라헤비 신사로 이동해서…."

"나데 공이 학교 수영복을 입고 괴로워했다던, 그 키타시라헤비 신사인가."

"음흉한 신사처럼 말하지 마."

"이미 그곳은 나의 팔면육비의 대활약도 있어서 영적으로 정화되어 있으니까. 더 이상 괴이한 것들이 모여드는 곳이 아니야."

자신의 공적에 대한 주장이 강하지만, 그건 그 말이 맞다…. 나 같은 건 그 대활약을 방해했을 정도고.

"그러니까 조건을 충족하지 못해. 어디에서나 가능한 건 아니야, 괴이 만들기는. 그렇게 쑥쑥쑥, 괴이를 만들어 낼 수 있겠냐고."

"쑥쑥 만들어 내려고 하고 있는 것으로밖에 생각되지 않는데… 하지만 반대로 말하면, 이제 그곳은 제대로 신이 자리 잡은 신사니까 의식에 적합한 거 아니야?"

"그 신에게 들키면 위험해."

위험한 일을 하려 하고 있다는 소리잖아, 역시…. 하치쿠지에게 들키면 위험한 짓을 하려고 하지 말라니까?

그렇게 말하고 싶은 참이지만, 그 정도 수준의 신뢰를 표명한 뒤에는 제아무리 조령석개[*]를 제일로 삼는 나라도 했던 말을 무르기는 어렵다…. 하지만 하치쿠지에게 비밀로 한다면, 이 시로

※조령석개(朝令夕改) : 아침에 명령을 내리고 저녁에 다시 바꾼다는 뜻으로, 일을 자주 뜯어고치는 것을 이르는 말.

헤비 공원에서 하는 것도 위험하겠네.

그러기는커녕, 이런 식으로 회의를 마냥 질질 끄는 것조차 위험하다. 나와 하치쿠지가 처음 만났던 이 장소는 그 녀석의 앞마당 같은 영역이니까.

"그래, 그 영역이라는 개념이야."

"음. 뭐야. 무슨 소리야?"

"333호가 선생님의 영역이었기 때문에 학대 인형이나 의복이 괴이화했다고 본다면, 곰 인형의 괴이화도 역시 그 여자의 영역에서 이루어져야겠지."

"…그 집으로 돌아간다는 거야? 이번에야말로 큰 소동이 벌어져 있을 거라 생각하는데."

"소동이 벌어졌든 안 벌어졌든 돌아가서는 안 돼. 백신을 만들기 위한 바이러스를, 진짜 바이러스와 똑같은 독성으로 만드는 녀석은 없잖아."

그건 그렇다.

인플루엔자 예방접종도, 극히 약한 바이러스를 배양해서 주사하는 것으로 항체를 만드는 거니까… 뭐, 독성을 약하게 만든 바이러스라도 컨디션을 다소 무너뜨리는 경우가 있는 모양이므로 방심은 할 수 없지만.

"요컨대 영역성… 사적인 느낌이 자택보다 약한 장소에서 만드는 것이 바람직해. 귀신 오빠, 짚이는 곳은 없어?"

"그야 물론 직장이 되겠지. 내가 이에스미 준교수와 처음으로 만났던 연구실이라든가?"

"연구실이란 것은 방이잖아? 그래서는 아직 영역성이 높아… 좀 더, 타인도 가끔씩 사용할 만한 공용 장소가 좋겠어. 단골 레스토랑 같은."

"대학의 구내식당…을 이에스미 준교수가 사용했었는지 어떤지는 모르겠네. 애초에 사람들 눈이 있으니까 할 수 없겠지."

"나는 딱히 다른 사람이 봐도 괜찮은데? 보여 주자고, 우리 사이를."

"비밀 데이트처럼 말하지 마. …교실은? 내가 이에스미 준교수에게 수업을 들었던 교실."

"그거라면 영역성이 너무 약해. 다른 수업도 많이 이루어지고 있겠고, 굳이 말하자면 그곳은 학생의 영역 아냐?"

대학의 경우에는 그렇게 되겠네…. 분명 이것이 고등학교였다면, 교실이라는 에어리어는 담임교사의 영역성이 딱 좋은 느낌이겠지.

"젠장, 내가 유급하지 않고 진학했던 것이 이런 형태의 문제가 될 줄이야…. 내가 아직 나오에츠 고등학교의 학생이었더라면!"

"학생이었더라면 특별히 아무 일도 일어나지 않았겠지. 아무일도 일어나지 않는 인생이었겠지. 아마도 센조가하라 히타기와 헤어졌을 정도로."

가차 없으시네.

그렇다고 해도, 다시 생각하고 또다시 생각해도 나는 아무것도 모르는 상대로부터의 부탁을 받아들여 버린 것이라 통감한다…. 이에스미 준교수의 영역이 전혀 짚이지 않는다.

그런 사람이니까 옥상에 있던 곰 인형 정도의 흔적밖에 남기지 않고 깔끔하게 실종될 수 있었다고도 말할 수 있겠지만….

"그렇지. 보통 어디로 실종되더라도 한 번은 자택에 돌아와서 준비를 하고 싶기 마련이지. 직장에서 곧바로 없어지다니, 오래 전부터 준비하고 있었다고밖에 생각되지 않아."

그렇게 말하는 오노노키.

그녀 입장에서 그것은 별생각 없는, 정말로 그렇게 생각하고 있는 것도 아닌 정도의 표층적인 감상이었겠지만, 그러나 그 말을 듣고서 나는 감이 딱 왔다.

"오노노키! 지금 뭐라고 말했어?! 아냐, 그 전에!"

"혼자 급발진하고 있어. 어디를 말하는 거야? 직장에서 곧바로 없어졌다는 거?"

"아냐, 그 전… 아니, 그게 맞아. 미안, 미안."

"오로지 '아냐, 그 전이야'란 말을 하고 싶어서 안달 난 녀석이 되어 있잖아. 왜 그러는데?"

"자가용 안이라는 건 어때?"

나는 말했다.

"문을 닫아 버리면 사적인 느낌이 높고, 공용 장소는 아니지만 본인도 계속 타고 있는 건 아니니까 그 영역성이 자기 집이나 연구실 정도는 아니지 않을까?"

"음…. 나쁘지는 않지만, 하지만 어떨까. 그렇다면 맨션으로 돌아가야 하는데, 그 부분은 괜찮아?"

확실히, 돌아가는 것은 위험하다.

그 주차장은 이미 자동차 타이어들이 펑크 나 있는 데다, 나의 뉴 비틀까지 주차되어 있다는 악조건이다. 복면을 하지 않고서는 다가가고 싶다는 생각이 들지 않는다.

하지만….

"만약 연구실에서 자택으로 돌아가지 않고 곧바로 실종되었다면, 이에스미 준교수의 통근용 자가용이 대학 근처에 계속 주차되어 있지 않을까?"

026

자진해서 보고해 두겠는데, 이에스미 준교수에 대해서 아무것도 모르는 나는 그녀가 자동차로 출퇴근하는지 어떤지도 모르고, 실종되면서 그 차를 두고 갔는지 어떤지도 모른다…. 오히려 자연스럽게 생각하자면, 차가 있다면 사람은 그 차를 타고 실종될 것 같다는 기분이 든다.

그것은 매우 편리한 탈것이다.

그러므로 조금 전의 발언은 어디에도 뒷받침되지 않는 어리석은 의견이다.

하지만 단순히 실종되는 것이 아니라 모습을 완전히 감추고 싶다면, 번호판이라는 식별번호를 앞뒤로 달고 있는 자동차에 타는 것은 이름표를 붙이고 여행을 떠나는 것이나 마찬가지다.

자택과 마찬가지로, 그 단서에 관한 신변정리조차 하지 않고 내버려 두고 가지 않았을까… 도전해 볼 가치는 있지 않을까?

원활하게 진행될 것이라고는 생각하지 않는다.

우연성에 기대는 이상, 닥치는 대로 부딪쳐 보는 것도 필요하다… 요령 좋게 진행하는 것은 오래전에 포기했다.

그런 무계획적이며 멀리 돌아가기를 좋아하는 녀석을 보다 못해, 웬일로 운이 내 편을 들어 주는 경우도 있는 모양이다…. 마나세 대학 근처에 있는 이른바 계약주차장은, 내가 평소에 사용하는 곳도 포함해 결코 숫자가 적지 않아 그 전부를 찾아보는 것은 제아무리 오노노키의 기동력이 있다고 해도 그렇게 만만한 일은 아니었을 것이다. 있는지 없는지도 알 수 없는 이에스미 준교수의 자가용이 어떤 차종인지조차 우리는 몰랐으니까.

다만 그래도 (언제까지나 시로헤비 공원에서 죽치고 있다가는 하치쿠지에게 들킬 우려가 있었으므로) 일단 움직여 보자며 여름방학 중인 마나세 대학 구내로 가 보니 ('언리미티드 룰북'. 얼어붙은 모자와 겉옷은 벗었다) 전혀 예상하지 못했던, 그렇지만 그야 그렇겠구나 싶은 사실이 판명되었다.

대학 구내에는 직원용 주차장이 있었던 것이다.

나의 평소 동선에서는 먼 장소였고, 가령 가까운 곳을 지나는 일이 있었어도 학생인 나에게는 관계없는 에어리어로서 의식에서 잘려 나가 있었는지도 모른다… 뭐든지 모르는 것은 고사하고, 모르는 것뿐이다. 내가 다니는 대학에 대해서조차.

게다가 여름방학 중이라는 점도 있어서, 휑하니 넓은 아스팔트 광장에 오렌지색 라인을 그어 놓기만 한 그 주차장에 세워져 있는 자동차의 수는 그리 많지 않았다.

드문드문 점재해 있다.

이렇다면 한정된 시간이라도 전부 조사할 수 있을 테고, 그러면서도 여차하면 그럴 필요조차 없었다… 고 말하는 것도 한대, 명확하게 기색이 다른 눈에 띄는 자동차가 있었기 때문이다.

기색이 다르다고 할까, 그냥 색이 다르다고 할까… 요컨대 먼지투성인 더러운 자동차다. 방치된 차량이라는 느낌인데… 고작 며칠 동안 지붕이 없는 곳에 내버려 둔 것만으로, 자동차란 이렇게 되는 건가?

소유자가 실종되어 방치된 것만으로… 원래는 나름대로 비싼 자동차였겠지만. 왼쪽에 핸들이 달린 외제차고.

"학대당하고 있는 자동차란 느낌이네."

그렇게 오노노키는 말했다. 소유자를 향한 따끔한 비판이지만, 그러나 맞는 말이다. 도구이기에 나올 수 있는 표현력이다.

집은 사람이 살지 않으면 금방 손상된다는 그 언설은, 그대로 자동차에도 적용할 수 있는 모양이다…. 그것은 우리가 이제부터 하려는 의식에도, 좋은 조건이었다.

"방범 카메라는 없네. 좋아, 좋아."

주변을 엿보는 나의 감상도 완전히 범죄자의 그것이었지만, 이 자동차가 세워져 있는 것이 계약주차장이 아니었던 것은, 그런 의미에서도 가장 행운이라 할 수 있었다…. 맨션의 주차장에서 담요가 타이어를 펑크 내고 있던 괴이 현상이 영상으로 포착되었는지 어떤지는 불명이지만, 우리가 이 방치 차량을 만지작거리고 있는 것이 동영상으로 촬영되면 완전히 차 도둑 취급을 받게 될 것이다.

다만 꾸물거리고 있을 수는 없다.

이대로 소유자를 발견하지 못하면 언젠가는 견인당할 자동차… 작업을 서두르자. 애초에 대학 구내에 동녀를 데리고 있는 것만으로도 상당히 눈에 띄는 상황이다.

"블랙박스도 장착되어 있지 않네. 그러면 남은 것은 전기계통을 연결하는 것뿐인가."

"할 줄도 모르면서 말하지 마. 귀신 오빠가 할 수 있는 일은 감시하는 것뿐이야."

동녀에게 말단 부하 취급을 받고 있다… 하긴, 확실히 괴이를 만드는 의식 따위 협력하고 싶어도 할 수 없다.

"하지만 어떻게 안에 들어갈 건데? 오노노키. 말해 두겠는데, 창문 깨기는 없기다?"

"나를 얼마나 난폭한 존재라고 생각하는 거야. 유리창을 깨지는 않아."

그렇게 말하고 파괴신이 콰직, 하고 파괴한 것은 자동차 뒤편 트렁크의 잠금장치였다. 내가 주머니에 넣어 두고 있던 곰 인형을, 내가 말을 잃고 있는 동안에 쓱 빼내고는,

"그러면 이따 봐. 반시간 정도 감시를 부탁할게. 귀신 오빠밖에 할 수 없는 일이야. 믿고 있을게."

그렇게 말하고는 아주 넓다고는 말할 수 없는 그 짐칸에 몸을 능숙하게 숙이면서 유괴되는 소녀처럼 쏙 들어가서는, 안쪽에서 뚜껑을 닫았다.

그렇구나, 굳이 운전석이나 조수석에 앉아서 의식을 치를 필요는 없으니까… 이렇게 뚜껑을 덮어 버리면 밖에서는 무슨 일을 하고 있는지 보이지 않게 되니까, 트렁크라는 에어리어 선택은 나이스하다면 나이스하다.

아무리 방범 카메라나 블랙박스가 없더라도, 차 안에서 수상한 의식을 반시간에 걸쳐 진행하는 것에는 상당한 배짱이 필요하다. 오노노키에게는 트렁크 안의 암흑 따윈, 두려워할 만한 것이 못되는 것이다. 훤히 들여다보이는 우리 안에 갇힌 정도로 약한 소리를 하고 있던 나와 달리, 설마 폐소공포증인 것도 아니겠고.

대체 트렁크 안에서 곰 인형에게 생명을 부여하기 위한 어떠한 금단의 의식이 이루어지고 있는지 신경 쓰이는 구석은 있지만 (뭔가 꿈틀거리는 듯한 기묘한 소리만이 들려온다. 꿈틀꿈틀?) 뭐, 무지한 나는 모르는 편이 나을 것이다.

나처럼 경솔한 녀석은….

오노노키가 곰 인형에게 심혈을 기울이고 있는 동안 방해가 들어오지 않도록 감시하라고 들었는데, 직원도 아니면서 직원용 주차장을 어슬렁거리고 있는 수상한 인물 쪽이야말로 감시받을 대상일 테니 차라리 오노노키와 함께 트렁크에 들어가는 편이 좋았을 거라는 생각이 들기까지 했지만, 오노노키가 나에게 그럴 짬도 주지 않았던 것은 트렁크 안의 비좁음 이상으로 나에게 쓸데없는 지혜를 주지 않겠다는 배려가 있었던 것이라 생각된다.

이러쿵저러쿵하면서도 이쪽저쪽에 신경을 쓰는 동녀다…. 내가 이 이상 저주받지 않도록 제삼자의 위치에 있게 해 준 것이겠지.

확실히 나에 대한 저주는 소꿉친구가 거는 분량만으로 충분하다…. 이번 일의 발단도 그 녀석이었고.

정말이지, 그 러블리한 녀석은.

한편 뒤집어 말하면 오노노키는 그만한 위험을 감수하려 하고 있다고도 말할 수 있다. 프로에게 있어서 이런 것은 대단한 위험은 아닐지도 모르지만, 그런 의미에서는 가슴이 조마조마하다.

하다못해 발목을 잡지는 말자며, 나는 방치되어 먼지투성이인 은사의 자동차를 재빨리 청소하는 기특한 학생을 가장하기로 했다. 세정액도 먼지떨이도 없으니 많은 것은 할 수 없지만, 손으로 더러움을 털어 주는 정도는 할 수 있다. 그 스키 모자를 타월 대신 쓸까도 생각했지만, 한번 침에 젖었던 물건으로 남의 자동차를 청소하는 것은 좋지 않을 듯해서 포기했다.

그러고 있자니 자연스레 창문 너머로 차 안을 보게 되었는데, 특별히 이상한 점은 없었다. 스티커가 붙어 있다든가, 시트가 데커레이션되어 있다든가… 그 밖에 뒷좌석에 크레인 게임으로 뽑은 인형이 늘어서 있다든가 하는 것도 없었다.

뭐, 따라서 만약 창문을 깨고 어쩌고 해서 이 차 안으로 들어갔다고 해도, 습격해 올 만한 직물류는 없었다는 이야기인데… 아니, 아니. 어쩌면 바닥 매트가 습격해 오는 일은 있으려나?

"…음?"

거기서 나는 창문을 닦는 손을 멈췄다. 손이 시커멓게 되어서 청소가 제대로 되지 않기 시작했다는 점도 있지만, 그뿐 아니라 차 안의 모습이 기묘하게 마음에 걸렸기 때문이다.

앞서 이야기한 대로, 당황할 만한 요소 따윈 없었을 차 안의 어딘가에 시선이 멈췄다… 아버지 인형이 뒹굴고 있던 그 세 번째 방처럼 세팅된 느낌이 있다는 것은 아니다. 자동차 판매점에 전시되어 있는 자동차 같다고 느껴지지는 않는다…. 생활감이라고 할까, 사용감은 있다.

나는 차 안의 어떤 요소가 신경 쓰인 거지?

다양한 것들이 번뜩하고 떠오르는 인간이 될 수 있다면, 인생은 좀 더 간단할까… 그쪽이 고생스러워 보이기는 하지만.

번뜩이는 버튼이 있으면 좋을 텐데.

애초에 신경 쓰일 정도로 차 안에 요소가 없었지… 어쩌면 이것은 뭔가가 '있다'는 점이 신경 쓰였던 것이 아니라, 뭔가가 '없다'는 점이 신경 쓰인 타입의 틀린 그림 찾기인가?

하지만 핸들은 있고, 액셀러레이터도 브레이크도 있고… 룸미러도, 변속 레버도, 핸드브레이크도… 그런 근본적인 부품이 아닌가?

왼쪽에 달린 핸들이 신경 쓰이는 것뿐인가? 하지만 나의 뉴 비틀도 왼쪽 핸들이고, 그러니까 왼쪽 핸들 자체는 오히려 익숙하다. 내 자동차에 있고 이 자동차에 없는 것… 운전석뿐만 아니라, 조수석에도….

"…아~ 네네네네네."

알았다, 깨달았다. 깨닫고 나니 오히려 부끄러울 정도였다… 솔직히, 기술하고 싶지 않다. 하지만 뭐, 여기까지 이야기해 놓은 이상 설령 본론과 무관하더라도 입을 다물 수는 없을 것이다.

역시 조수석이었다. 차일드 시트였다.

내 뉴 비틀의 조수석에는 시노부용의 차일드 시트가 달려 있는데 이 자동차에는 그것이 없었던 것이다. 내 차와 마찬가지로 왼쪽에 핸들이 달린 자동차였던 만큼, 오히려 그 부분에 위화감을 느껴 버렸던 것이다.

이거야 원, 지금 과제가 한창인데 대체 어디에 정신이 팔려 있는 거야, 나는. 차일드 시트라는 미장센mise en scèn, 전체로 보면 없는 자동차 쪽이 많은데… 그도 그럴 것이 아이가 없으면 전혀 필수적인 요소가 아니다… 아이가 없으면?

이에스미 준교수는, 세 살 난 딸의 어머니고….

응? 아니, 세 살 난 딸인 이이에짱은 이이에짱 인형이니까… 하지만 이에스미 준교수가 그 인형을 진짜 '자기 아이'라고 생각하고 있었다면….

학대의 대상이었으니까, 학대의 일환으로 차일드 시트 따위 준비하지 않았다? 뭐, 그런지도 모른다.

우리 안에 가둬 두고 있었으니까 데리고 외출할 기회도 없었을 것이고. 하지만 항상 가둬 두고 있었던 것이 아니라 '학대하기 전'이라는 시기도 있었을 테고….

게다가 차일드 시트의 설치는 법률상의 의무잖아? 나는 시노부가 그 작은 좌석에 답답하게 꾹 파묻힌 느낌으로 앉아 있는 자세를 좋아해서 도로교통법에 관계없이 멋대로 달고 있을 뿐이지만, 확실히 구입할 때 조사한 바로는 일본에서 여섯 살 미만의 아이를 자동차에 태울 때에는 차일드 시트의 설치가 필수였을 것이다. 참고로 시노부의 외모는 여덟 살 아이다.

안전을 고려해서 아기는 애초에 자동차에 태우지 않는다는 사고방식도 있을 것이다…. 그렇게나 구애될 점은 아니라고 스스로도 생각한다. 법률 운운하는 이야기를 하자면, 애초에 아동학대가 용서받을 수 없는 범죄고… 다만 베이비 룸에서 느낀 '애정의 잔해'를 떠올리면, 한번 설치한 차일드 시트를 이이에짱(인형)을 귀엽게 생각할 수 없게 되자 떼어 내 폐기한다는 행동은 그리 어울리지 않는다.

이에스미 준교수의 학대는 방치 계열이다.

그렇기에 등에 꽂힌 과도에서는 또렷한 모순을 느꼈던 것이다. 그러면 차일드 시트도 누군가 다른 인물이 철거했다고 생각해 볼까? 그러나 차일드 시트 같은 건, 대개의 지역에서 대형 쓰레기로 취급될 거라고 생각하는데… 처분하기 곤란할 것이 눈에 보인다.

깨닫지 말았어야 했다는 후회가, 다른 종류의 그것으로 변해서 다가온다… 이대로 이 고찰을 계속해 나가다가는 아주 변변치 못한 골인 지점에 도달해 버릴 것 같다는 예감이 들기 시작했다.

조금 전에는 번뜩이는 버튼을 원했는데, 지금은 번뜩이지 않는 버튼을 원한다. 그런 자기중심적인 희망은 평소에는 이루어지는 일이 없었지만, 운은 여기서도 나의 편을 들어 주었다.

아직 운을 다 써 버린 것이 아니었다면, 가능하면 여기와는 다른 장면에서 편을 들어 주었으면 했지만… 어쨌든 스스로는 멈출 수 없는 나의 사고는 외부로부터의 압력으로 중단되었다.

정신이 들고 보니 나름대로의 시간이 경과해 있었는지, 오노노키가 "오래 기다렸지. 귀신 오빠."라면서 트렁크에서 기어 나왔던 것이다.

"기뻐해, 의식은 성공했어. 한번 봐."

한번 봐, 라고 해도 말이지.

나는 그 결과를 무조건 기뻐할 수는 없었다. 오노노키의 손바닥 위에 서 있는 곰 인형을 봐도, 그리고 반시간 만에 오노노키의 얼굴을 봐도.

언제나 계속 무표정인 오노노키의 얼굴에 처음으로 변화가 생겨나 있었다. 이 일에 관해 나로서는 최대한 적절한 표현을 설정하고 싶었지만, 그러나 비틀면 비틀수록 부적절해질 것 같으니 각색 없이, 차라리 있는 그대로 말하자면.

오노노키의 오른쪽 눈 안구가 도려내져 있었다. 뻥 하고 구멍이 뚫려 있었고, 그리고.

손바닥 위에서 꿈틀꿈틀 움직이고 있는 곰 인형의 얼굴에, 그 오른쪽 안구가 박혀 있었던 것이다.

027

권속화, 사역마.

자신의 몸의 일부를 인형에 파묻음으로써, 자신의 분신으로 삼는 수순. 쉽게 말하면 그런 것이겠지만, 그냥 무섭다.

경탄보다도 공포가 앞선다.

심혈心血을 기울이는 수준을 넘어 혈육血肉을 부어 넣고 있다.

어쨌든 디자인이 동녀이므로, 지금까지 오노노키의 외모가 무섭다고 생각한 적은 없었지만, 아무리 그래도 한쪽 눈구멍이 텅 비어 있게 되어도 무표정인 채로 말을 걸어오는 것은 그저 호러일 뿐이었다.

그것은 이미 무표정이어도 무표정이 아닐 것이다.

원래는 꼭두각시 인형처럼 오노노키의 손바닥 위에서 기묘한 움직임을 보이고 있는 곰 인형 쪽을 두려워해야 할지도 모르지만… 아니, 속지 마라. 안구가 박혀 있는 곰 인형도 충분히 공포스러울 만하다.

원래대로라면 여기서 졸도해도 괜찮을 정도다.

낡아 빠져서, 곰 인형의 얼굴에서 두 눈알 부품이 떨어져 나간 것은 알고 있었지만 설마 오노노키가 그 결락을 이런 형태로 '수리'하려고 할 줄이야….

버그 아이드 몬스터를 만들어 버렸잖아.

"이, 이 마당에 와서, 정말로 애니메이션화 할 수 없는 모습이 되어 버리다니… 그야 의식에 참가할 수 없을 만하네, 나는."

"안구 마니아니까, 귀신 오빠는. 쫄고 있는 척하면서 사실은 이 빈 눈구멍을 보고 가슴이 두근거리고 있는 거지?"

"로리콘보다도 위험한 기호를 나에게 불어넣으려고 하지 마. 어? 그거, 정말로 눈알이 아니면 안 되었던 거야? 분신 만들기 라는 거, 보통은 머리카락 같은 걸로 하는 거 아니었어?"

"나는 손오공이 아니니까. 뭐, 그래도 괜찮았겠지만 사역마에 게 길 안내를 시킨다는 아이디어가 이 작전의 눈여겨볼 부분이 니까, 눈을 붙여 두는 편이 좋겠다 싶었거든."

"웃을 수 없는 개그 하지 마. 왜 지금의 나에게서 웃음을 끌어 내려고 하는 거야."

"눈 둘 곳이 없어서."

"네가 눈 둘 곳의 문제가 아니야. 내가 사람 보는 눈이 없는 게 문제라고. 너에게 일임한 것은 어마어마한 판단 착오였어."

"눈이 부족해서 말이지~ 뭐, 5천 엔짜리 일처리는 이런 정도 야."

그것은 그냥 멋진 대사라고 생각하고 있었는데, 설마 개런티 의 액수에 맞게 적당히 한다는 선언이었을 줄이야… 이런 가변 모드, 좀처럼 없다고. '눈이 부족해서 말이지~'란 말장난을 보 면, 개그까지 적당히 때우고 있잖아.

뭐, 동공瞳孔의 공은 구멍 공孔 자이니, 구멍도 눈으로 칠 수 있는 걸까….

"젠장, 이렇게 될 줄 알았으면 일본 국민 전원에게 1엔씩이라도 받아서 1억 엔의 개런티를 준비하는 클라우드 펀딩을 실시했더라면…."

"초등학생의 망상을 요즘 시대의 경영수법처럼 말하지 마."

"저기… 오노노키. 개그는 개그라 치고, 개런티는 개런티라 치고, 정말로 괜찮은 거야? 그거. 그 구멍. 나중에 제대로 고칠 수 있는 거야?"

"걱정할 필요는 없어. 시체니까, 이 정도의 손괴는 아프지도 가렵지도 않아. 사양 말고 만뢰와 같은 갈채를 보내 줘도 괜찮아. 혹은 이 구멍에, 키스의 비를 뒤집어씌워도 상관없어."

"나의 애정을 시험하려고 하지 마."

"애초에 나데 공과 놀았을 때는, 더 끔찍한 꼴을 당했었는걸."

"그러니까 너는 센고쿠하고 대체 뭘 하고 있는 거냐고."

"원래대로 끼우면 원래대로 돌아가. 최악의 경우, 되지 않더라도 그때는 안대 캐릭터가 될 뿐이고."

"그러니까 이제 와서 캐릭터 변화를 꾀하지 마! 오노노키는 지금의 오노노키인 상태로도 충분히 화려하다고!"

"그렇게 말해 주는 건 기쁘지만 지금의 내가 나의 전부라고 생각하지 마. 전시 중에는 하고 있었다고, 안대."

"워털루 전투?"

"Non. 오노노키 전쟁."

"옛날에 너의 이름이 붙었던 전쟁이 있었어?!"

역사 수업에서는 배우지 않았던 것 같은데.

불가역적인 개조가 아니라고 한다면 조금은 마음이 놓이지만, 앞으로 오노노키에게는 뭐든 섣불리 부탁할 수 없겠네.

아무렇지도 않게 자기 몸을 희생한다.

무엇을 생각하던 중이었는지 완전히 잊어버렸다고… 어쩌고 시트였던가? 해열시트인가? 확실히 머리를 식히고 싶긴 하다.

뭐, 오노노키에게는 일단 눈을 떼자…. 재미있는 개그로서 말하는 게 아니라 문자 그대로 눈을 떼자.

지금은, 꿈틀꿈틀 하는 흉측한 의식을 거쳐 혼이 불어넣어진 곰 인형 쪽이다.

사역마라고 할까, 마를 쫓는 인형처럼 되어 있는데… 어라? 어느샌가 오노노키의 손바닥에서 사라졌어?

잘 보니, 우리가 격렬한 토론을 벌이며 옥신각신하는 틈에 뛰어내린 것인지 눈알 달린 곰 인형은 주차장의 아스팔트 라인 위를 느릿느릿 걷고 있었다…. 지금이라도 쓰러질 것 같고, 그러는가 싶다가 몸을 젖혀서 밸런스를 잡는다.

움직임도 무섭다….

오만한 인류가 유전자 실험으로 제로에서 낳은 새로운 생명체 같다… 누가 봐도 이런 것을 만드는 것은 금단이다. 이래서는 가엔 씨에게 무슨 벌을 받더라도 거역할 수 없다…. 우왓, 이쪽으로 왔다.

"이름을 붙여 줄까? 애착이 생겨날지도 몰라. 지금 딱 떠올랐는데, 코요미란 이름은 어떨까."

"이에스미 준교수 쪽의 성씨나, 최소한 자기에 관련된 이름을 붙이라고."

"쫑알쫑알 시끄럽네, 코요미 2호는."

"내가 2호야?"

"코요미에게 길을 양보해, 코요미 2호. 안 그러면 3호기로 격하시킬 거야. 이미 내비게이션이 시작되었으니까."

그런가… 정처 없이 현세를 방황하는 것이 아니라, 곰 인형은 벌써 원 소유자 곁으로 돌아가려 하고 있는 건가….

처음에는 과연 괜찮을까 싶었는데, 하늘을 나는 담요가 학대당한 것의 복수를 위해서 이에스미 준교수의 곁으로 향한다면, 이 곰 인형에게도 잠재적으로 그런 지향성이, 원래부터 있어도 이상하지는 않네… 오히려 시키는 대로 일하고 있는 것은, 이 자리에서는 이 인형뿐인가.

나와 오노노키의 꼴을 보라.

"하지만 이 방법, 위험하지 않아? 눈알 달린 곰 인형이, 눈이 벌개져서, 사람 눈을 개의치 않고 걷고 있는데."

"재치 있게 말했고, 흐름 좋게 굴러가고 있으니까, 다소의 문제에는 눈을 도려내 줄게."

"다소의 문제로 눈을 도려내면 어떡해. 그 말을 할 거라면 눈을 감아 달라고."

"목격자 전원의 눈을 도려내겠어."

"그 발언에는 눈을 감아 줄 수 없겠어. 카게누이 씨에게 일러

바칠 거야."

"언니가 자주 하는 대사지만 말이야. 자, 귀신 오빠. 장난치지 말고, 제페토 할아버지인 척을 해."

"그중에서도 난이도 높은 연기를 요구해 왔네… 요컨대 피아 노선에 매달린 마리오네트를 조종하는 연기를 하란 얘기지?"

"그런 거야. 우리는 둘 다 서커스 서클의 신입 멤버란 설정. 월반 입학인 나의 특기는 그네 타기."

"그런 쪽 설정에 의심을 받을 테니까 처음부터 조금 더 면밀 하게 계획을 세우자. 너무 그때그때 해결하려는 경향이 있어, 우리는."

"그때그때 해결한다고 하자면… 자, 받아. 트렁크 안에 있던 생수. 재난 사태에 대비한 비상용이라고 생각하는데, 탄산수라 는 점이 정말 유럽 출신 선생님 같네. 가지고 있어."

"? 딱히 지금 목이 마르지 않은데?"

"곰돌이가 폭주하면 뿌려."

이름을, 그것도 내 이름을 붙여 놓고 가차 없네… 애착이 전혀 생겨나지 않았잖아.

"만약 순조롭게 발견할 수 있었다고 해도, 인텔리 선생님을 곰돌이가 처치해 버리면 도의적인 책임을 느끼지 않을 수 없으 니까."

"무한책임이 있잖아."

다시 한번 금지된 술법에 손을 대 버린 것이라고 뼈저리게 느 낀다.

곰돌이 인형의 비틀거리는 동작이, 이제는 그런 느낌으로 보이네.

원래부터 이 사이즈의 곰 인형이다, 보행은 고사하고 직립할 수 있을 만한 콘셉트의 디자인도 아닌 데다, 머리에 눈알을 붙여 버려서 극단적으로 밸런스가 나빠졌다는 점도 있겠지만….

"사역마를 사역하는 것은 동물을 돌보는 것과 비슷해. 살처분할 때까지를 포함해서, 기르는 사람의 책임이잖아?"

"한순간, 생명에 대한 책임 같은 것을 냉랭하게 이야기하는 듯해서 '큭' 했는데… 오노노키, 그건 아니야."

하지만 그렇지, '물이 약점'이라는 것은 조금 전에 내가 밝혀냈었다…. 이 사역마도 예외는 아니라는 이야기인가.

다만 그 약점은 오노노키에게는 관계가 없는지, 그녀는 자기 몫의 페트병 뚜껑을 열고 꿀꺽꿀꺽 마시기 시작했다. 의식을 강행하느라 지친 것일까.

"푸하아~ 차갑다고 할 수는 없겠네. 미지근한 탄산수는 독특한 느낌이야."

"자동차 트렁크 안에 있었으니 말이지…. 오노노키, 아버지 인형을 날려 버렸을 때도 생각했지만, 인형인데도 인형에게 차갑네."

"차가운 건 나라고 말하고 싶은 거야? 차갑지 않고, 말하지 않았어. '인형인데도'가 아니라 '인형이니까'야. 이상한 감정이입은 하지 않아. 이상하지 않은 감정이입도 하지 않아. 나이브한 동족혐오도 아니야. 오해받을 만한 행동이 있었던가? 인형은 인형이야. 인형에게 감정이입하는 건 인간의 전매특허잖아? 귀신 오빠도, 인텔리 선생님도."

"……."

오노노키의 눈구멍을 본 것만으로 이렇게나 당황하게 되어 버리는 나이니, 반론은 하기 어렵다. 감정이입인가….

"그런 마음이야말로 인형의 괴이화를 부른다는 얘기야?"

"글쎄. 나를 소생시키는 데 언니 일행이 그렇게나 마음을 담아 주었다고는 생각하기 어렵지만. 자, 정신 차리고 따라가지 않으면 곰돌이를 잃어버릴 거야."

"아."

비틀거리며 느릿느릿 활보하는 듯하면서도, 마치 '무궁화 꽃이 피었습니다'처럼 정신이 들고 보면 계속 앞으로 나아가 있는 눈알 달린 곰돌이 인형…. 비실거리는 속도로 저기까지 나아갈 수 있을 리 없는데, 혹시 시선을 돌린 순간 달려가고 있는 건가?

다만, 그 정도 속도로 움직여 주지 않으면 날이 저물어 버리는 것도 확실하다…. 보폭도 좁고, 이이에짱 인형과 달리 하늘을 날지도 못하는 것 같으니.

"응, 기능은 최소한으로 해 두고 있어. 말했듯이 바이러스의 독성 약화, 라는 거야. 폭주하거나 동료를 늘리거나 하면 곤란하잖아? 의사도 없고 감각도 없어. 그렇게 생각하는 것으로 마음이 편하다면, 무선조종 인형 같은 것이라고 생각해."

"그렇다면 그냥 뒤따라가기만 하면 되는 게 아니라, 우리가 제대로 서포트하면서 이에스미 준교수가 실종되며 숨은 곳을 특정해 나간다는 마음가짐인 편이 좋을까?"

최신 내비게이션 시스템이 아니라, 방위자석方位磁石 정도의 기준으로 생각해 두는 편이… 눈을 돌렸을 때에 고속으로 이동한다는 설에는 마음을 잡아끄는 것이 있었지만, 그랬다가 인공생명을 야생에 풀어놓아 버리게 되었다가는 일이 돌이킬 수 없게 된다.

음… 어라?

하지만 어디로 향하는 거지?

그쪽으로 가면 학교 건물과 맞닥뜨리게 되는데… 벽을 피할 만한 지능도 제어되고 있는 건가? 그렇다면 서글픈 일이지만, 그러나 이 동정심이 세계를 위기에 빠뜨릴 수 있다고 생각하면 괴로워하지 않아도 되는 딜레마에 괴로워하게 된다. …그런데.

그때, 휴대전화가 진동했다.

메시지 착신 알림이다. 그것도 두 건, 거의 동시에.

페트병을 반대편 손으로 바꿔 들고, 눈알 달린 곰돌이 인형에게서 눈을 떼지 않도록 신경 쓰면서, 나는 주머니에서 휴대전화를 꺼내 들고 각각의 발신인을 확인한다. 좋은 뉴스와 나쁜 뉴스가 있다, 라는 느낌이었다. 즉 메시지의 발신인은 하무카이 메니코와 아라라기 츠키히였다.

나쁜 뉴스 쪽, 즉 츠키히 쪽부터 확인해 보니 하이킹에서 시체는 발견되지 않은 채로 해산했으니 이제부터 진짜로 나데코의 집으로 놀러 간다, 친구에게 거짓말은 하고 싶지 않으니까, 라는 ☆투성이의 내용이었다.

센고쿠.

너에게는 사죄의 말도 못 하겠어.

그리고 좋은 뉴스 쪽. 아니, 내용으로 보면 이쪽도 나쁜 뉴스로 분류해야 할지도 몰랐다.

[아라라기짱~ 전에 부탁했던 거, 해독됐어~ 애먹어서 미안해~ 이하 전문~]

이라고 문면으로도 변함없는 느슨한 텐션으로 그렇게 적은 뒤에,

[(※잔혹 표현이 포함되어 있으므로 각오하고 읽어~)]

라는, 메니코치고는 드문 불온한 한 문장을 보게 되면, 그렇게 생각하지 않을 수 없다.

"……."

"무슨 일이야? 귀신 오빠. 뭔가 이상한 메시지가 온 거야?"

이런 때에 발을 멈춘 나에게 보낸 오노노키의 당연한 의문에,

"유서야."

라고 솔직하게 답했다.

"도착한 건, 선생님의 유서야."

"? 이런 전개는 『마음』이었던가, 『암야행로』였던가?"

028

"아라라기 군에게.

"나의 자랑스러운 제자인 너의 어학력으로는 번역할 수 없을 거라고 생각하므로, 안심하고 이 편지를 남깁니다. 받아 주면 고맙겠어. 부디 너에게, 4개 국어를 자유롭게 다루는 친구가 없기를.

"그러면 무엇부터 이야기할까? 이야기할 것은 잔뜩 있는데.

"두근두근해지네.

"하지만 너무 진지하게 생각하지 마.

"어쨌든 나의 인생은 거짓말뿐이니까. 박진감 넘치는 연기로 어찌어찌 속이고 얼버무리고, 얼렁뚱땅 넘기면서 살아왔던 거야.

"정직하게 진실한 마음을, 솔직해져서 솔직하게 말한다는 것이 어떤 느낌인지, 나는 전혀 모르겠어. 입을 열어서 이야기한다는 것은, 거짓말을 한다는 뜻이 아닌 걸까?

"그냥 해 본 얘기고, 이런 주장도 딱히 진심으로 말하는 건 아니야. 편지의 첫머리로 그럴싸하니까 말해 본 것뿐이고, 말해 보자면 잠꼬대 같은 거야.

"자는 것은 잘 해. 이건 진짜야.

"계속 자고 있는 것이나 다를 바 없는 인생이었고, 계속 죽어 있는 것이나 다를 바 없는 인생이었어. 애초에 살아 있지도 않았어.

"나는 인형이거든.

"그러네… 역시 그 부분부터일까. 고백한다고 하자면.

"아라라기 군에게는 짧은 기간 동안 많은 거짓말을 했으니까, 그것을 용서받기 위해서라도 우선은 동정을 받고 싶네.

"정상참작의 여지를 원해.

"나는 불쌍하고 딱한 사람이니, 그러니까 용서하자고 생각해 준다면…. 그런 배려 같은 것은 솔직히 생각하지 않았지만, 아마도 그러는 편이 너는 납득할 수 있지 않을까?

"이상한 어른에게 속아서 이용당했다고 생각하고 싶지는 않잖아? 이런 말을 해도 설득력이 없겠지만, 아이는 어른을 믿어 줬으면 하니까.

"나처럼 되기를 바라지 않는다, 라는 말은 참 케케묵은 대사지만, 사실은 반대의 말을 하고 싶었고, 말해 줬으면 해.

"나처럼 되어라, 인생은 즐겁다.

"그렇게 말해 주는 어른과 만나고 싶었어… 이런, 그렇다고 해서 나 대신 행복해지라는 소릴 지껄일 생각은 없으니 안심해.

"그런 걱정은 필요 없어.

"아라라기 군이 가장 신경 쓰고 있는 것은 '어째서 나였는가'일 거라 생각하고, 그 이외에는 아무래도 상관없을지도 모르지만, 그 답은 잠시 뜸을 들이며 마지막에 이야기할게.

"즐거운 일은 나중으로 미뤄 두자.

"아라라기 군에게는 분명 즐거운 대답이 아니겠지만, 편지를 끝까지 읽어 줬으면 하거든.

"한 가지 말해 두자면 오이쿠라 양은 그렇게 관계없다는 것… 그 애 때문이 아니란 것은 알아줘.

"자상하게 대해 줘.

"그러면 수업을 시작합니다~ 인조이."

029

"존경하는 사람은 아버지고, 사랑하는 사람은 어머니입니다.

"면접관에게 받은 질문에 망설임 없이 그런 식으로 대답할 수 있는, 취업활동 중인 대학교 4학년생을, 나는 존경하고, 사랑해.

"경애한다는 얘기야.

"가족애를 멋지다고 생각하는 감각은 내 안에도 있어. 하지만 말이지, 그건 내 안에만 있었어.

"집 안에는 없었고.

"케이지 안에도 없었어.

"학대의 연쇄, 같은 이야기를 했었지? 부모에게 사랑받지 못했으니까 자식을 사랑할 수 없다는 거⋯. 하지만 그런 의미에서, 나의 부모님은 훌륭한 사람이었어.

번듯한 두 사람이었어.

"꿈꾸던 직장에 취업하고, 다른 나라에서 활약하고, 국적까지 취득했어⋯. 주위 사람들로부터도 존경받고 있었고 사랑받고 있었다고 생각해.

"번듯한 두 사람이었고, 두 사람은 번듯한 세 사람이 될 수 없었을 뿐이야.

"아빠는 소아과 의사고, 엄마는 아동복 패션 디자이너⋯. 그런 식으로 생각한 적은 별로 없었지만, 어떤 의미에서는 두 사람 모두 어린아이의 전문가지.

"전문가.

"실력은 좋았다고 생각해. 아빠는 나를 죽게 하지 않았고, 엄마는 나에게 계속 옷을 만들어 주었는걸.

"하고로모라는 이름, 내 세대에서는 드문 이름이지? 이 이름은 엄마가 붙여 주신 거야. 일본어로 날개옷이라는 뜻.

"날개옷 전설.

"그 사람들이 어떤 경위로 건너오고 그 땅에서 성공했는가, 혹은 두 사람에게 어떤 만남이 있었는가 하는 무용담을, 여기서 마냥 기술해도 괜찮겠지만⋯ 응, 참기로 하겠어.

"부모님 자랑을 할 생각은 없으니까. 그런 부끄러운 짓은 하지 않아. 부끄럽다는 것 이외의 이유로.

"하지만 뭐, 나 자신을 돌아보면, 그 왜, 나도 비슷한 짓을 하고 비슷한 입장에 있는 것이니까?

"그 사람들도 끔찍한 일을 당해 왔던 걸까. 그래서 내가 끔찍한 일을 당하게 만든 걸까.

"개구리의 아이는 개구리.

"일본의 속담으로 말하면, 그런 거지.

"세 살 버릇 여든까지 간다는 말도 있었던가⋯ 이 속담은, 나중에 다시 한번 인용할 거니까 기억해 둬.

"내가 잊고 있다면 알려 줬으면 하거든.

"수업을 시작합니다, 라고 말하기도 했고, 나도 모르게 주제 파악도 못 하고 강의할 때와 같은 어조가 되어 버렸는데. 뭐, 원래 나에게는 뭔가를 가르칠 자격이 없어…. 정말 주제도 모르고, 나 같은 인간 주제에 말이지. 이것은 비유로 말하고 있는 것이지만, 동시에 있는 그대로의 의미이기도 해.

"내가 정직한 사람이었다면 국립대학에 근무할 수는 없었을 거야. 아라라기 군이 이 편지를 해독할 수 없었다고 해도, 언젠가 들킬 일이겠지. 내가 가짜 교수였다는 것은.

"오해를 두려워하지 않고 말하자면, 부모님은 나를 사랑해 주셨어. 이렇게 생각해 버리는 것은 일종의 스톡홀름 증후군이며 친자가 공범관계였다고 질책을 받을지도 모르지만, 하지만 일그러져 있기는 했어도, 그것은 사랑이었다고 생각해.

"학대받고 있더라도, 아이에게 부모는 부모라는 사고방식에는 구역질을 느끼지만 말이야.

"적어도 나는 어떤 종류의 학교에도 학생으로서 단 하루도 다닌 적이 없지만, 이국의 대학에서 교편을 잡을 정도의 교양은 부여받았어. 학교에 대한 동경이 나를 대학 교원으로 만들었다고 생각하면 조금 얄궂기도 하지만.

"사랑해 주기는 했어.

"하지만 경의는 보여 주지 않았어.

"알겠어? 인간으로 취급받지 않았다는 의미야.

"인형처럼, 봉제인형처럼.

"완구처럼 귀여워해 주었어.

"나는 두 사람의 테디베어였던 거야.

"곰은 귀엽지. 왜 그렇게 귀여운 걸까?

"하지만 귀여운 건 아기 곰뿐.

"부모 곰은 무서워. 친근하게 애칭으로 부를 수 없는 분위기지, 'Sir'라든가 'Madam' 같은 어휘를 붙이고 싶어져.

"성장하고 나서도 귀여운 것은 판다뿐…이라고 말하고 싶은 참이지만, 판다도 어릴 적이 더 귀여울 테고.

"아라라기 군도 들은 적 없어? '옛날에는 그렇게 귀여웠는데'라는 말. 뭐, 부모가 생각하기에는, 아이는 자라지 않는 법이지. 쿨 재팬의 문화에서 말하는, '캐릭터가 멋대로 움직인다'는 그걸까?

"그건 그렇고, 우리 부모님 얘기.

"나는 두 사람의 테디베어… 곰돌이가 쑥쑥 크는 것을 그 두 사람은 싫어했어. 아주아주 싫어했어. 언제까지나 귀여운, 손이 많이 가는 아기로 있기를 바랐어.

"그래서.

"나를 자라게 하려고는 하지 않았어."

030

"우선 두 사람은 손수 만든 우리 안에 나를 던져 넣었어. 베이비 베드에서 케이지로, 정중한 손놀림으로 옮겼어.

"금붕어는 너무 큰 수조에서 키우면 안 된다는 말이 있잖아? 수조의 크기만큼 커져 버리니까.

"금붕어의 사이즈를 유지하고 싶다면, 일정 이상 사이즈의 수조에서 키우면 안 된다고… 뭐, 도시전설 같은 말이라고 생각하지만 그 사람들은 그것을 실행했어.

전문가로서, 부모로서.

"자기 아이에게.

"면밀히 계산된 우리에 나를 수감한 것은, 아기가 이쪽저쪽으로 돌아다니며 집을 더럽히기 때문이라든가 자기에게 달라붙는 것이 귀찮았다든가 하는 게 아니라, 철책의 길이, 우리의 가로와 세로와 높이 이상으로, 나의 키가 자라거나 나의 체중이 늘지 않게 하기 위해서였어.

"사랑이 담겨 있었어.

"소원이 담겨 있었어.

"하고로모가 언제까지나 커지지 않기를, 이라는.

"언제까지나 귀여운 하고로모로 있으렴, 이라는.

"아기 때의 기억 같은 게 있을 리 없지만, 물론 그런 부자유, 당시의 나는 엄청 울어 댔을 거야.

"찢어지는 듯한 소리로 울었겠지.

"하지만, 아기는 우는 게 일이잖아.

"그런 나를 두 사람은 사랑스럽게 생각했어. 나에 대한 학대는, 야단치는 것조차 없었어.

"그걸로 어리광을 받아 준다는 생각이었던 거야.

"정말, 아무리 생각해도 의문이 들어.

"대체 어떻게 자라야 그런 부모가 되어 버리는 걸까…. 부모님 얼굴이 보고 싶다고 생각하는 건, 얄궂은 말이려나?

"이 나라에 네 명 있을 할아버지 할머니와, 이제 와서 만나고 싶다고 생각하지는 않지만… 아마도 살아 있지 않겠지.

"뭐, 철이 들기 전부터 계속 감금되어 있으면, 그러는 동안 그것이 당연하다고 생각하게 되겠지.

"언제부터인가 나는 울지 않게 되었어.

"우는 것은 수분의 낭비니까.

"수분은 중요해. 살기 위해서. 내가 자발적으로 살기 위해 할 수 있는 노력은 '울지 않는 것'뿐이었던 거야.

"그래서 푸아그라의 거위처럼, 몸을 움직이지 못하도록 갇힌 내가, 역시 푸아그라의 거위처럼 항상 음식을 꾸역꾸역 먹게 되었다…고 생각하지는 않겠지?

"오히려 그 반대였다고, 상상은 갈 거야.

"아빠와 엄마는, 나에게 영양을 섭취시키려고 하지 않았어. 왜냐하면 그랬다간 성장해 버릴지도 모르잖아.

"모유 같은 건 완전 논외지.

"아기일 무렵의 기억 따윈 없다고 말했는데, 부엌에서 자신의 젖을 착유해서 내가 성장하기 위한 영양소를 버려 버리는 엄마의 모습을 왠지 모르게 기억하고 있어.

"그런 기분이 들어. 이것은 거짓된 기억일지도 몰라. 아까우니까 아빠가 마시고 있었는지도 모르겠네. 어른의 조크야.

"내가 마신 것은 그냥 물이었어.

"다만, '그냥 물'이라고 말했지만 나쁘게 말할 생각은 없어… 그것으로 나는, 이슬 같은 목숨을 이어 나갔으니까.

"그저 이슬 같은 목숨을.

"하지만 마실 것이 그랬으니 음식 같은 건 추측하고도 남겠지. 퀴즈로 낼 테니까 맞혀 볼래? 97퍼센트의 아기가 정답을 맞히는 문제지만.

"적어도 이유식 같은 건 필요 없겠지. 젖을 뗄 것도 없이, 일단 젖을 먹지도 않았으니까.

"기본적으로는 아무것도 먹지 않았어.

"먹지 않으면 살찌지 않지. 『먹지 않는 다이어트』라는 책을 내볼까?

"정말, 뭐라고 말해야 할까, 거의 드라이푸드가 된 듯한 기분이었으니까. 피골이 상접해서 바싹바싹 마른 미라 같은, 무두질된 가죽 같은. 그래서 수분을 보충해서 돌려놓곤 하던 것이었지.

"그 수분도 계속 제한 없이 섭취할 수 있었던 건 아니니까, 마시지 않고 먹지 않는 것이 보통이었지만, 그래도 사흘에 한 번이었던가, 닷새에 한 번이었던가, 일주일에 한 번이었던가, 한 달에 한 번이었던가, 어쨌든 가끔씩 과일을 먹고 있었어.

"사과라든가, 배라든가, 바나나라든가, 귤이라든가, 멜론이라든가, 아보카도라든가, 두리안이라든가.

"아빠가 말이지, 과도로 껍질을 벗겨서 입 크기에 맞게 잘라 줬어. 작았거든, 입이. 작고 귀여운 입이었겠지? 이도 전혀 나지 않았으니.

"의외로 영양가 있는 것을 먹여 주었다고 생각해?

"그러네.

"내가 먹은 것은 껍질이지만. 사과라든가, 배라든가, 바나나라든가, 귤이라든가, 멜론이라든가, 아보카도라든가…의, 껍질.

"무두질된 가죽 같은 내가, 무두질된 껍질을 할짝할짝 핥고 있었어.

말 빨리하기에 쓰이는 문장 같아?

"껍질 부근에는 과일의 참맛이 응축되어 있다는 말이 있는데, 과연 어떤 걸까? 적어도 그런 것밖에 먹지 않았던 나의 팔다리가 쑥쑥 자라는 일은 없었어.

"아빠와 엄마의 바람은 완전히 성취되어 있었어.

"그 사람들은 꿈을 이뤘어.

"나는 자라지 않는 아기였어.

"갓 태어났을 무렵의 체중을, 계속 킵하고 있었어.

"물론 만성적으로 영양부족이라 병에 걸리기 쉬우니, 보통 아기 이상으로 손이 많이 가는 아기였을 거라 생각해. 아빠는 집에 있는 동안에는 줄곧 나의 치료에 매달리고 있었지… 소아과 의사로서의 아빠의 기술은, 의외로 자택에서 연마되었던 것일지도 모르겠네.

"엄마는 나를 옷 갈아입히기 인형으로 삼았어.

"내 옷을 많이 만들어 주었어. 애정이 가득 담긴 옷을. 나는 마네킹 같은 존재였어… 몸을 움직일 수 없으니까. 나는 마네킹보다도 움직이지 않았어. 우리 안에서도 발버둥 치는 정도는 할 수 있었지만, 그런 무의미한 짓을 해서 체력을 소모하고 싶지 않았고.

"동상 놀이라면, 지금이라도 꽤 잘 할 수 있을 거라고 생각해.

"몸을 뒤척였다는 이유로 죽을지도 모른다는 위기감을 체험해 본 적 있어? 아주 조마조마해서, 중독될 것만 같아.

"그런 허약체질이라 엄마의 옷을 입는 것은, 사실은 힘들었지…. 옷 쪽이 나보다 훨씬 무겁지 않았을까.

"뭐, 내 이름은 날개옷, 하고로모니까.

"하늘을 날듯이 가벼워도 이상하지 않을지 몰라…. 그런데 날개옷 전설은 어떤 이야기였더라?

"숲속의 연못에서 목욕을 하고 있던 선녀를 발견한 남자가, 나뭇가지에 걸려 있던 날개옷을 훔치고는, 돌려주기를 바란다면 결혼하라고 여자에게 요구했던가?

"굉장하네. 범죄의 요소밖에 없어.

"선녀와, 관음증에 절도범에 협박자인 그 남자 사이에서, 아기가 생길 수 있었을까. 결말은 모르지만 '모두 오래오래 행복하게 살았습니다'가 아니기를 진심으로 빌겠어.

"어쨌든 나는 부모가 붙여 준 이름대로 자란 거야…. 팔랑팔랑, 천처럼 가볍게, 천처럼 얄팍한 인생.

"이쯤에서 한 번 정리하자면.

"나는 방구석의 우리 안에서, 계속, 자라는 일 없이, 아기 인형으로서, 계속 생존했던 거야. 약 20년에 걸쳐."

031

"나는 아기인 채로 성인이 되었어.

"솔직히, 용케 죽지 않았다고 생각해. 아라라기 군의 지금까지의 인생보다도 긴 아기 경력, 이라니. 스스로도 믿기지 않아.

"그것은 전부 꿈이었던 게 아닐까 하고 생각해…. 진짜 나는 행복한 가정에서 쑥쑥 자랐던 게 아닐까 하고 생각하고 싶어.

"참고로 성인이 되었다고 말했지만, 스위스의 성인 연령은 일본과는 다르고, 또한 아마도 나는 출생신고도 되어 있지 않았을 테니, 인간으로서 인정되지 않았던 게 아닐까?

"적어도 이웃들에게 나의 존재는 알려지지 않았던 모양이야…. 들려오는 아기 울음소리를 신고하지 않으면 범죄가 된다는 나라도 있는 모양이지만, 앞서 말한 대로 나는 울지 않는 학대아동이었으니까.

"아빠와 엄마, 강한 인연으로 맺어진 두 사람의 협력태세가 있었기에 가능한 학대였겠지.

"다만 교육방침에 관해서는 두 사람의 의견이 달랐던 모양이야. 그것이 결과적으로 나를 구하게 되었어.

"결과적으로 그렇게 되었을 뿐이지, 그 과정 중에 나는 등을 푹 찔리게 되었지만….

"아빠는 나를 천재아로 만들고 싶었던 것 같아.

"엄마는 내가 바보 같은 아이로 있기를 원했어.

"요컨대 아빠는 나의 겉모습을 귀여워하면서도 속은 똑똑한 편이 좋다고 생각했지만, 엄마는 속까지도 아기인 쪽이 낫다고 생각했던 거야…. 실제로는 그렇게 심플하게 구분되는 것이 아니라 양쪽 모두에게 어느 정도 서로 간의 생각이 섞여 있었겠지만, 기본자세로서, 엄마는 나에게 아기에게 하는 말로 말을 걸었고, 아빠는 나에게 제대로 된 스위스의 4개 국어로 공부를 가르치려고 했어.

"의사 선생님이니까 학력 신앙이 있었던 걸까? 아니면 천재 아기란 캐릭터에게 매력을 느끼는 아빠였던 걸까…. '키우지 않는 것'을 철저히 관철하던 중에 예외로서 '교육'만은 하고 있었어. 엄마의 눈을 피해서.

"그 '교육'이 지금의 내 직업으로 연결되는 것인데, 그 이전에 나에게 주어졌던 얼마 없는 것 중 하나인 어학 능력은 나를 구했어. 아빠는 그럴 생각이 아니었겠지만, 아이는 부모가 생각하는 대로 자라지 않지.

"아무리 영양이 부족한 머리라도, 20년간 그저 멍하니 있었던 건 아니야. 아무리 우리 안에 있는 것이 당연하다고 생각했어도, 어학 학습을 위한 예문을 마냥 계속 읽다 보면 우리 밖에 대해서도 알 수 있게 되고.

"부모의 대화를 듣고 있는 것만으로도 힌트는 얻을 수 있지…. 말을 알아들을 수 있으면 대화가 가능하고, 대화가 가능하면 서로 이야기를 나눌 수 있고, 이야기를 나눌 수 있으면 설득이 가능해.

"나는 아빠를 노렸어.

"생각해 보면 최악의 딸이네, 부모의 인연에 균열을 만들려고 했으니까…. 하지만 두 사람의 협력 상태가 학대의 은닉을 성공시키고 있다면, 그 강고한 파트너십을 무너뜨릴 수밖에 없었어.

"학대를 막을 수 있다고는 생각하지 않았어.

"하지만, 학대를 끝나게 할 수는 있다고 생각했거든. 열다섯 살 정도의 아기가 되었을 때일까, 조금 더 나중이었을까. 나는 아빠에게 졸랐어.

"'나를 죽여 줘요'라고.

"…진심은 아니었어, 양심에 호소할 생각이었어.

"그랬다고 말하고 싶지만… 뭐, 아마도 진심이었겠지. 잘되면, 아빠가 죽여 줄 거라는 마음이 있었던 것은 틀림없어. 그쪽이 강했을 정도로.

"'나를 사랑한다면 죽여 줘요'.

"'그 과도로 나를 찔러 줘요'.

"'살아 있고 싶지 않아, 죽고 싶어'.

"엄마가 없는 타이밍을 노려서 아빠에게 그렇게 계속 호소했어…. 설득공작은 간단하지 않았고, 시간이 걸렸고, 성공했다고 말할 수조차 없어.

"하지만 이야기하기 시작한 지 5년 뒤.

"아빠는 간신히 내 등을 찔러 줬어.

"사랑은 진짜였어."

032

"다만, 나는 그때 죽지 못했어.

"오히려 죽은 것은 아빠였어.

"등에 과도가 꽂혀 있는 우리 안의 나를 발견하고, 반광란 상태에 빠진 엄마에게 얼굴을 찔려서, 아빠는 맥없이 죽고 말았어.

"그리고 엄마는 실종되었어…. 도망이라고 말해야 할까? 파트너를 살해하고 자취를 감추었으니까.

"죽는 것에는 실패했지만, 부모의 인연을 파괴하는 것에는 성공했다고 말하면 될까…. 그래서 아빠와 엄마, 양쪽의 직장 관계자가 출근하지 않는 두 사람을 걱정해서 집을 방문했고, 아빠의 시체와.

"죽어 가던 나를 발견했던 거야…. 원래부터 항상 죽어 가고 있던 것이나 마찬가지인 아기였지만, 그때는 등에 과도가 꽂혀 있었으니까 초심자도 알기 쉬운 '죽어 가던'이었겠지.

"참고삼아 말하면, 살아난 이유는 공교롭게도 나의 영양실조 덕분이었다고 해…. 의사인 아빠는 정확하게 심장을 노린 모양이었는데, 그 심장이 보통의 아기보다 야위어서? 아주 작아서?

과도의 칼끝이 스치지도 않았다나 봐.

"운이 좋았다고 말해야 할까~

"등 뒤에서 찔렀던 것도 실패의 요인 중 하나겠지. 만약 아빠에게 나를 정면으로 응시하면서 찌를 배짱이 있었다면, 분명 성공했을 거야.

"아빠의 노림수도, 나의 바람도.

"조금 전의 날개옷 전설 이야기를 하는 건 아니지만, 두 사람 사이에 아기가 있었다는 건 아무도 몰랐으니까 그야말로 대소동…은 벌어지지 않았어.

"나는 의식불명인 중태였고, 외부에서는 사정을 파악할 수 없었던 데다, 세간에 미칠 악영향이 너무나도 클 것 같다는 이유로 보도가 규제되었대. 지금이라면 간단히 인터넷을 통해 표면으로 드러날 정보겠지만, 당시에는 컴퓨터조차 일반적이지 않았으니까.

"그래, 그 정도로 옛날에 벌어진 사건이야. 구체적으로 말하면 내 진짜 나이를 들키게 되겠지만….

"찔린 등의 상처보다도 너무 야위고 왜소해서, 어째서 살아 있는지 잘 알 수 없는 상태였던 나는 그대로 입원하게 되었고 절대안정이라는 조치가 취해졌어.

"편안하지도 조용하지도 않았던 나에게, 간신히 안정이 찾아온 거야.

"내 인생은 거기서부터 시작되었어. 한참도 정말 한참 늦은, 아기 인형의 인생이. 20년 정도 늦었으니까, 이제는 어떻게 발버둥 치더라도 따라잡을 수 없는데도, 시작되어 버렸던 거야.

"영양섭취와 재활의 나날.

"편하지만은 않았지만, 우리 안에서 꼼짝도 할 수 없었던 나날보다는 상당히 럭셔리했어. 매일 이렇게 놀기만 하는 기분이라도 괜찮을까 하고 생각할 정도로.

"케어해 준 병원 사람들에게는 진심으로 감사하고 있어…. 진지한 얘기로, 병원에서 영원히 살고 싶다고 생각했을 정도야.

"아빠와 엄마 이외의 인간과 만나는 건 아마도 처음이었지만, 나는 낯을 가리지 않는 아기였어. 까놓고 말해서 상대의 인품과 외모를 신경 쓸 상황이 아니었고.

"하지만 말이지.

"놀기만 하는 기분이라는 표현은… 뭐, 9할 정도 억지가 섞여 있지만, 하지만 그래도 꺾이지 않고 노력할 수 있었던 것은 '한시라도 빨리, 퇴원해야만 한다'라고 생각하고 있었기 때문이야. 어째서냐고?

"당연히, 나를 죽이지 못한 아빠는 죽었지만, 아빠를 죽인 엄마는 도망쳤을 뿐 아직 살아 있기 때문이야.

"그러니까 얼른 도망쳐야만 해.

"도망자로부터 도망쳐야만 해.

"엄마가 또다시 나를 우리에 가두지 않을까 하고 생각했어… 아니, 엄마의 사랑과는 반대로 의료시설에서 쑥쑥 자라 가고 있는 나를 야단칠지도 몰라.

"이상한 표현이 되겠지만 살해당하는 것보다 야단맞는 것 쪽이 두려웠어. 어쨌든 정신연령이 '스무 살의 아기'니까.

"냉정하게 생각하면, 남편을 죽인 살인범으로 수배되어 있을 엄마가, 내가 살아 있는 것을 알았다고 해서 내가 있는 곳에 찾아올 리가 없지만, 냉정하게 생각한다는 건 의외로 어렵지~

"하지만 의외로 시리어스하게 위험했는지도 몰라.

"나의 생존을 포함해서, 엄마에 의한 아빠 살해가 공표되지 않았던 것은 나를 보호하기 위해서였는지도.

"보호자로부터 보호하기 위한 정보 비공개라니, 받아들이기 어려운 가설이지만… 어느 쪽이 됐든, 나는 엄마로부터 도망치기 위해서 열심히 성장했어.

"도망갈 곳도 계속 생각했어.

"최소한 유럽에서는 벗어나기로 결정했는데, 최종적으로 일본을 선택한 것은 그곳이 아빠와 엄마의 출신지였기 때문이야.

"노스탤지어가 아니라.

"두 사람의 대화를 듣기로는 아무래도 두 사람 다 모국에 있을 수 없게 되어서, 혹은 모국이 싫어져서 출국했던 모양이니까, 전 세계에서 어디로 도망치더라도 일본에만은 나타나지 않을 거라고 생각했기 때문이야.

"…이것도, 냉정히 생각해 보면 얕은 생각이지.

"그런 식으로 뛰쳐나온 나라일지라도, 혹은 그런 식으로 뛰쳐나온 나라이기에 마지막에 의지할 곳으로 삼는다는 사고방식도 있으니까.

"사실 나는, 엄마와 다시 한번 만나고 싶어서 그 사람이 모국으로 도망쳐 오는 것을 기대하며 일본에서 매복한다는 작전이었던 게 아닐까 하고, 스스로를 의심하고 싶어져.

"아빠에게 죽지 못했던 나는, 이번에야말로 엄마에게 죽고 싶었던 걸까. 아니면 엄마에게 복수하고 싶었던 걸까.

"그렇게 하는 것으로 진정한 나의 인생이 시작된다고 생각한 것일까, 지금 와서는 당시의 심경 따윈, 덧쓰기에 덧쓰기가 반복되어서 어떤 것이었는지 명료하지 않아.

"결국, 그 진의는 수수께끼지만, 나는 인도되는 것처럼 일본행을 결심했어. 발견 후에 나에게 부여된 국적은 당연히 스위스였지만, 이미 돌아갈 생각은 없어서 일본에 영주하기 위한 체류자격을 획득하기로 했어.

"그것을 위해 결혼했어.

"체류자격을 노린 결혼이라고 하면 위장결혼처럼 들릴지도 모르겠지만, 그런 게 아니야. 내가 한 짓은 좀 더 지독해.

"위장은 고사하고, 날조였어.

"조건을 충족하는 남성의 이름을 멋대로 쓴 혼인신청서를 관청에 제출했어. 조건에는 여러 가지가 있었지만, 요컨대 '멋대로 혼인신청서를 제출해도 알아차리지 못한다'는 환경에서 살고 있는 남성일 것.

"간단한 조건이 아니어서 사전조사와 준비를 반복했고, 실제로 몇 번이나 들킬 뻔해서 계획을 취소하게 되기도 했지만, 최종적으로 나는 '이에스미'라는 성씨의 남성과 결혼해서 자격을 취득하는 데 성공했어.

"중범죄지만.

"그것에 비하면 경력을 사칭하며 교수로서 국립대학에 잠입한 것은, 내가 보기에도 귀여운 수준이지.

"필사적으로 하면 불가능한 일 같은 건 없나 봐, 그것이 범죄라도.

"나이도 물론 사칭했어. 앞서 이야기한 대로.

"젊어 보이게 치장하는 것의 커리어가 다르다는 얘기야.

"그 밖에도 나는 거짓말만 하고 있어. 이름부터 거짓말이니까 모든 국면에서 거짓말을 하게 되는 거야. 이 나라에서 살아가기 위해서, 그저 평범하게 살아가기 위해서.

"우리 안에서 살아왔던 나의 제2의 인생은, 거짓말로 둘러싸여 있어. 거짓말 속에서 살고 있어.

"솔직히 지금도 살아 있다는 실감이 없어.

"가끔씩 나 자신으로 돌아와서 '나, 뭘 하고 있는 걸까?' 하고 생각하곤 해. 진짜로 이것이 '살아 있다'는 느낌일까?

"아니면 '죽어 간다'는 느낌일까.

"의미불명에 생사불명이야.

"우리 안에서, 어떻게든 죽여 달라고 아빠와 대화하고 있었을 때의 나는, 적어도 성실하기는 했지.

"그것이 정체야. 그것이 실체야.

"아라라기 군이 반년에 걸쳐 수업을 듣고, 심부름을 부탁해 왔던 이에스미 준교수의 실체… 실체 따윈 없었어.

"나는 그저, 환상이었어."

033

"집 안을 살펴봤을 거라고 생각하는데, 그 소꿉놀이는 너무 신경 쓰지 마, 라고 말해도 무리일까?

"하지만 지금까지의 이야기를 듣고서 한참 전에 눈치는 챘겠지? 그건 나의 생애의 재현 비슷한 거야.

"걱정하지 마.

"'그것'을 정말로 내 딸이라고 생각하고 있는 건 아니고, 하물며 인간이라고 생각하고 있는 것도 아니야.

"기분 나쁘고 두렵고 역겹다고 분명 생각하겠지만, 그런 것이라도 일단은 시행착오의 결과야.

"시행착오의 실패라고 해야 할까….

"서류상의 문제로 피할 수 없는 일이었다고는 해도, 기혼자인 척을 해야만 했으니까. 가족 생활에 맞는 맨션을 빌리고, 일본의 일반적인 가정을 시뮬레이션하려고 했어.

"했다고 생각하지만… 결과는 별로 바람직하지 않았어. 시뮬레이션할 수 있었던 것은 나의 과거였어.

"소꿉놀이인데도 잘되지 않았어.

"우리 부모님 쪽이 훨씬 잘 했다고 말할 수 있어. 나는 20년은 커녕, 3년도 버티지 못했어.

"제대로 사랑하려고 생각하고 만든 '딸'인데, 고작 2년 만에 전혀 사랑할 수 없게 되었어.

"귀엽게 생각할 수 없게 되어 버렸어.

"인형의 사이즈가 아기가 아니게 되어 가는 과정에서… 그 '성장'을 지켜볼 수 없게 되었어. 갈팡질팡하는 사이에 '옛날에는 귀여웠는데'라고밖에 생각할 수 없게 되었어.

"아빠와 엄마가 옳았던 것일까?

"게다가… 아라라기 군, 옆방까지 제대로 봤어? 나하고 '별거 중'인 '남편'은 발견했으려나?

"그러면 안 돼, 못 보고 넘어가면. 앞으로 살아가면서, 들은 것뿐만 아니라 들은 것 이상의 일을 해야지.

"당연히 그것도 내 작품이라고 자백해 둘게. 그 살인 현장의 재현도. 딸의 방 정도로 세팅에는 공을 들이지 않았지만. 이야기해 두자면 나도 그 완성도에 납득하고 있는 것은 아니야.

"'딸' 이상으로, 나는 '남편'을 사랑할 수 없었던 것이고… 그야 뭐, 아빠에게는 죽을 뻔했고, 아빠가 엄마에게 죽어 버렸던 것은 그냥 생각하면 나 때문이었으니, '아버지'라는 생물에게 뭐라고 말해야 할까… 그 뭐라는 게 있는 거야.

"그거 있잖아, 그거. 뭐였더라. 트라우마야. PTSD. 심적 외상.

"심적은 고사하고, 내 경우에는 그냥 외상이지만.

"그렇게 보자면, 내가 했던 일은 소꿉놀이나 현장의 재현이라기보다, 상자정원요법[*] 같은 것이었을까?

※상자정원요법 : Sandspiel. 환자에게 상자정원 만들기를 시키는 요법으로, 심리치료에 이용된다.

"하지 않는 게 좋았다고 생각하지만.

"집에 돌아오는 것이 싫어졌으니까. 그렇다고는 해도 붕괴한 가정의 정리를 해 달라는 목적으로 아라라기 군을 보낸 것은 아니야.

"학생에게 집 청소를 시키는 교사라니, 컴플라이언스적으로 위험하잖아?

"그런 게 아니라 신고해 줬으면 하고 생각했거든. 목격자가 되어 주기를 바랐어. 요컨대 그것들은 증거야.

"진범밖에 알 수 없는 정보라는 거.

"게다가 이 편지를 합하면 충분한 에비던스가 되겠지⋯. 편지 첫머리에 심술궂은 말을 해서 미안해. 그렇게 도발하는 듯한 말을 했지만, 사실 나는 아라라기 군이 이 편지를 해독할 수 없을 거라고는 생각하지 않아.

"지금은 좋은 애플리케이션도 많으니까.

"그저 시간을 벌고 싶었을 뿐이야. 내가 안전한 장소로 완전히 도망칠 수 있을 때까지⋯ 그 뒤에 이 편지를 공개하게 만들자고 생각해서.

"자기 딸에 대한 학대를 들켰기 때문에 도망치는 게 아니고, 손수 만든 인형을 학대하고 있었던 것을 들켰기 때문에 도망치는 것도 아니야. 그런 드라마틱한 스토리성은 없어.

"한심하게도, 위장결혼도 아닌 날조결혼으로부터 시작된 일련의 경력 사칭이 끝내 발각될 것 같아. 나의 라이프스타일이자 루틴워크이기도 한 평소의 셀프체크를 하고 있는 중에 돌이킬 수 없는 하자를 발견하고 말았어. 법률이나 관리태세도 순식간에 바뀌어 버렸고 말이야.

"외국인 노동자의 영주가 가능해진다는 흐름은 정말 고마운 이야기지만, 내가 보기에는 수십 년은 늦었다고 할지… 오히려 그 영향으로 나의 죄가 까발려지게 되어 버렸어.

"불평은 그만둘게, 좋은 일이니까.

"지금까지는 룰의 허점을 잘 찌르고 있다고 생각했는데, 역시 나쁜 일은 해서는 안 되는 법이네. 들키면 붙잡혀. 그러니까 도망치는 거야.

"이 말을 하면 개그처럼 되어 버리니까 그런 의미에서도 싫지만, 창살 안에 갇히는 것은 이젠 싫어.

"엄마가 지금도 잠복하고 있을 태어난 고향에 강제송환되는 것도 싫고, 그리고 무엇보다, 나는 나로 돌아가고 싶지 않아.

"내가 키워 왔던 이에스미 하고로모라는 인격을, 포기하고 싶지 않아… 어딘가에서 양육에 실수했던 것은 틀림없지만.

"애착이 있어. 내 아이처럼, 이 이름에.

"그런 이유로 개구리의 아이는 개구리.

"세 살 버릇 여든까지 간다.

"엄마가 죄를 범하고 도망쳤던 것처럼, 나도 도망치는 거야. 아라라기 군에게는 이 편지를 경찰에게 전해 주고 집 안의 상황을 이야기해 주길 바라.

"마지막에 대답해 주겠다고 했는데, 이미 눈치는 챘겠지? 내가 아라라기 군에게 심부름을 시킨 이유.

"네가 마나세 대학의 학생 중에서 으뜸가는 아동학대의 프로페셔널이라고 오이쿠라 양에게 들었던 것은 진짜지만, 결정적인 이유는 그게 아니라.

"네가 현경 최고의 인권파 간부인 아라라기 부부의 아들이기 때문에. 이런 표현은 분명히 싫어할 거라 생각하는데, 훌륭한 부모님은 자랑스러워해야지.

"확실하게 그렇다고 말하지는 않았지만, 오이쿠라 양도 예전에 그런 이유로 너와 접점을 가진 적이 있는 거잖아? 너를 통해서 번잡한 수속을 건너뛰고, 뻔뻔스럽게 경찰 상층부에 호소하고 싶어서.

"나도 흉내를 내 볼까 해서.

"이거다, 싶어서.

"직접 출두할 배짱은 없으니까, 최강의 연줄을 가진 아라라기 군에게 도움을 청할까 생각했던 거야. 나라고 하는 거짓말쟁이가 정직한 사람이 되기 위한 과정을 도와주었으면 해서.

"진실된 인물이, 한 번 정도는 되고 싶어서. 나의 범죄가 들통나서 스위스의 이미지를 나쁘게 만드는 것만은 피하고 싶다는 것도 있을까. 이건 국제문제가 아니라 가정문제라는 점을 폭로해 두고 싶었어.

"범죄자이지만 악인은 아니야, 나는.

"그저, 불쌍할 뿐.

"오랫동안 이야기해 왔는데, 봉제인형의 솜처럼 응어리져 남았던 것을 너에게 떠넘기게 되어서 후련해. 처음부터 이렇게 하면 되었을 텐데.

"뒷일은 잘 부탁할게.

"나는 누구의 손에도 닿지 않는 곳으로 도망칠 거야. 왜냐하면 하고로모, 날개옷이니까. 나 자신이 선녀인 것은 아니지만 분명히 하늘도 날 수 있을 거야. 천처럼 얄팍하니까.

"아아, 하늘에라도 오를 듯한 기분이야."

034

"하늘에라도 오를 듯한 기분이야, 라는 쓸데없는 말로 끝맺는 바람에 내가 여기에 잠복하고 있다는 걸 들켜 버린 거야?"

그렇다면 너무나도 어리석고 불쌍하네. 그렇게 약 일주일 만에 만나는 이에스미 준교수는, 아주 나른하다는 듯 말했다.

나는 "아뇨."라고 고개를 저었다.

"솔직히, 아직 그 편지는 제대로 읽지 않았어요."

"제대로 읽으라고. 실종자가 남겨 둔 편지잖아. 그렇다고 해도, 이렇게 빨리 해독될 거라고는 생각하지 못했지만."

유서.

라고 이에스미 준교수는 말하지 않았다.

"애플리케이션을 사용했어?"

"아뇨…. 뭐, 그런 거나 다름없네요."

뭐, 나도 말하지 않겠다…. 이에스미 준교수가 실종 당일 연구실에 남겼던 그 편지를 동행했던 메니코와 함께 발견한 것이었다고는.

4개 국어는 고사하고 그 녀석은 아마도 40개 국어 이상 말할 수 있을 테니까… 라틴어를 말할 수 있는 대학생이 있다니, 나도 의외였다고.

아무리 스위스독일어, 스위스프랑스어, 스위스이탈리아어, 로망스어가 뒤섞인 암호문이라도 그 녀석에게는 두뇌체조 같은 것이다…. 뭐, 그 녀석도 서클 활동인지 뭔지로 짬이 없으니까, 자기가 보기에는 다소 시간이 걸렸다고 인식하는 모양이지만, 그래도 내가 우직하게 도전하는 것보다는 훨씬 스피디했을 것이다.

번역문이 조금 경쾌한 것은, 애교로 넘기자….

"제가 놓여 있던 편지를 그대로 경찰이나, 그렇지 않더라도 대학에 제출하리라고는 생각하지 않았나요?"

"그럴 수 있을 만한 성격이 아니라는 것 정도는 너의 쪽지시험 결과를 보면 알 수 있어. 아라라기 군은, 설령 전혀 짐작이 가지 않는 문제라도 일단은 해답란을 메우잖아? 공란인 상태로 답안을 제출하는 걸 좋아하지 않아. 친구나 애플리케이션에 의지하는 경우는 있더라도, 자기 앞으로 온 편지의 내용을 파악하지 않은 채로 포기할 거라고는 생각하지 않았어."

"…시험으로 그런 프로파일링이 가능하다니, 좋은 선생님이시네요."

"사이비 교사지만 말이야. 질문에 대답해 줄래? 편지를 읽지 않았다면 아라라기 군, 어떻게 여기를 안 거야? 요컨대, 내가 숨은 곳을."

눈알 달린 곰돌이 인형에게 가이드를 받았다고는, 역시 말할 수 없다. 입도 벙긋할 수 없다. 그 대신 나는 이렇게 말했다.

"이에스미 준교수님, 필요 없는 물건을 옥상에 버리는 버릇이 있지 않나요?"

"에?"

멀뚱한 얼굴을 하는 이에스미 준교수. 그러나 사실, 여기는 대학교 건물 옥상이었다.

강둥강둥 걸어가는 오노노키의 사역마는, 쭉 나아가다 학교 건물에 부딪치는가 싶더니, 그대로 벽을 기어오르기 시작했던 것이다…. 프리 클라이밍. 처음에는 방해물을 우회할 만한 지혜도 창조주로부터 부여받지 못한 것인가 하고 불쌍하게 생각했지만, 금방 깨달았다… 지혜가 부족한 것은 오히려 내 쪽이었다.

내가 가장 불쌍하다.

그 해당 건물 안에, 이에스미 준교수의 연구실이 있다는 점은 좀 더 빨리 깨달아도 좋았을 것이다. 그리고 그 연구실이 맨션의 333호와 마찬가지로 최상층이라는 점에도.

홀연히 모습을 감춘 대학교수.

연구실은 텅 비어 있고, 건물에서 나가는 모습도 목격되지 않았고, 자택에 돌아간 눈치도 없으며, 자동차도 그대로 놓여 있다. 그렇지만 당연하게 출입금지인 학교 건물의 옥상은 아직 아무도 찾아보지 않은 것 아닐까?

맹점이라기보다는 가장 처음에 '그건 아니다'라고 ×표를 한 장소다…. 실은 맨션에 틀어박혀 있었다는 가설 쪽이 그나마 진실감이 있다. 적어도 자택이라면 생활환경이 마련되어 있고 통신판매를 이용해서 생활필수품을 입수할 수도 있으니까. 학교 건물의 옥상에는 전기는 고사하고 수도조차 없다.

라이프라인이 제로다.

잠입할 곳으로도 도망칠 곳으로도 적합하지 않다, 고 봐야겠지만… 생활하려고도 생존하려고도 하지 않으면 이야기는 다르다.

그저 도망치려 하고 있을 뿐이니까.

이 세상으로부터 도망치려 하고 있을 뿐이니까. 옥상 따위, 오히려 베스트 플레이스가 아닌가.

"내가 투신자살이라도 할 거라고 생각했어? 나는 하늘로 올라가고 싶어. 땅에 떨어지고 싶은 게 아냐."

그렇게 말하는 이에스미 준교수는 부쩍 야위어 있었다. 일어설 수도 없는지, 내가 달려왔을 때에는 펜스에 기대고 있는 채였고, 내가 말을 걸 때까지는 이쪽을 보려고도 하지 않았다.

솔직히 내가 제때 도착하지 못해서 즉신불即身佛이 되어 버렸나, 하고 생각했을 정도였다…. 그렇지만 그녀는 아직 살아 있었다.

몽롱하다고는 해도 의식도 있었다.

"먹지도 마시지도 않는 건 특기야. 그것 말고는 잘 하는 게 없을 정도야."

펜스를 배경으로 그렇게 말하면, 그 낙하방지용 철책도 우리의 일부로 보이기 시작한다… 그녀는 아직도 계속 갇혀 있는 걸까. 부모가 설치한 우리 안에.

그러나 확실히, 이 분위기라면 몸을 던질 걱정은 없어 보인다…. 건물 아래에서 스탠바이를 부탁해 둔 오노노키가 등장할 차례는 없나.

참고로 낙하물에 대비하면서 오노노키는 눈알 달린 곰돌이 인형에서 눈알을 회수했다…. 원근감을 되찾아 두지 않으면 제대로 받아 낼 수 없을지도 모르기 때문이지만, 그건 그렇다 치고 곰돌이가 너무나도 짧은 수명을 마친 것 또한 의미한다.

추도하는 것조차 오만한 행동으로 느껴지지만, 그러나 옥상으로의 내비게이션도 그렇고 그 곰돌이 인형을 맨션 옥상에서 발견한 것이 내가 지금 이 자리에 있는 이유와 직결되는 것이니, 그 출신은 어쩔 수 없이 신경 쓰인다.

제대로 읽지 않았다고 둘러댔지만 실제로는 제대로 다 읽었다…. 테디베어에 대해 언급한 부분은 있었지만, 이 키홀더 자체에 대해서는 특별히 이야기되지 않았다.

조금 전의 반응을 보기로는, 이에스미 준교수가 버린 것인지 어떤지도 수상해지기 시작했는데… 아니, 그것보다도 무엇보다도.

"그렇다면 우선, 물은 어떠신가요? 탄산수인데요."

"응?"

눈을 게슴츠레하게 뜨는 이에스미 준교수.

탄산수의 출처가 자기 차의 트렁크인 것을 깨달았는지도 모른다. 그렇지만 그것에 대해서는 아무것도 묻지 않고,

"그만둘래. 이 정도의 공복 때에 물을 마시면 영양재개 증후군*에 걸리니까."

라고 대답했다. 물을 마신다고 영양재개 증후군 증상이 발생할 리가 없지만, 거의 물만을 영양분으로 삼던 경험자의 대사는 너무나도 무겁다. 그런데 그렇게 아슬아슬한 상태인가?

사실, 그 정도의 날짜가 경과하고 있다. 인간이 아무것도 먹지도 마시지도 않고 지낼 수 있는 것은… 그렇다, 사흘이 한도였던가?

게다가 한여름의 뙤약볕 아래다.

나는 제때 왔다고는 말할 수 없다.

"아니, 아니. 큰 공적을 세운 거겠지. 잘됐네, 분명히 부모님에게 칭찬받을 수 있을 거야. 범죄자를 생포했으니까."

"…나중 일은 나중에 생각하기로 하고, 우선은 여기서 벗어나지 않으시겠어요? 위험하고요."

"위험? 왜?"

당신에게 복수를 꾀하는 담요가 습격해 올지도 모르니까, 라고 대답할까 생각했지만 그만두었다.

※영양재개 증후군 : Refeeding Syndrome. 기아나 단식 등으로 식사를 장기간 중단했다가 영양 공급을 재개했을 때 발생하는 신체 이상. 호르몬이나 대사 변화가 주 원인으로, 심각한 합병증을 유발할 수 있으며 죽음에 이르기도 한다.

이렇게 이에스미 준교수를 살아 있는 상태로 발견할 수 있었으니 절대 헛걸음은 아니었지만, 그 편지를 해독해 보면 그것은 쓸데없는 걱정이었다고 생각하니까.

　이이에짱 인형은, 분명 도망친 것뿐이겠지. 어머니와 마찬가지로, 어머니로부터.

　그렇다. 편지라고 하면….

　"죄송해요. 편지를 읽은 것만으로는 이해가 잘 안 되는 점이 있는데요…. 이이에짱 인형을 과도로 찌른 건 이에스미 준교수님 본인인가요?"

　"어…? 찔렀다니, 뭘?"

　다시 이에스미 준교수는 멀뚱한 표정을 지었다…. 이이에짱 인형이라는 단어가 와닿지 않았던 게 아니라, 정말로 내가 무슨 말을 하는지 알아듣지 못한 모양이다.

　그에 더해서 아버지 인형을 찌른 것이 누구인가도 물어보려 했지만… 지금은 그만둘까.

　편지 속에서 이에스미 준교수는, 인형을 만든 사람은 자신이라고 고백했지만 찌른 사람이 자신이라고는 쓰지 않았다.

　옥상의 곰돌이 인형. 습격해 온 의복.

　자신의 차에 차일드 시트가 설치되지 않았던 것은, 애초에 딸인 이이에짱의 존재 자체가 허위이며 이에스미 준교수의 공작은 마이 하우스 안으로 한정되어 있었기 때문이라는 이야기겠지만… 큰 범죄를 저지른 자의 적나라한 자백이 있었다고 한들, 아직 많은 수수께끼가 남아 있다.

편지의 내용도 어디까지가 진실일까···. 나는 이에스미 준교수가 그렇게까지 거짓말쟁이라고 생각하지 않지만, 도저히 진실이라고는 생각되지 않는 내용도 많이 포함되어 있다.

그렇지만 수수께끼 풀이는 내가 할 일이 아니다.

나에게 가능한 일은, 공백을 남기지 않고 해답란을 채우는 것 정도다.

"아라라기 군에게 도움을 청한 것이 나의 실수였던 걸까?"

제대로 일어서지도 못하는 이에스미 준교수는, 부축하기 위해 손을 뻗으려 하는 나에게 거의 독백처럼 그렇게 말했다.

응, 그렇다고도 할 수 있다.

정리를 부탁할 생각은 없다고 편지에는 적혀 있었지만, 결과적으로 나는 정리정돈은 고사하고 이에스미 준교수의 맨션도 자동차도 파괴할 수 있는 데까지 파괴해 버렸을 뿐이니까···. 친애하는 나의 소꿉친구로부터 조금 더 신경 써서 소문 이야기를 들었더라면, 내가 전혀 도움이 되지 않는 방탕한 자식이라는 것이 판명되었을 텐데.

그래서 '그러네요'라고 진심으로 동의하려고 생각했지만, 그러나 문득 전혀 그렇지 않은 것을 깨닫고,

"아뇨. 죽으려고 했던 것이, 당신의 실수예요."

라고 나는 대답했다.

학점을 받을 수 있을 것 같지 않은, 억지로 공란을 채우기 위

한 해답이었다.

035

후일담이라고 할까, 이번의 결말.

그 뒤로 다시 한번 일주일 정도가 지나고.

"그래서? 이번에는 무슨 일이 있었어? 나라도 괜찮다면 이야기를 들을게, 아라라기 군."

"사라져… 하네카와?!"

나오에츠 고등학교 졸업 후 해외로 방랑의 여행을 떠났던 전 동급생, 하네카와 츠바사가 내 앞에 앉아 있었다. 어라?

결말 담당인 센조하가라 씨는?!

"히타기는 이번 주에 기숙사 친구들과 함께 쿠시로[*]로 여행을 갔으니까, 그래서 외람되나마 제가 대신 왔습니다."

"그 녀석, 홋카이도에 간 거야?! 나하고는 아직 가지 않은 홋카이도에?! 새 친구들과?!"

남자친구가 상처 입을 짓 좀 하지 마!

아니, 그 녀석이 교우관계를 넓혀 가는 일은 매우 추천하고 싶지만… 만약 게를 먹고 온다면 진짜로 갈라서자는 이야기를 꺼낼 거라고.

※쿠시로(釧路) : 일본 홋카이도 남동부에 있는 도시.

"게다가 하네카와가 대신 왔다니… 언제 돌아온 거야? 언제까지 있을 수 있어?"

"돌아온 건 방금 전이야. 여름방학일 것 같아서 히타기짱과 놀 생각이었는데, 바람 맞았네~ 아라라기 군을 떠맡게 되었어."

하네카와로부터 원래 나하고 만날 생각이 없었다는 듯한 말을 듣는 것도 왠지 모르게 쇼크네… 뭐, 됐다.

늘 이어지던 대화 리듬이 무너진 것은 바람직하지 않지만, 그렇다고 해서 하네카와와 이야기할 수 있는 것이 기쁘지 않은 것도 아니다. 설령 테마가 아동학대에 관한 희비극이라도.

장소는 늘 그렇듯이 대학 구내의 카페테리아다. 히타기에게 호출을 받고 평소의 그거구나 하고 생각하면서도 충실하게 달려왔는데, 제대로 골탕을 먹었다.

몇 달 만에 만나는 하네카와 츠바사는 잿빛 롱 스트레이트였다. 땋은 머리는 아니지만, 처음 만났을 무렵의 길이에 가깝다…. 다만 앞머리를 따로 다듬지 않은 것을 보면, 그냥 길어져 있는 것뿐이라는 생각이 든다. 대체 어느 나라에서 귀국한 것일까, 튼튼해 보이는 배낭이나 모자도 포함해서, 등산에서 돌아온 듯한 패션이다.

갈색으로 그을린 피부는 해변에서 선탠하고 온 듯 보이는데… 뭐, 그런 뒤죽박죽인 느낌이, 지금의 하네카와 본연의 모습이었던가?

처음 만났을 무렵과 비슷한 점이라면 고등학교 3학년 2학기부터 콘택트렌즈를 꼈을 그녀는, 다시 안경으로 돌아가 있었다.

그것은 이미지 체인지라든가 캐릭터 바꾸기 같은 게 아니라, 단순히 여행 중에는 그쪽이 편리하기 때문이라고 생각한다.

생각해 보면, 내가 하네카와 츠바사의 사복을 보는 것은 이번이 처음인가? 하네카와도 더 이상 여자 고등학생이 아니니까 사복 차림을 하는 것은 당연하지만… 마음의 준비가 전혀 되어 있지 않았던 터라, 등산복이라도 두근두근하다.

우정출연이라는 건지, 스턴트 더블이라고 하는 건지 모르겠지만… 그러나 뭐, 이번 일에 한해서는 히타기보다도 하네카와 쪽이 엔딩에는 적합한 역할일지도 모른다.

이름에 '깃 우깃'가 들어 있기 때문이라고는 말하지 않겠지만.

뭐, 스타트는 그 부분이었으니까.

"아하하~ 그건 정말 어리석네~ 아라라기 군. 이름에 깃 우 자가 들어간 녀석은 대부분 변변찮은 녀석이니까."

"변변해! 변변하신 분들뿐이야! 너의 자학에 이름에 깃 우 자가 들어 있는 국민 전원을 말려들게 하지 마! 이름에 깃 우 자가 들어 있는 시점에서, 부자에 장수하는 인격자 확정이야! 성명판단*에서 100점이야!"

"아라라기 군이야말로, 그렇게 수비적인 스타일이었던가…. 나는 경제 상황이나 평균수명까지 언급하지 않았고."

100점이라니, 성명판단에서는 그런 식으로 점수가 붙지 않아, 라고 어이없다는 듯이 지적하는 하네카와. 빌어먹을, 오래간만

※성명판단 : 성명을 분석해서 그 사람의 운명이나 길흉을 점치는 것.

에 만났더니 둥글어진 부분을 지적당해 버렸다.

성명판단이라.

"너는 뭐든지 알고 있구나."

"뭐든지는 몰라, 알고 있는 것만. 그리고 미안해, 이제 우리 둘 다 고등학생이 아니니까, 너라고 편하게 부르는 거, 그만해 달라고 부탁할 수 있을까?"

"대화가 제대로 안 되고 있어!"

반갑게 악수하는 것에 실패한 듯한 느낌이 되어 버렸다. 뭐, 이런 어색함도 재회의 맛인가.

"둥글어졌다고는 말하지 않아. 오히려 번듯해졌다며 감탄하고 있어. 설마 선생님을 구할 줄이야. 호시나 선생님에게 들려드리고 싶네."

"뭐, 그 담임교사에게는 정말로 민폐를 끼쳤으니까…. 교사라… 나는 번듯해졌다고 치고, 너… 당신은 최근에 어떻게 지내고 있는 거야, 하네카와… 씨?"

"어색한 것에도 정도가 있잖아. 농담이야, 농담. '너'라고 불러도 되고 '하네카와'라고 불러도 돼. 응, 나는 국경 부근의 지뢰 철거 작업을 간신히 일단락 낸 참이야."

이야기의 스케일을 좀 맞춰 줘.

그 이야기를 듣고 보니 등산복으로 보이는 오늘의 코디네이트는 작업복, 좀 더 말하자면 군복인지도 모르겠다…. 정말 나는 하네카와의 사복을 볼 수 없는 숙명일까.

나와 오노노키와의 모험 활극이 아주 사소하고 보잘 것 없는 일처럼 되어 버렸잖아.

"사람을 구하는 일에 크고 작음은 없잖아. 아라라기 군의 여동생도 아니고."

"그렇게 말해 주면 오노노키도 여한이 없을 거야."

"오, 오노노키, 죽었어?!"

"원래부터 죽어 있지. 뭐, 그건 나중에 이야기할게… 나에게도 절차라는 것이 있거든."

"없잖아. 아라라기 군에게는, 절차."

없을지도.

이번에도 없었다.

"한 단계 절차 완료, 요컨대 일단락이라는 말은 아직 지뢰가 남아 있다는 거야?"

"아니, 철거는 완전히 종료. 그러지 못했다면 돌아오지 않았을 거야. 일단락이라는 얘긴, 이것으로 나는 빚에서 해방되었다는 의미."

"빚? 무슨?"

"졸업식 전날, 오기를 쓰러뜨리기 위해서 전투기를 빌렸을 때의 빚이야."

있었지, 그런 일이.

그렇구나, 나는 멋대로 다 끝났다는 듯한 기분이 되어 있었는데 하네카와는 그 뒤로 줄곧 빚 변제의 지옥에서 고생하고 있었던 건가…. 봄방학의 지옥 정도의 소동이 아니네.

그래도 과연 대단하다고 할까, 상당한 속도의 변제다.

굉장하구나, 이 녀석은.

"그렇게 되어서 이제부터는 하네카와 츠바사의 자유행동… 자신의 의사로, 좋아하는 지뢰를 철거할 수 있어."

"……."

좋은 이야기를 하는 것 같으면서도, 어쩐지 무섭네…. 내가 하네카와와의 장래를 걱정하다니, 고등학생 시절에는 생각할 수 없는 일이었지만.

"그래서?"

그렇게 화제를 전환하는 하네카와.

"이번에는 무슨 일이 있었어? 나라도 괜찮다면 이야기를 들을게, 아라라기 군."

"너 이상 가는 청취자는 없을 거야."

이미 뉴스에도 나가 버린 안건이다. 뭐든지 알고 있는 반장에게 이제 와서 내가 덧붙일 만한 것이 있다고도 생각되지 않지만, 나는 시간 순서대로 막힘없이 줄거리를 이야기했다.

"아아, 지금은 이미 반장이 아니었던가."

"나는 지금도 반장이나 마찬가지야. 국제 지뢰 철거 U-20 위원회의 위원장이거든."

"대단한 반장이네. 평생 동안 반장을 할 수 있을 거라는 나의 예언이, 설마 이런 모습으로 결실을 맺게 될 줄이야."

"하지만, 그렇구나, 흐음. 그런 건가. 고생했네, 아라라기 군. 전체적으로 대강 알았어."

"아주 간단하게, 전체적으로 대강 알아 버리는구나. 내가 몇 번이나 죽을 뻔했던, 괴이 관련 사건의 진상을."

"죽을 뻔했던가?"

"적게 잡아도 20번은."

"이야기를 부풀리지 마. 괴이담을. 전파되어 버리니까."

적게 잡으면 한 번이었다. 자신의 의복에 질식사당할 뻔했을 때. 많이 잡아도 두 번인가… 우리에 갇혔을 때.

'언리미티드 룰 북'에 의한 플라이트 2회는 포함하지 않겠다. 그것은 개그 같은 것이다.

그런 의미에서 나는 이번 여름, 대모험을 경험했다고 말할 수는 없을지도 모른다…. 지옥 같은 봄방학이나 악몽 같은 골든 위크와 나란히, 마계 같은 여름방학은 되지 않았다.

그렇다.

결국, 이것이 현실이었다.

"정말, 너였다면 좋았을지도 모르겠네. 이에스미 준교수가 도움을 청한 상대가. 너였다면 처음에 연구실에 불려 간 시점에서 '바뀐 아이'라고 오해하지 않고, 그 사람의 자살충동 따윈 단숨에 날려 버리지 않았을까?"

"음. 음음. 지금의 나였다면 그대로 죽게 놔뒀을지도."

"……."

"옛날의 나라도 무리였을까. 어른을 구한다는 발상은 떠오르지 않았을지도 모르겠네…. 하물며 학대하는 어른을 앞에 두고 냉정하게 있을 수 있었을 거라고는 생각되지 않아. 기억하지? 내가 키워 준 부모에게 무슨 짓을 했는가. 나는 잊고 있지만…

그러니까, 아라라기 군은 굉장해."

그런 말을 들어도, 별로 칭찬받고 있는 기분은 들지 않네.

오히려 어째서 그렇게 냉정하게 있을 수 있었냐고 배신자 취급을 받고 있는 기분이다.

"아주 고지식하게 최초 시점에서 신고해서, 일을 복잡하게 만드는 것이 고작 아니었을까? 그러니까 오이쿠라 양의 추천에 따라 아라라기 군을 선택한 이에스미 씨는 옳았던 거야. 오이쿠라 양도 그렇게 생각했기 때문에 이에스미 씨에게 아라라기 군 이야기를 했던 거 아냐?"

"오이쿠라는 누구에게라도 나를 나쁘게 말한다고."

그 녀석의 말이 계기가 된 것은 틀림없다고 해도… 오이쿠라 때와 마찬가지로, 나는 도움이 되었다고는 도저히 말할 수 없다.

도움은 고사하고 방해만 했다.

그렇게 생각하고 있었지만.

"반대로, 아라라기 군은 어디까지 알고 있어? 현시점에서."

"거의 아무것도 아는 게 없어. 평소와 마찬가지로, 틀림없이 좀 더 잘 할 수 있는 방법이 있었을 거라고 후회하고 있을 뿐이야."

실제로, 세 살 난 딸을 학대하고 있다고 들었던 시점에서 신고한다는 '옛날의 하네카와의 수법'은 그렇게 나쁜 것은 아니다….
적어도 이에스미 준교수는 이 포식의 나라에서 영양실조로 경찰병원에 입원하는 꼴이 되지는 않았을 것이다.

옥상 시점에서도 이미 몽롱했던 그녀의 의식은, 현재 사라져 있다. 의식불명의 중태는 고사하고, 어째서 살아 있는지 알 수 없다는 것이 의사의 견해다.

어째서 살아 있는가.

그것은 그녀 자신이, 가장 모르고 있다.

나는 그녀를 구했지만 그것은 목숨만 구했을 뿐이다…. 그 이외에는 아무것도, 구하지 못했다.

의식주. 그 전부를 부여받지 못했던 그 사람의 앞으로의 인생을 생각하면, 마음이 보통 어두워지는 정도가 아니다.

"그러니 이번에 시노부가 전혀 도와주지 않을 만했지. 내가 하고 있는 행동은 그때와 아무것도 다르지 않아. 죽을 것 같은 누군가가 있으면, 손을 뻗지 않을 수 없어."

시노부에게는 시노부 나름대로 하고 싶은 말이 있을 것이다…. 적어도 '전혀'라는 표현은 공평하지 못하다. 주차장에 소동이 벌어졌던 때에는 타이밍을 맞추지 못했지만, 날이 저문 이후는 그녀의 시간이었다. 333호의 수리 및 정화에 대해서는 시노부가 팔면육비의 대활약을 보여 주었으니까.

"이에스미 씨도 사실은 도움을 청하고 있었던 거 아니야? 아이를 상대로, 그런 식으로 말할 수 없었던 것뿐이지."

"츤데레라는 거야? 다 큰 어른이? 나는 아동학대의 전문가도 괴이의 전문가도 아니지만, 츤데레의 전문가라고. 뭐, 잠깐이라도 그런 식으로 생각할 수 있다면 조금은 마음이 풀리겠지만."

과연 어떨까.

과거에 나도 죽고 싶다고 생각하고, 그러면서도 그때, 하네카와가 걸어 준 그 말로 살아 있을 수 있었기에 고민하게 되어 버리는데, '자살은 무거운 죄다'라고 타이르는 것은 그냥 잔혹했던 게 아닐까?

너덜너덜해진 끝에 죽고 싶다고 생각한 것조차 책망당하다니. 죄가 무거운 건 어느 쪽이지?

도움을 청하고 있었다고는 도저히 생각되지 않는다… 그 사람은 죽고 싶었을 뿐이다.

"그럼 남겨져 있던 수수께끼를 풀면, 아라라기 군의 기분도 조금은 풀리려나?"

"그야 뭐, 어느 정도는."

"그러면 주제 넘는 행동이겠습니다만, 이 반장이란 녀석이, 거들어 드리겠습니다."

빙그레 웃는 하네카와.

그것을 위해 온 건가. 관계자 이외에 출입금지인 대학 구내에, 당당히. 어쩌면 그것은 지금쯤 쿠시로를 즐기고 있을 나의 여자친구의 계획인지도 모른다.

그렇다고 해도 간단히 용서할 수는 없지만….

"간단한 곳부터 정리해 가자면, 우선은 옥상의 곰돌이 인형일까?"

"가, 간단한 곳이냐, 거기가."

"하지만 키홀더에 달 만한 사이즈의 곰 인형이잖아? 그렇다면 원래는 열쇠에 달려 있었다고 생각하는 게 타당하지 않아?"

"키…."

이 일련의 사건에 등장하는 키라고 하면… 이에스미 준교수의 영역이었던 333호의 열쇠… 내가 그날 옥상에서 간신히 되돌려 줄 수 있었던, 그 열쇠 말인가?

"Non, non."

"파, 파리지엔느?"

"하나 더 있잖아. 아라라기 군이 말하는, 제2의 방에 장착되어 있던 복도 쪽에서만 열리는 자물쇠."

"아아…. 오노노키가 걷어차 넘어뜨렸던 그 문의."

그런가, 나는 그 문의 경첩을 수리하려고 했었는데, 열쇠 그 자체가 어디에 있는가를 수색하지는 않았다. 그 후의 (도중에 종료된) 수색에서도 발견되지 않았다.

"테디베어라는 셀렉트에서 봐도, 베이비 룸의 열쇠에 달려 있었을 공산이 높지 않을까? 그리고… 옥상에 내던졌을 공산도."

이에스미 준교수와 부모님의 버릴 수 없었던 추억, 이라는 상상을 오노노키와 함께 마음껏 하고 있었는데, 이에스미 준교수와 이이에짱 인형의 추억이라고 생각할 수도 있는 것이다.

…그것을 옥상에 던져서 버렸다고도.

땅이 아닌, 하늘을 향해 휙 하고.

"귀엽다는 느낌이 없어져서, 말이지. 그 부분은 오노노키의 말대로 던져서 버렸다기보다는 완전히 버릴 수 없었다는 느낌이 겠지만. 곰돌이가 비바람에 낡은 정도를 감안하면, 1년 정도 전이 아니었을까?"

"……."

'내 아이'에 대한 것과 같은 마음이 키홀더에 대해서도 생겨났다고…. 빼낸 열쇠는 그 뒤에는 현관 열쇠와 마찬가지로 키홀더 없이 계속 사용했다는 이야기가 되겠지. 그렇지 않다면 문을 여닫을 수 없게 된다.

최종적으로는 이이에짱 인형을 감금하고 제2의 문을 계속 잠가 두고 있었던 것을 생각하면, 열쇠도 옥상에 버려졌을지도 모르지만…. 오노노키가 파괴한 잡동사니 더미 아래 같은 데서 불쑥 발견될지도 모른다.

그 너덜너덜한 곰돌이는.

어떤 의미에서 베이비 룸의 인테리어와 마찬가지로, 애정의 잔해였다는 뜻인가.

"비상사태였다고는 해도, 부모님과의 괴로운 추억을 괴이화시켰던 거라면 괴로웠겠지만… 뭐, 이에스미 준교수가 직접 산 인형이었다면…."

"부모님에게 받은 선물이었다면, 기분 문제가 아니라 많이 위험했을 거라고 생각해. 손수 만든 물건이었어도 위험했겠지. 오노노키는 프로페셔널이니까, 그 부분을 잘못 보지는 않았겠지만."

나도 과거에 괴이를 낳은 적이 있었으니까… 라고, 하네카와는 그야말로 잊을 수 없는 추억이라는 듯이, 그렇게 말했다.

블랙 하네카와를 말하는 걸까?

아니, 카코苛虎 쪽일까.

내가 자리에 없는 동안에 벌어진 일이어서 자세한 사정을 아는 건 아니지만… 그렇지만 좋고 나쁜 것을 떠나서, 전문가도 아닌데 괴이를 낳은 이 녀석은 정말 무시무시한 녀석이구나.

　반장으로서 격을 한없이 올려 가는 그녀와, 나는 언제까지 이런 식으로 같은 테이블에서 차 같은 걸 마실 수 있을까?

　"오노노키에 관해서 말하면, 이번에 그 애는 잘못 본 일들이 한두 개가 아니라고 생각하지만… 본인이 말하길 '아라라기 츠키히와 살게 된 뒤로 나의 고물화는 멈출 줄을 몰라'라고 했어."

　"흠. 그러면 다음은…."

　"내가 물어봐도 될까? 사소한 것이기는 하지만…."

　"그거지? 사소한 것이라고 하자면, 어째서 아라라기 군이나 오노노키를 습격한 의류나 천 종류의 약점이 물이었는가, 하는 거지?"

　이해한다는 듯이 말하는 하네카와.

　"하지만 그건 이에스미 씨의 수기와 대조해 보면 일목요연하지 않을까?"

　"음. 아니…. 내 질문은 그게 아니었지만… 뭐, 됐어."

　'사소한 것'의 정의가 나와 하네카와는 완전히 다른 것 같았다…. 나는 그런 것, 이미 신경 쓰지 않았다. 괴이는 기본적으로 물에 약하지 않느냐는 식으로 엉성하게 정리하고 있었는데….

　"'물'을 '주식'으로 삼아서 자랐다는 경력을 지닌 이에스미 준교수가 낳은 괴이니까, 물이 약점이라든가? 하지만 그렇다면 오히려 물을 뒤집어쓰면 보다 활발해질 것 같은데…."

드라이푸드를 되돌려 놓듯이, 였던가?

아니, 옥상에서 발견했을 때 이에스미 준교수는 내가 권한 물을 거절했다···. 먹지도 마시지도 않고 있다가 갑자기 물을 마시면 목숨이 위험하다고 했던가··· 그렇지만 그렇다면 대체 어떠한 처치가 올바르냐는 문제가 된다.

"영양재개 증후군보다도, 물로 충족되는 것을 이에스미 씨는 거부했는지도 모르지···."

"충족된다."

"스키 모자나 재킷은 푹 젖어서, 축 늘어져서 움직일 수 없게 된 것이 아니라, 배가 불러서 잠들어 버렸던 게 아닐까? 젖을 배불리 먹은 갓난아기처럼."

"······."

약점이 아니라, 주식主食.

채워지는 것을 거부한다는 마음은··· 뭐, 이해할 수 있을까···. 헝거 스트라이크의 흡혈귀, 데스토피아 비르투오소 수어사이드 마스터라면 여기서 좀 더 심오한, 함축이 있는 말을 술회할지도 모른다.

"젖인가···. 뜻밖에도 내가 육아남이 되어 있었다는 건가. 확실히 남자도 육아에 적극적인 태도를 가져야 한다고, 항상 생각하고는 있지만."

"아라라기 군이 젖이라고 진지하게 말하면, 다른 의미로 들리지."

"'죽을 뻔했던가?'라는 질문은 그런 의미로 한 거야? 나의 위기는, 굶주린 아기가 달라붙어 오는 듯한 상황이었지 목숨의 위기는 아니었다고….”

“아니, 공격이었던 건 확실하다고 생각해. 아마도 자기방위적인… 그렇지 않더라도 나였다면 절대, 한번 자신을 죽이려 들었던 재킷과 스키 모자를 다시 착용하려고 생각하지는 않겠지만…. 얼마나 저체온증을 두려워하는 거야, 질릴 만도 하잖아.”

그런 말을 들으면 할 말이 없다.

하지만 진짜로 두렵다고. ‘언리미티드 룰 북’에 안전벨트도 없이 달라붙어 이동하는 건….

“아라라기 군의 주의가 산산조각 난 아버지 인형에 쏠려 있을 때를 노려서 등 뒤에서, 아라라기 군의 옷으로 교전을 걸어왔다는 부분에서, 의외로 체계적이고 조직적으로 습격해 왔다고 생각하는데? 그렇지 않으면 프로인 오노노키가 고전하지는 않았겠지. 옷장을 여는 것이 발동 조건이라기보다 옷장 문을 열면서 오노노키의 양손이 봉인되는 타이밍을 노린 것뿐이라는 기분도 들고. 그래서, 아라라기 군이 묻고 싶었던 건 뭐야?”

하네카와가 내 레벨까지 내려와 주었다…. 공부를 도와주던 무렵을 떠올리게 하는 대화다.

이래서는 내가 아기구나, 아부부부.

“이거야 원, 하는 느낌으로 말하지 마. 그런 아기가 어디 있어.”

“나의 의문이라기보다는 오기… 군의 의문점이야. 이이에짱 인형과 아버지 인형의 조형 완성도와 묘사의 완성도 차이…. 풍선 아트 같은 테크닉과 그 성의 없이 그린 얼굴의 나쁜 밸런스에서, 오기 군은 봉제인형 만들기에는 두 사람의 인간이 관여한 것이 아니냐며 '별거 중의 남편'을 사건의 도마 위에 올렸었어."

이이에짱 인형을 감금한 것은 이에스미 준교수라도, 인형의 등에 과도를 꽂은 것은 남편, 이라는 추리의 근거… 아니, 보충이었다.

뭐, 오기의 추리와 달리 오기 군의 추리는 좀 성의가 없다고 할까, 대화하는 상대를 혼란시켜서 상황을 어지럽게 만들려는 성격이 강하므로 완전히 빗나가도 이상하지는 않지만, 그러나 그렇게 되면 다시 조형력과 묘사력의 차이가 신경 쓰이기 시작한다.

편지를 읽기로는 이이에짱 인형도 아버지 인형도, 이에스미 준교수 혼자서 만든 것인 모양인데… 그냥 보이는 대로 '이에스미 준교수는 손재주가 뛰어나지만, 그림 실력은 없었다'로 생각해도 되는 걸까?

"뭐야, 그런 간단… 그건 확실히 이상하네. 좋아, 둘이서 함께 생각하자."

"장단 맞춰 주는 멘트가 서툴러졌잖아. 항상 친절하게 가르쳐 주던 가정교사 시절을 떠올리라고."

"오기, 가 아니라 오기 군? 은 그 시점에서 아버지 인형의 존재를 몰랐던 거지? 그렇다면 그렇게 생각하는 건 어쩔 수 없지만, 만약 옆방의 침대 위를 먼저 보았다면 분명히 이렇게 생각했을 거야. '이 딸, 아버지를 쏙 빼닮았구나'라고."

"…아~"

제작자가 같다고 생각하는 게 아니라… 부모와 자식이니까 닮았다고 생각하면 그 '헤노헤노모헤지' 얼굴이 공통되는 것 자체는 오히려 자연스러운가…. 여자아이는 아버지 쪽을 닮는다는 것은 속설이라고 해도.

자기 아이라고 간주하는 인형에 '헤노헤노모헤지'라는 성의 없는 얼굴은, 실력이나 애정 중 어느 한쪽이 너무 없다고 생각했는데 아버지 대신인 인형을 흉내 낸 것이었다면… 하지만 그렇게 되면 아버지 인형의 얼굴 조형이 그렇게 성의 없어진 이유를 해명해야만 한다.

실력인가, 애정인가.

부족한 것은….

"…애정으로 봐도 되겠지, 이 경우에는."

체류자격을 위한 날조결혼.

돈을 노리거나 명성을 노린 결혼이 아니라, 국적을 노린 서류상의 결혼이다. 혼자 힘으로 그 목표를 성취한 이에스미 준교수는, 아마도 배우자의 얼굴 따윈 몰랐을 것이다.

적어도 2년간은 키우려고 했던 이이에짱 인형과 달리, 아버지 인형에는 이름조차 붙어 있지 않았다.

원했던 것은 호적뿐인가.

"그림을 잘 그리지는 못하더라도 서툴게나마 그릴 수는 있다, 라는 말은 어차피 그림에 소양이 없는 녀석의 역설일 뿐이겠지만…. 이상적인 남성의 얼굴을 그린다, 라는 생각을 할 수는 없었던 걸까?"

"이상 따윈 없었겠지. 정말."

가정을 가진 인간을 가장하기 위한 시뮬레이션이라고 편지에는 적혀 있었지만… 당연히 그 이상의 의미가 있다고 생각하고 있었다.

애착이라든가, 노스탤지어라든가, 그렇게 하지 않을 수 없었던 어떠한 특별한 이유가. 하지만 정말로 그것이 범죄행위를 위한 작업이었다고 한다면, 확실히 그곳에 이상은 필요 없다.

방해물이라고 해도 좋다.

그런 시뮬레이션조차, 그녀는 실패했다는 이야기가 되지만….

"딸을 사랑할 수 없게 되기 이전에, 남편을 사랑할 수 없었다는 이야기가 되는 걸까. 좀 더 깊이 생각하자면 부모님을 반면교사로 삼았던 것일지도 몰라…. 아버지와 어머니의 강고한 인연이 있었기에, 오랜 세월의 감금이 성립했다고 한다면."

"…이이에짱 인형을 사랑하기 위해서, 아버지 인형과는 가정 내 별거를 했다? 어쨌든 상대가 인형이라면 진짜 별거는 할 수 없다고 해도…."

곰돌이 인형과 달리 옥상으로 던져 버릴 사이즈도 아니다…. 계속 우리 안에서 자라 '집 밖'을 몰랐던 이에스미 준교수에게, 그 333호가 자기 영역의 전부였던 것은 필연이었는지도 모른다.

과거의 키타시라헤비 신사 급으로 괴이한 것들이 모여드는 장소로 변한 자택. 정념이 소용돌이치는 3LDK.

가정 내 별거라는 것은 결코 미스터리 소설 같은 서술트릭이 아니라, 부모의 인연밖에 모르는 그녀에게는 그것이 생각할 수 있는 최대의 별거였다고 한다면… 기가 막혀서, 망연자실하게 된다.

"그렇게 할 수밖에 없었다고는 해도, 그런 인연을 우리 속에서 부순 것이 이에스미 준교수의 그 후의 인생을 결정지은 것일까. 스위스를 떠난 것은, 어머니로부터 도망치기 위해서라기보다 죄책감으로부터 도망친 것일지도 모르고."

아버지에게 등을 찌르게 한 것이 정말로 5년에 걸친 큰 소원의 성취였다고 해도 그렇다…. 그 후에 어머니가 아버지를 죽이게 만들거나, 어머니를 도주범으로 만들고 싶었던 것은 아닐 것이다.

"…아아, 그런가. 우선 그것을 물어봐야 했네. 옥상에서 이에스미 준교수에게 물어보고, 확실한 답을 얻을 수 없었던 수수께끼인데."

20년은 고사하고 2년도 버티지 못했던 시뮬레이션. 이이에짱 인형을 계속 사랑하는 것이 어려워지고, 가정 내 별거를 하게 되고, 끝내는 아동방치에까지 이른 것은, 현실과는 다른 형태의 배드 엔딩이었다고 하자. 다만 '재현 현장'과 현실과의 차이로서….

"아버지 인형의 얼굴을 찌른 것은 누구야? 이이에짱 인형을 찌른 것은… 이에스미 준교수라고 생각해도 되는 건가?"

인형 제작이 공동작업이 아니라 그녀의 단독 제작이었다고 한다면, 인형학대와 인형살해에 관해서도 오기 군의 추리는 크게 빗나간 것이며, 동일범의 소행이었다고 추측해야 하는 건가?

그 후배와 이야기한 것이 계기가 되어서 나는 그 후의 행동에 나선 것이니까, 진위나 옳고 그름은 이제 와서 어떻게 되어도 상관없다고 할 수 있겠지만….

"그 부분은 평범하게 생각하면 되는 거 아닐까? 아라라기 군이 처음에 생각했던 대로."

하네카와는 그렇게 말했다.

"요컨대 아버지 인형이 이이에짱 인형의 등을 찌르고, 이이에짱 인형이 아버지 인형의 얼굴을 찔렀다고."

"…전혀 평범하지 않지 않아?"

생각했던 대로고 뭐고, 내가 생각했던 것 전부와 비켜 가고 있는 것 같은데… 그래서는 스위스 때의 재현도 안 되는 거 아냐?

이이에짱 인형을 찌른 사람이 이에스미 준교수가 아니라고 생각한 것은 어디까지나 '별거 중의 남편'이 실존한다고 생각했을 무렵의 이야기고, 움직이기 시작한 이이에짱 인형이 아버지 인형을 찌른 거라고 생각한 적도 확실히 있었지만, 그 편지를 읽고서 333호가 사건 현장의 재현이었다고 해석한다면, 얼굴을 찌른 것은 이에스미 준교수라고 추측해야 한다.

아버지 인형이 움직여서 이이에짱 인형을 찔렀다는 생각은… 뭐, 억지 부릴 수 없는 건 아니다… 오노노키가 아버지 인형을 침대째로 파괴한 것은 그 인형이 움직이기 시작할 것을 경계한 '만일을 위해서'였다.

그때, 아버지 인형이 이미 '움직였다'고 생각하는 것에 무리는 없다… 오히려 과도가 얼굴에 꽂힌 것으로, 그 봉제인형은 '움직이지 않게 되었다'라고도 생각할 수 있다….

그러나 더욱 생각을 진행하면, 이에스미 준교수가 재현하기 위해서(?) 얼굴을 찌른 것이라면, 그 시점에서 이이에짱 인형은 등에 과도가 꽂혀 있어야만 한다.

시계열이 뒤틀린다.

풍선 아트처럼 뒤틀린다.

나는 등에 과도가 꽂힌 이이에짱 인형을 보았다. 즉, 과도를 보았다. 그 시점에서 과도는 베이비 룸에 있었던 것이다.

이에스미 준교수가 계속 대학 건물 옥상에서, 우리에 갇힌 것처럼 꼼짝하지 않고 우회적인 자살을 시도하고 있었던 것 이상으로, 그 과도를 뽑아서 옆방의 아버지 인형을 찌르는 것은 불가능했을 것이다.

원격 조작 트릭?

천의 괴이를 이용한다면 불가능하지는 않을까… 하지만 나의 재킷이나 스키 모자는 물론이고, 옷장 안에 걸려 있던 자신의 의복이나 카펫은 물론 이이에짱 인형조차도 이에스미 준교수의 컨트롤 아래 있었다고는 도저히 생각되지 않는다.

공격도 극히 원시적이었다.

확실히 하네카와의 말대로, 유일하게 고도의 학습능력을 보였던 이이에짱 인형이 수상하다고 하자면 수상해지는데… 그래서는 정확한 재현이 되지 않게 된다.

정확히 재현할 필요 따윈 없다고 하면 할 말이 없지만… 애초에 나라가 달라진 시점에서 완전한 재현은 되지 않는 것이니….

"그렇게 복잡하게 생각하지 않아도 돼. 일단, 재현이 어디까지나 올바르다고 가정하자. 그러면 무엇이 올바르지 않은 것이 될까?"

"…그건."

이 상황에서 올바르고 올바르지 않고를 논하는 것이 이미 올바르지 않다고 말하는 것은, 역시나 지나친 트집 잡기일까.

"편지의 내용 쪽이 잘못되어 있다는 거야? 하지만 대화문이 아니라 지문으로 적혀 있었는데?"

"추리소설의 트릭에 익숙한 독자처럼 말하지 마. 이야기가 나온 김에 말하자면, 피해자의 의견은 전부 신용할 수 있다는 말도."

그 말은 입이 찢어져도 할 수 없다.

지문이고 뭐고, 원래부터 편지의 내용은 몹시 의심스럽다. 사실무근은 아니더라도 그것은 하늘로 올라가기 위한 문장이니까.

원래부터 위아래가 뒤집혀 있다.

학대하고 있는 이이에짱 인형을 정말로 자기 자식이라고 굳게 믿고 있던 것은 아니라는 말도 적혀 있었지만, 정말의 정말의 정말로, 이에스미 준교수가 그렇게 믿고 있지 않았는지 어떤지는 극히 의심스럽다.

알코올 중독 같은 것처럼, 자신의 증상을 인정하지 못하고 거짓말을 하게 되는 병도 아닐 텐데.

좀 더 말을 보태자면, 알고 있는 날과 알지 못했던 날이 있었을 것이다… 그야 그렇다, 나 같은 녀석도 컨디션이 좋은 날이 있거니와 컨디션이 나쁜 날도 있다.

편지를 쓴 날이 우연히 1년에 한 번 있는 베스트 컨디션의 날이었다고 해도, 우리에 가둔 채로 봉제인형을 방치한 그 사흘 전이 그것과 같은 컨디션이었으리라는 보장은 할 수 없을 것이다.

"4개 국어를 해독할 때에, 문맥에 오류가 생기는 경우도 있겠고."

"그건 아니야. 메니코는 결코 오독하지 않아."

"오오, 굉장한 신뢰네. 소개해 줘, 그 메니코 씨."

"어? 아, 응, 뭐, 조만간, 기회가 생기면."

"히타기에게서뿐만 아니라 나에게서도 보호하는구나, 메니코 씨를…. 대학에서 생긴 새로운 친구를 너무 보호하잖아. 과보호야."

하지만 **재현된 사건 현장이 올바르다고 한다면**, 편지의 내용은 어떻게 수정되게 되지?

우리에서 나온 이이에짱 인형이 아버지 인형을 죽인 것으로밖에 생각되지 않는 그 333호가 정답이라고 한다면….

"소아과 의사인 아버지를 죽인 것은, 등을 찔림으로써 우리에서 나오게 된 이에스미 준교수 본인이었다고 말하는 거야? 정당방위…."

아니.

그야말로, 복수인가.

"…하, 하지만 봉제인형이 봉제인형을 찌르는 것이라면 모를까, 책임능력도 없는 세 살 난 아이가 다 큰 어른을 죽일 수 있을 리가 없잖아?"

"봉제인형이 봉제인형을, 이라도 무리겠지. 게다가 책임능력도 없는 세 살 난 아이가 아니잖아."

스무 살을 먹은 어른이야.

라고, 하네카와는 잘라 말했다. 그랬다.

편지 속에는 20년간 아기인 상태였다는 듯이 서술되어 있었지만, 그럴 리가 없는 것이다…. 마치 전족처럼, 좁은 우리 안에서 키워졌다고 해서 성장이 완전히 정지된 것은 아니다.

살아 있는 이상, 성장하는 것이다.

내가 그랬던 것처럼.

"하지만… 하네카와…. 이것만은 말해야겠는데 말이지…."

그렇게 말하며 반론을 생각하면서도, 그러나 어찌하더라도 납득하게 되어 버린다.

아버지에게 배운 말로 아버지를 농락하며, 5년에 걸쳐 '죽여줘요'라고 부탁해 왔던 외동딸. 그 최종 목적이 등을 찔리는 것이 아니었다고 한다면?

등을 찔리는 것은 도중의 경과이고.

그렇게 하는 것으로, **날붙이를 입수하는 것이야말로** 목적이었다고 한다면… 이보다 딱 맞아떨어지는 것은 없다.

만약 그 밖에 이 이상으로 딱 맞아떨어지는 것이 있다고 한다면, 어머니가 도망친 것은… 아버지를 살해한 범인이기 때문이 아니라, 딸의 복수로부터 도망치기 위해서라는 가설 정도다.

딸에게 살해된 아버지를 보고, 도망쳤다⋯. 20년간에 걸쳐 계속한 딸의 육아를, 간신히 포기했다.

"어머니의 동향에 대해서는 다른 견해도 있지. 계속 도망치고 있는 것은 딸이 범한 죄를 감싸기 위해서⋯ 자신이 살인범으로서 계속 도망치는 동안에는, 딸에게 의심의 눈초리가 쏠리지 않으니까."

"⋯아직 사랑이 있다고 말하기라도 하는 거야?"

"사랑이 없더라도 자식은 자라는 법이야. 나처럼."

마치 태도를 바꾸듯이 그렇게 말하고는,

"세 살이든 스무 살이든, 그때의 이에스미 씨에게 책임능력 같은 건 없지만."

하네카와는 그렇게 말을 이었다.

그야 설령 정당방위가 아니더라도, 스위스의 법률이든 일본의 법률이든 그 일에 관해서는 재판할 방법이 없다.

설령 그녀가 불법으로 국립대학에 잠입한 가짜 교사이며 집행유예 없이 수감될 만한 중죄인이라도, 그 건에 관해서는 무죄다. 20년간 감금당하고서, 그 누가 정상으로 있을 수 있겠는가. 나 같은 녀석은 반시간 만에 항복했다.

하물며 이에스미 준교수는 그 '정상'을, 태어나서 지금까지 한 번도 부여받지 못했던 것이다⋯ 거짓말을 해서라도 획득하고, 습득할 수밖에 없었다.

'정상'을 잃은 상실감이라면 나도 몇 번이나 맛보았지만⋯ 처음부터 정상이 없다는 것은, 어떠한 심경일까?

20년간 계속 감금당해서….

"…그리고, 최후에는 그 부분이지. 가장 큰 수수께끼는."

"가장 묻고 싶은 것을 가장 마지막에 가져오는 건 아라라기 군의 고등학생 시절부터의 버릇이지."

"그래, 겁쟁이니까. 답을 듣는 것이 무서워."

"묻기 전에 이미 답을 알고 있기 때문 아니야? 하지만, 하세요. 아라라기 군에게 질문 받는 거, 엄청 좋아하는걸."

"아라라기 군, 엄청 좋아하는걸? 그렇게까지 말한다면야 어쩔 수 없지. 최후의 질문을 할 수밖에 없게 되었어."

"그 조크는 현재의 거리감을 넘어서고 있다고 생각해. 지금 것은 히타기에게 메시지로 보내겠습니다."

으~음. 거리감 조절이 어렵다.

히타기하고는 어떤 느낌으로 대화하고 있는 걸까, 하네카와 씨.

하지만 경쾌한 대화로 자리도 무르익은 참이니….

"기본적으로, 인간을 아기 무렵부터 20년간 먹지도 마시지도 않게 하고 감금하는 것이… 가능해?"

아동학대에 자세하지 못한 나는, 물론 육아에도 자세하지 않다…. 육아남이라니, 건방진 소리였다. 하지만 아무리 무지하더라도 아기라는 생물이, 아주 사소한 실수로… 실수 같은 게 없더라도 금방 죽어 버릴 정도로 연약한 존재라는 것 정도는 알고 있다.

그 상태를 20년간 유지한다?

아버지가 소아과 의사였기 때문이라는 것만으로는 역시나 설득력이 부족하다…. 그렇다기보다 굳이 아버지의 직업을 적는 것으로 그 의문점을 덮고 밀어붙이려는 분위기도 그 편지에서는 느껴진다.

심장의 발육이 좋지 않아서 중요한 혈관이 날붙이에 찔리지 않았다는 설명도, 어쩐지 코믹한 느낌이라고 할지… 그런 컨디션이었다면 오히려 찔린 상처의 출혈만으로도 죽는 거 아닐까?

어디까지 의도적으로, 어디부터 무의식적으로 이에스미 준교수가 그 편지를 각색하고 있었는지는 선명하지 않지만… 아버지가 소아과 의사고 어머니가 아동복 패션 디자이너라는 말도 거짓말일지도 모른다는 생각까지 든다. 그 직업은, 조부모가 벌룬 아티스트였다는 말 정도로 너무 잘 맞아떨어진다.

"거기까지 의심하기 시작하면 아무것도 믿을 수 없게 되는데… 하지만 그 점에 대해서는 나도 아라라기 군과 같은 생각이야. 오노노키풍으로 말하자면 '처음으로 당신과 의견이 맞았네' 겠네."

오노노키의 경우와는 달리, 어쩌면 그것은 정말로 처음일지도 모른다…. 거리감 조절 실수로 지금까지 계속 엇갈리고 있으니, 의외로 여기서도 의견이 맞지 않는 게 아닐까 하고 대비한 나였지만,

"응. 괴이화했다고 생각해. 이에스미 씨 본인이."

그렇게 하네카와가 말해서, 안도했다… 아니, 그 내용 자체는

도저히 안도할 만한 것이 아니다.

괴이화.

이이에짱 인형이 괴이화한 것처럼.

아버지 인형이나 나의 방한복장, 이에스미 교수의 의복이나 카펫이 괴이화했던 것처럼, 우리가 곰돌이 인형을 눈알 달린 괴이로 만들었던 것처럼.

이에스미 준교수 자신이 부모에 의해 괴이화되었다고 한다면, 스무 살까지 아기로 계속 있을 수 있다.

가능하고말고.

어쨌든 나는 600살의 유녀를 알고 있다.

스물한 살의 소녀도, 100년간 사용된 동녀도 알고 있다. 그러니까 스무 살의 아기가 있어도 앞뒤가 맞지 않는다고는 생각하지 않는다.

그녀 자신이 괴이였다고 한다면 그 영역인 333호에서 불가사의한 괴이화가 계속 발생하지 않는 편이 이상하다. 자기방위본능에 근거한 면역세포처럼, 두 명의 불법침입자가 습격해 오지 않았더라면 오히려 사보타주하고 있다고 생각할 것이다.

그것은 당연한 프로텍트다.

아둔한 내가, 그래도 늦지 않게 찾아갈 수 있었던 것… 요컨대 이에스미 준교수가 대학 옥상에서 일주일 가까이 음식을 섭취하지 않았으면서도 죽지 않았던 것도, 그것으로 설명이 된다.

그녀가 반쯤 괴이라면.

그 방법으로는 하늘에 오를 수 없다.

괴이에게는 천국도 지옥도 없는 것이다.

"부모에게 감금당하고 우리 안에서 옷 갈아입히기 인형 취급을 계속 받아 왔다, 라는 것은 충분하고도 남을 정도로 괴이화의 요건을 채우고 있어. 어디까지 거짓말인지 모르겠지만… 이것만은 절대, 본인에게 자각이 없겠지. 우리 밖으로 나간 뒤에는 능력을 사용할 기회 따윈 없었을 것이고… 자유롭게 스킬을 사용할 수 있었다면 중죄를 범할 필요는 없었을 테지. 그 죄가 발각당할 듯한 상황이 되자 방위본능이 이쪽저쪽에서 폭주했다는 느낌이고…."

그렇지만… 나나 오노노키가 이따금씩 하는 불법침입이 좋은 예인데, 범죄란 것은 기본적으로 정당한 수속을 건너뛰고 반칙을 해서 일을 쉽게 진행하기 위한 것이 아닌가? 본래 당연히 얻을 수 있어야 하는… 그렇다, 인권 같은 것을 획득하기 위해 이에스미 준교수의 피땀 어린 노력이 범죄에 쏟아졌다고 생각하면 참으로 답답한 노릇이다.

부모뿐만이 아니다. 세상도, 법률도, 윤리관도, 규정도, 모두가 그녀를 업신여겼던 것이다.

여럿이 함께, 학대했다.

물론 전원이 나쁘다는 식의 분산은 연대책임으로 보이게 만든 책임회피다…. 당연히 힘이 되어 주는 아군도 있었을 것이다. 재활에 관해서는 물론이고 범죄행위에 대해서도, 같은 편이 되어 주는 누군가가 없으면 성립되지 않는다. 하지만 이렇게 동정적인 말을 줄줄이 늘어놓고 있는 나도, 분명 어딘가에서 노력하고 있는 누군가를 학대하고 있다.

자각 없이.

관계하는 법이 다르면, 관계하는 때가 다르면, 상대가 손윗사람이 아니면, 친구와 싸우고서 기분이 나쁘거나, 배가 고프거나 해서 짜증이 나 있거나 하면. 예를 들어 책임능력이 없더라도 부모를 해친 죄는 도의적으로 속죄해야 한다든가, 엉뚱한 착각으로 국외로까지 도망치는 것은 과한 행동이라든가, 시간은 걸릴지라도 제대로 된 방법으로 취업비자를 취득하면 좋았을 것이다, 라는 이야기를 해 버리고 말 것이다.

무자각적으로.

"응. 무자각. 이것만이라고 할지… 역시 전부, 무자각이야. 설령 그 사람이 아버지를 죽인 범인이고, 어머니가 사실은 살인범이 아닌 것을 알고 있었다고 해도, 그 사람은 그것을 인정하지 않을 거라고 생각해…. 자아를 유지하기 위해서, 자아를 포기한다. 옥상으로 버리는 것처럼. 자신에 대한 거짓말이 너무 교묘해서, 완전히 속고 있는걸."

하네카와가 말하니 무게가 다르다.

하네카와로부터 하고로모에게 향하는, 깃털처럼 무거운 말이다.

괴이화하는 것으로 연명했다고도 말할 수 있겠지만, 그러나 살아 있는 인간을 괴이화시키는 그 정념의 출처가 부모의 애정이었다는 것은, 정말 구제할 도리가 없다. 그녀를 죽게 만들 뻔한 원인이 그녀의 목숨을 구하기도 했다. 자살도 할 수 없을 정도로.

그 이야기를 하자면 연구실에서 처음 이야기를 나누었을 때, 딸을 학대하고 있다고는 쉽게 믿을 수 없을 정도로 제대로 된 착실한 어른으로 보였던 것은 그 입장에 켕기는 것이 있었기 때문에, 오히려 과도할 정도로 착실한 사람으로 보여야만 했기 때문에… 이것도 저것도, 내가 싫어하는 '불행을 추진력으로'인가.

"천의 괴이, 잇탄모멘*이나 시로우네리*처럼 몸에 찰싹 달라붙는 타입의 요괴일까. 패브릭 같은 개념을 조작하는 파워는, 패션 디자이너인 어머니에게서 계승된 재능일지도. 스코틀랜드에서는 타탄체크 무늬가 곧 집안을 나타낸다고들 하지. 뭐, 나도 나 자신이 사와리네코가 되어 있을 때는 꿈으로도 악몽으로도 생각하지 않았는데, 그래도 본인이 그것을 인식하지 않는 것은 성가시지."

"성가신 게 아니야. 유일한 구원이잖아."

우리에서 나와서 간신히 인간이 되었다고 생각했을 텐데, 그렇지 않았다는 걸 안다면… 그때야말로 이에스미 준교수는 사는 것을 그만두겠지.

그것을 말릴 자신은, 나에게는 없다.

"반대로 생각하면 본격적으로 전문가의 차례라는 얘기야…. 가엔 씨라면 능력만 잘 봉인해 주겠지."

※잇탄모멘(一反木綿) : 약 11미터 정도 길이의 흰 면직물 같은 형태의 요괴.
※시로우네리(白うねり) : 낡은 천으로 만들어진 용처럼 생긴 요괴.

정말이지, 최고다.

그 붙임성 좋은 누나와 순조롭게 인연을 끊었다고 생각했는데, 계속 빚만 늘어 간다…. 빚을 갚을 기회를 잃은 것으로, 말도 안 되는 이자만이 계속 쌓여 가고 있다고.

이대로는 대학을 졸업한 뒤에 거액의 변제에 몰리게 된다. 함정에 빠진 것을 이제 와서 깨달아 봤자 행차 뒤의 나팔이다…. 그러나 4년을 기다릴 수 있다는 것은, 역시 어른이구나. 그런 옷차림을 하고서도.

번듯한 어른, 인가.

"전문가라고 하자면 아라라기 군이 이번에 처음부터 오노노키와 페어로 임한 것은, 의외로 베스트 매치였다는 얘기구나. 나이스 버디. '바뀐 아이'라든가 '움직이는 인형' 같은 것이었다면 확실히 오노노키의 전문 분야 밖이었겠지만, 불사신의 괴이는 그 아이의 스트라이크 존 한복판이잖아?"

그 착안점은 신선하다.

이에스미 준교수를 불사신의 괴이라고 표현하는 것은 조금 난폭하다는 기분이 들지만, 하지만 20년에 걸쳐 '성장하지 않고' '죽지 않았다'는 실적은 불로불사라고 말해도, 확실히 전혀 과언이 아닐지도 모른다.

그렇다면 더욱 카게누이 씨에게 알려지기 전에 결판을 내야만 한다. 정의의 폭력음양사는, 아버지 살해의 죄만으로도 이에스미 준교수를 심판하려 들지도 모르는 유일한 사람이다.

대체 과거에 무슨 일이 있으면, 그렇게까지 불사신의 괴이를 싫어할 수 있을까… 내가 그걸 아는 날이 과연 올까. 오노노키를 만들고서 받은 저주에 관련이 있던가?

"그건 그렇고 아라라기 군. 마침 오노노키의 화제가 나온 참에, 슬슬 알려 줄래? 가볍게 나중으로 돌렸는데 오노노키에게 무슨 일이라도 있어?"

마침 오노노키의 화제가 나오고 뭐고, 하네카와가 약간 고집스럽게 시체 인형의 레일 위에 광차鑛車를 얹은 것뿐인데… 고등학교 시절에는 이런저런 일들이 있었지만, 이러쿵저러쿵하면서 하네카와와 오노노키에게 직접적인 접점은 없었을 텐데.

만난 적도 없는 동녀를 걱정하다니, 정말 어른스러운 반장이다.

그것에 비해 나는 어른이 덜 되었다.

절차가 있기 때문이라고 말했는데, 실제로는 그냥 말하기 어려워서 나중으로 돌린 것뿐이다…. 오노노키가 받은 처우에 대해서는 의뢰인으로서 책임을 통감하고 있으니까.

"눈알 달린 곰돌이 인형… 괴이를 멋대로 만들었다는 일로, 오노노키는 상상 이상으로 야단맞은 모양이더라고. 정말 무표정의 오노노키가 흐느껴 울지 않을까 싶을 정도로 야단맞은 것 같아. 상상 이상으로라고 할까, 나에겐 상상도 되지 않지만, 가엔 씨가 진짜로 폭발했대."

"그, 그 가엔 씨가?!"

오노노키와는 어떨지 몰라도 가엔 씨와는 면식이 있는 하네카와는 당황한 듯이 몸을 앞으로 내밀었다. 나는 간신히 하네카와를 놀라게 만드는 데 성공한 것이다.

서프라이즈.

가능하면 나의 성장한 모습으로 놀라게 만들고 싶었지만… 뭐, 마음은 이해한다.

나도 그 누나에게 혼나거나 야단맞거나 한 적은 있지만, 폭발하게 만든 적은 없다.

"가엔 씨 비슷하게 생긴 성숙한 여성이 실린 참고서를 들켰을 때에도, 나를 혼내지 않았었는데."

"그 사실을 안 내가 아라라기 군을 혼낼 것 같지만, 지금의 나에게 그럴 권한은 없으니까 내버려 두고 이야기를 계속 듣도록 할까. 오노노키, 어떻게 된 거야? 설마… 처분되었다든가?"

하네카와는 반쯤 웃으며 농담처럼 말했지만, 솔직히 그렇게 되어도 이상하지 않았을 것이다. 그렇다기보다, 그 '처분'을 피하기 위해서 가엔 씨는 자기답지도 않게 엄청 격노한 모습을 보였다는 것도 미루어 짐작할 수 있다.

만약 카게누이 씨가 그 사실을 먼저 파악했더라면, '소유자'로서 그녀는 자신의 식신을 처분해야만 했을지도 모르는 것이다…. 공교롭게도, 오노노키가 말했던 대로 살처분까지 포함한 책임을 카게누이 씨는 지고 있다.

과장스러운 퍼포먼스로 폭발한 것이라고 생각하면 그것은 가엔 씨'다운' 자상함이라고도 말할 수 있지만… 자상함도 분노도 커뮤니케이션의 도구로 삼는 그 사람의 스타일은, 역시 나와는 양립할 수 없는 것이 있다.

그렇다고는 해도 가엔 씨는 오노노키뿐만 아니라 그런 나까지 옹호해 주었을 테니, 이번에는 그 방법에 찬동하지 않을 수 없다…. 그것에 더해서 이에스미 준교수를 무해화하는 작업의 수배까지 부탁해야 하게 된다면.

100억 엔 정도일까?

내가 가엔 씨에게 지고 있는 빚의 총액.

마치 변제를 마친 하네카와에게 빚쟁이 왕의 배턴을 넘겨받은 것 같다…. 어찌할 도리가 없는 릴레이다.

"…그러면 오노노키는 따끔하게 설교를 듣고, 그것으로 무죄 방면이고 벌은 안 받는 거야?"

"설마. 당연히 눈에 보이는 처벌은 필요해서, 한동안은 문제의 그 한쪽 눈을 몰수당하게 되었어."

설마 정말로 안대 캐릭터가 되어 버릴 줄이야… 너무 눈에 잘 띈다구요, 가엔 씨.

그리고 그것뿐만이 아니다.

상황이 진정되면 언젠가 돌려받게 될 한쪽 눈의 몰수보다도, 나로서는 그쪽이 커다란 '처분'이었다.

"아라라기 가에서 철수하라는 명령이 내려졌어."

"음. 음음. 음음음?"

"나와 시노부에 대한 접근금지 명령… 현재 주어진 임무로부터 신속하게 빠지라는 처분이야. 즉, 장기간에 걸친 시체 인형 식객 생활도, 이것으로 끝이라는 거지."

쓸쓸해지겠다, 라고 말하지 않으면 거짓말일 것이다.

그렇지만 원래부터 예정에 없던 장기체재였다… 올해 2월부터니까 약 반년인가?

그런 점이 가엔 씨의 교묘한 부분이라, 벌을 내리는 것으로 오노노키를 현 임무에서 해방한 것이겠지…. 페널티 박스로 보내는 것이 아니라, 아마도 그녀는 다음 임무로 향하게 될 것이 분명하다. 그만큼 유능한 식신을 언제까지나 내 곁 같은 곳에 파견해 둘 수는 없을 것이다.

아무런 문제도 없는, 내 곁 같은 곳에.

"흐음…. 처분을 당한 게 아니어서 안도했지만, 접근 금지 명령이라는 건 어쩌면 가엔 씨, 주위에서 영향을 받기 쉬운 괴이인 오노노키를 아라라기 가에 계속 배치하는 것의 위험성을, 이번 일로 뼈저리게 깨달은 걸까?"

"그런 건 처음부터 알고 있을 거야. 뭐든지 아는 누나니까… 우리 집을 위험지대처럼 말하더라도."

"위험지대잖아, 아라라기 군의 집은. 지뢰투성이라, 지뢰 위원장으로서는 본래, 내버려 둘 수 없다고."

지뢰 위원장이라고 불리고 있어?

나로서는, 간신히 나와 시노부의 집행유예 기간이 끝난 건가, 하고 좋게 해석하고 있었는데… 사령탑의 지모책모知謀策謀는 불명이다.

분명 진의는 세 개나 네 개… 백 개나 이백 개는 있을 것이다.

"그렇게 되어서, 오노노키와는 허그하고 바이바이야."

"허그는 하지 않았겠지."

하지 않았다.

바이바이도 하지 않았다…. 작별 대사를 부담스러워하는 오시노 메메의 성격을 물려받은 것은 아니겠지만, 지금 이야기한 사정을 설명한 뒤, 긴 이야기 중의 휴식 시간에 잠깐 근처의 가게에 아이스크림을 사러 가는 정도의 분위기로 시체 인형은 퇴거했다. 딱히 '언리미티드 룰 북'으로 화려하게 떠나기를 바랐던 것은 아니지만… 뭐, 애초에 화려하게라도 수수하게라도 오노노키가 떠나기를 바란 것은 아니고 말이지.

그러니까 좋다고 치자.

딱히 이번 생의 이별은 아니다.

어차피 나에 대한 감시가 완전히 풀릴 리도 없고, 오노노키와는 서로 불사신 같은 존재다.

100년 뒤에, 어딘가에서 딱 마주치는 일도 있겠지.

"그렇다고는 해도 임무에서 해방된 오노노키는, 이후에 한쪽 눈을 잃은 데다 아라라기 가 이상으로 가혹한 임무를 부여받게 되겠고… 정말, 이렇게까지 아무도 행복해질 수 없는 결말도 드물겠어."

"유감이네. 수수께끼 풀이로는 그리 후련해지지 않은 모양이야. 나는 낙심한 아라라기 군을 보기 위해서 귀국한 건 아닌데."

그러면 내가 행복하게 해 줄까?

라고 심술궂게 미소 짓는 하네카와.

고양이처럼.

"…고약한 조크네. 네 쪽에서 거리감에 실수하는 일이 있겠어? 한쪽 눈을 몰수당한 오노노키에게 감화되었다고 해도, 내가 지뢰라면 지금 것으로 꽝 하고 터졌을 거라고. 여차하면 내가 히타기에게 메시지를 보낼까?"

"조크라니, 쇼크네. 무엇을 감추겠어, 나는 아라라기 군을 구하는 것의 전문가인데?"

"나를 구하는 것의 전문가라니… 정말 별난 전문가도 다 있네. 네가 내 베이비시터냐고. 그렇게까지 말한다면, 좋아, 후의를 받아들여서 여기서는 도움을 받도록 할까."

"생각해 보라니까? 아라라기 군을 우리에 가두고 튀어 나간 하늘을 나는 담요가, 그 뒤에 어디로 가 버렸는지."

"글쎄…. 괴이화했던 것이 이에스미 준교수고 봉제인형은 어디까지나 권속이었다면, 언젠가 타임아웃으로 평범한 담요로 돌아갔을 테지만. 현실을 재현한다고 한다면 오히려 지금쯤 스위스에 있는 거 아닐까? 어머니로부터 도망치듯이 일본으로 온 어머니처럼, 어머니로부터 도망치며."

"그게 아니면 경찰병원에 입원한 이에스미 씨 곁에 도착해서, 죽은 것처럼 잠든 그 사람의…."

"목을 조른다?"

"…가슴께에 담요처럼 덮여 있다든가? 마치 아기가 어머니에게 안겨들듯이."

"…하네카와, 그건."

오늘 나온 것 중에서 가장 인정할 수 없는 가설이었다. 가설이라 부르는 것도, 착상이라 부르는 것조차 인정할 수 없다.

혐오감이 느껴지기까지 한다.

그렇게 억지로 만들어 낸 듯한, 억지로 갖다붙인 듯한 '행복하게 살았답니다'라는 느낌의 엔딩에 어디의 누가 공감할 수 있다는 거지? '아이를 사랑하지 않는 부모 따윈 없다'가 사랑 없는 말이라면, '아이에게는 부모가 전부'도 사랑 없는 말이다. 설령 어머니를 쫓아가는 것이 아기의 본능이라고 해도… 그리고 그 아기가 꼭 끌어안듯이 담요가 목을 조르는 편이, 교과서에 신고 싶을 정도로 훨씬 건전한 마무리다.

"있을 수 없어. 베드사이드 스토리와는 거리가 먼 우리가, 과거에 한 번이라도 그런 의의意義 있는 해피엔드를 본 적이 있던가?"

"그렇기에, 슬슬 그런 일이 있어도 괜찮잖아. 시뮬레이션에서는 이상을 추구하지 않으면 현실이 잔혹해질 뿐이거든?"

그건 그렇다.

시뮬레이션에서 자신이 아는 현실을 철저히 재현한 이에스미 준교수는, 그렇기에 부부생활에도 아이 기르기에도 실패했으니까. 현실에서 배우는 한 현실밖에 낳을 수 없다…. 제한 없는 재현의 반복이다.

없더라도, 가지고 있지 않더라도, 가져야만 하는 것이 이상理想이다.

설령 최선을 지향하며 최악이 되는 것이 세상일이라고 해도… 최선을 지향하지 않는 한, 차선조차 되지 않는다.

"그렇지만, 그렇다고 해도 너무나도…."

"아니, 아니. 나는 진심으로 말하고 있는 거야. 그런 세상에 공헌하고 있다고 생각하고 싶은걸. 학대가 학대를 낳는 부負의 연쇄를, 이이에짱 인형이 멈춰 줬으면 해. 받아들일 수 없는 현실에는 또렷하게 싫다고 말해 줬으면 해. 이에스미 씨가 바랐던 대로."

날개란 뜻의 츠바사翼라는 이름이 붙은 나에게는, 그건 불가능한 일이었으니까. 그렇게 말하고서 하네카와는 고등학교 시절 나의 가정교사를 맡고 있었을 무렵의 사명감을 지금 와서 떠올린 듯이,

"그러면 여기서 선택 문제입니다. 아라라기 군이 정답이라고 생각하는 쪽을 골라."

그렇게 문제를 냈다.

혹은 방과 후의 교실 안에 있던, 아주 성실한 반장처럼.

"초이스 A. 히타기가 없을 때 나하고 몰래, 뒤끝 없는 데이트를 한다. 초이스 B. 지금부터 함께 이에스미 준교수의 병문안을 가서, 담요의 유무를 확인한다. 어느 쪽이 정답일까?"

"…무슨 소리를 하나 했더니만, 난이도는 C네."

덕분에 살았어.

그런 이지선다二枝選多는, 아무리 나라도 틀릴 방법이 없다.

제5화 요츠기 새도

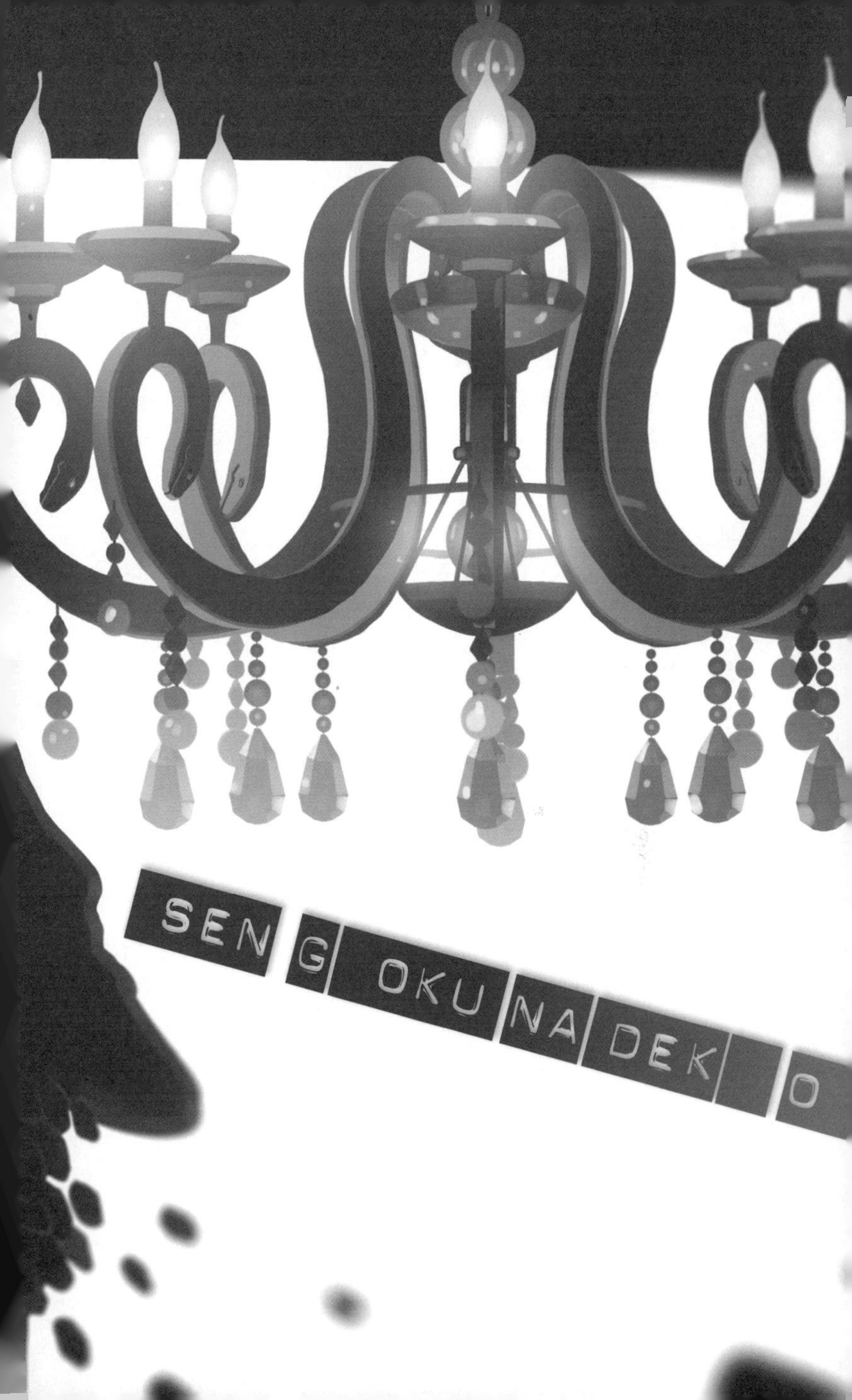
SEN G OKU NA DEK O

001

오노노키 요츠기와의 교제는 시작된 지 얼마 되지 않았습니다만, 그래도 그 아이에 대해서는 많이 알아 왔습니다.

겉모습은 열두 살의 동녀.

그 실체는 100년 사용된 시체의 츠쿠모가미.

무표정에 교과서 읽기 어조. 그러나 달변.

아이스크림 같은 차가운 간식을 좋아한다.

드라이아이스도 즐겨 먹을 것 같다.

불사신의 좀비로서, 불사신 괴이의 전문가.

성격은 변덕쟁이, 독설가, 거만한 태도.

필살기는 '예외 쪽이 많은 규칙, 언리미티드 룰 북'.

식신으로서 모시는 주인은 음양사 카게누이 요즈루 씨.

혹은 그 선배에 해당하는 가엔 이즈코 씨.

갑자기 창문으로 불법침입해 왔을 때는 당연히 당황했습니다만, 조심조심 접해 보니 하마평 정도로 의미불명인 아이도 아니라는 것이 지금의 제 감상입니다. '영문을 모르겠다'라는 것이 그 아이의 아이덴티티라면 굳이 그것을 무너뜨릴 생각은 없습니다만, 만약 그렇게 될 수 있다면 그 아이가 저에게 그런 것처럼 저도 그 아이의 이해자가 되고 싶다고, 최근에는 그렇게 생각하기도 합니다.

그런 말을 하면 싹 돌변해서, 아는 척하지 말라며 아이스크림처럼, 혹은 시체처럼 차갑게 내칠지도 모릅니다만, 별 문제 아닙니다. 뱀이란 생물은 집념이 강하거든요.

저주처럼 말이죠.

아라라기 가를 나오게 된 그 애는 필연적으로 저의 방에서 지내는 시간이 많아졌습니다만, 과연 앞으로 대체 어떻게 될 것인지. 기대하시라.

002

추측하기에 세상은 여름방학이라고 불리는 기간으로 이행한 것 같습니다만, 원래부터 등교거부에 오랫동안 히키코모리 생활을 보내고 있는 저에게는 전혀 관계가 없는 일입니다. 놀랍게도 중학교에 다니는 것이 어떤 감각인지, 이미 완전히 잊어버렸습니다. 이래서는 장래에 학원 러브코미디 만화는 그릴 수 없겠네요.

곤란하네, 곤란해.

그러나 그것은 만화가가 된다는 꿈을 이뤘다고 가정한 장래의 전망이며, 지금의 곤란한 일은 슬럼프라는 사치스러운 골인 지점에 도달하기 위한 도정공사입니다.

영차영차.

단적으로 말하면 (서류상의) 중학교 졸업과 동시에 태어나고 자랐던 마이 홈에서 쫓겨나는 것이 확정되어 있는 제가 리얼타임으로 직면하고 있는 '현실'은, 놀랍게도 거주지 찾기였습니다.

고등학교에 진학하지 않을 거라면 졸업한 뒤에는 직장에 다니며 자기 밥값 정도는 자기가 벌라고 부모님에게 선고받은 저는, 어찌어찌 그럴 견적을 내 보았습니다만(『분신 이야기』), 제가 제 나름대로 머니 플랜을 확립한 것을 알아차린 듯한 부모님은 졸업 후에는 당연히 자취를 시작해야 한다며, 지금까지 한 번도 듣지 못했던 새로운 클리어 조건을 출현시켰습니다.

연대 보증인도 직접 찾으라는 덤을 붙여서… 아뇨, 그건 이미 열다섯 살의 딸에게 부여해도 괜찮은 조건이 아니지 않나요?

너무 손바닥 뒤집듯이 바뀌잖아요.

확실히 저는 만화가를 지망하는 히키코모리에 그럭저럭 밥벌레입니다만, 마흔 살을 넘어서도 직장도 없이 본가에서 매일 빈둥거리고 있는 것은 아니라니까요?

징계권을 발동시키는 방법이 이상하잖아요.

그렇다기보다 졸업한 뒤에 일하는 것은 그렇다 쳐도, 열다섯 살 아이에 대해서 '졸업한 뒤에는 집에서 나가라'고 하는 것은, 민법이 아닌 형법에서도 아마도 위법일 거라고 생각합니다.

"그러니까 무리한 요구를 해서 네가 울며 사정하기를 기다리는 거라고 생각해. 학수고대하고 있을 거라고 생각해. 너의 부모님은."

오노노키쨩의 분석은 이렇습니다.

어째서인지 최근 맥시 기장의 원피스에 안대 캐릭터가 된 그 아이의 말에 틀림은 없습니다.

"이렇게 되면 쫓겨나는 조건을 클리어하더라도 계속해서 다음 트집을 잡을 뿐일 거란 기분이 들지. 네가 두 손을 들고 항복한 뒤에 풀이 죽어 중학교에 등교하게 되고, 고등학교에 진학하겠다고 결의하는 것을 만반의 준비를 갖추고 기다리고 있는 게 아닐까?"

"무시무시하네…. 그동안 어리광을 받아 준 것의 반동이 굉장해."

합법인지 위법인지는 둘째 치고… 그러나 뭐, 지금까지 스포일*하고 있던 만큼을 되찾으려고 하는 노력에 관해서는, 외동딸로서 인정해 주지 않을 수는 없겠지요…. 설령 제가 부모라도 자기 아이가 학력을 버리고 만화 그리기에 매진하고 싶다는 잠꼬대 같은 소리를 한다면, 이 방법 저 방법 전부 동원하지 않을 거라고는 장담할 수 없습니다.

"그렇게 어중간한 이해를 표명하는 것이 나데 공의 부모님을 거만하게 만들고 있다고 생각하는데 말이야. 그냥 때려눕혀 버려."

"가정 내 폭력! 그쯤 되면 말기 상태야."

"너는 아라라기 츠키히의 자기중심적인 행동을, 그런 의미에서는 본받아야 해."

이렇게 말하는 오노노키쨩도 사연이 있어 요전에 아라라기 가

※스포일(spoil) : ①망치다, 버려 놓다. ②(아이를)응석받이로 버릇없게 키우다.

에서 쫓겨난 모양입니다. 그대로 저희 집으로 왔습니다.

기쁩니다만, 너무 잘 따르네요, 저를.

"츠키히짱은 예외야. 걔는 초등학생 때 '자, 두 사람이 한 조를 만드세요!'라는 그 공포의 클리어 조건을 선생님이 제시했을 때, '혼자인 편이 더 잘 할 수 있어요'라고 반론한 적이 있어."

"어두운 에피소드가 끊이지를 않네, 그 불사조."

참고로 오노노키짱은 명목상 데생 모델로서 (지금으로서는) 우리 집을 찾아오고 있으므로, 현재도 절찬 포징 중입니다… 명화 시리즈인데, '그랑드 오달리스크'의 포즈입니다.

등이 크게 파인 원피스에서 엿보이는 척추의 뒤틀린 형상이, 진짜 끝내주는 것이 참!

"그래서, 어떡할 거야? 백기를 들 거야? 나는 너에게 '일'을 중개해 줄 수는 있지만, 확실히 돈만은 어떻게도 안 되는 문제가 있지."

"설마. 포기하지 않아. 만화가 지망생들의 셰어하우스 같은 게 있는 모양이니까."

"낯을 가리는 히키코모리가 어떻게 셰어하우스에서 살 건데."

"밤마다 만화 카페를 전전한다는 방법도 있어."

"경찰에게 계도당하는 것으로 끝난다면 그나마 다행인 축이야. 잊지 마. 너의 귀여움은 범죄를 유발한다고."

귀엽다는 말을 듣는 것은, 옛날에는… 지금도 좋아하지는 않습니다만 오노노키짱에게 듣는 것은 이상하게도 싫지 않네요…. 아마도 무표정에 교과서 읽기 톤이기 때문이겠지요.

나머지는, 그래도 진심으로 걱정해 주는 것 같다는 느낌이 전해져 오기 때문일까요…. 피해자에게 범죄의 원인이 있다는 듯한 표현은 기본적으로는 생각이 부족한 말입니다만, 확실히 명백한 위험에 스스로 발을 들일 필요는 없겠네요.

　함정수사가 되어 버립니다.

　"최악의 경우에 대비한 생각도 있어…. 만약 졸업할 때까지 갈 곳을 찾지 못했을 때는."

　"때는?"

　"츠키히짱에게 울며 사정해서 아라라기 가에 식객으로 들어갈 거야. 듣기로는, 소다치 언니가 옛날에 그랬대."

　"너무 최악이잖아. 아라라기 가를 셸터로 삼다니, 명백한 위험은커녕 암흑의 위험이야."

　오노노키짱이 일어섰습니다. 포즈 잡기는 그만두고 테이블 위에 올라가 팔짱을 끼고 떡하니 버티고 섰습니다… 맥시 기장의 원피스를 입고 우뚝 서기, 멋지네요.

　이것도 그림으로 남기고 싶습니다.

　"아라라기 츠키히에게 빚을 만들다니, 파멸을 원하고 있다고밖에 생각되지 않아. 애초에 귀신 오빠의 얼굴 따위, 나데 공은 더 이상 보고 싶지도 않을 거 아냐."

　부모님보다 제 걱정을 해 주고 있어요.

　착한 아이네요.

　좀 꼬여 있기는 합니다만.

　"아~ 응. 하지만 뭐, 이젠 됐다고 할까, 그런 것에 구애되지 않아도 괜찮을까 싶어서. 어떻게든 되겠지. 만나 버리면 만나 버렸구나 하고, 적당히 넘기면."

"담백하구나. 여자애구나."

그렇게 빤히 보이는 허세는 호감을 가질 수 있어, 라고 말하는 오노노키짱.

"다만 아라라기 가를 나왔다고는 해도, 나는 일단 귀신 오빠와도 친구거든. 나하고 교대해서 네가 식객이 되면 그 아동학대의 전문가가 불편해질 거라고 생각하니 가슴이 후련해져… 즉, 가슴이 아파."

"아동학대의 전문가?"

최근에 그렇게 불리고 있는 건가요.

여전히 활약이 많으신 모양이네요.

"오케이. 부모님의 귀찮은 꿍꿍이는 일단 나중으로 미루기로 하고, 주거 문제에 대해서는 내가 어떻게든 해 줄게. 조건 클리어로 시간을 버는 동안에, 친자대결의 대책도 뭔가 떠오르겠지."

"정말로 오노노키짱은, 나에게 정성을 아끼지 않는구나…."

정말 애써 줍니다, 어째서인지.

"착각하지 마. 너를 위해서가 아니야. 만약 네가 진짜로 아라라기 가로 이주하면, 그 집에 접근금지 명령이 떨어진 내가 더 이상 너와 놀 수 없게 되어 버리니까 애써 주는 것뿐이야."

"츤데레의 '츤'도 '데레'로 변하겠어."

그냥 '데레데레'입니다.

"물론, 편하게 놔둘 생각은 없어. 나는 너의 부모와 같은 실수는 하지 않아. 나데 공을 일하게 만들 거야. 돈도 집도 얻을 수 있으면, 일석이조 같은 거지."

"만화 취재도 겸할 수 있으려나?"

"그건 네가 하기 나름이지. 외출 준비를 해, 히키코모리."

003

"야아, 처음 뵙겠습니다, 센고쿠 나데코 씨. 저는 가엔 이즈코, 전문가들의 관리자, 뭐든지 아는 언니야. 센짱이라고 불러도 될까?"

외출 준비라는 말을 들어도, 저는 히키코모리 생활을 시작한 이래 거의 항상 운동복으로 생활하고 있으므로 특별히 몸단장을 할 필요도 없어서 그대로 나갈 수 있습니다.

저를 속박하는 드레스 코드는 존재하지 않는 것입니다.

그에 더해서 저는 외출을 꺼리는 타입의 히키코모리가 아니므로 외출 자체에 특별한 저항은 없습니다… 그래서 오노노키짱이 저를 어디에 데려갈 생각일까, 하고 조금 두근두근했습니다만, 마음의 준비 없이 가엔 씨와 만나게 되었습니다.

그 가엔 씨라고요.

지난번에, 드디어 만나는 건가 하고 준비했다가 바람을 맞아서, 이제는 한동안 만날 기회가 없을 거라고 방심하고 있었는데, 이런 급전개입니다.

오노노키쨩은 저를 놀라게 하는 것에 여념이 없네요. 참고로 데리고 온 곳은 수도였습니다.

'수도'라고 해도 도쿄는 아닙니다. 현청 소재지를 제가 그렇게 부르고 있을 뿐입니다. 초등학생일 무렵에, 뉴스나 신문을 읽고 도회지를 수도라고 부른다고 착각하고 있던 시기의 잔재이지요. '외국'이라는 나라가 있다고 굳게 믿고 있었던 것과 마찬가지입니다.

이동수단은 '언리미티드 룰 북'.

오노노키쨩의 허리춤에 달라붙은 고도고속이동입니다.

"귀신 오빠와 달리 근성이 있네, 너. 그 로리콘, 이동 직후에는 축 늘어져서 못 봐줄 정도였다고."

저에게 자상한 만큼, 저쪽에 엄하네요.

일단 저는 한때 신이었던 적도 있고, 최근에는 이런저런 단련을 하고 있어서, 오노노키쨩의 이동에 달라붙는 정도는 할 수 있게 되었습니다.

교통비를 절약할 수 있어서 큰 도움이 됩니다.

그러나 이동한 곳에 갑자기 가엔 씨가 단신으로 기다리고 있던 것을 보면, 이 '면접'은 오노노키쨩이 그 자리에서 독단으로 떠올린 것이 아니라 아무래도 오래전에 사전 준비가 이루어졌던 모양이네요. 어째서 약속장소가 현대 아트 미술관 앞인지는 불명입니다만.

그건 그렇고, 가엔 이즈코 씨.

뭐든지 알고 있는 언니.

오시노 씨의 선배이자, 카이키 씨의 선배이자, 카게누이 씨의 선배…일 터입니다만, 확실히 말해서 그 세 사람보다 연하로 보이지요. 장신인 세 사람에 비해서 몸집이 작고, 그러면서도 오버 사이즈의 패션 때문일까요?

실제 이상으로 자신을 작게 보이려고 하는 구석이 있습니다.

오시노 씨는 확실히 서른을 넘겼을 터입니다만, 그러나 그 선배이면서 윗사람인 가엔 씨는 이십 대, 그것도 이십 대 초반이라고 해도 통할 것처럼 보이네요.

타고난 동안일지도 모릅니다만, 한편으로, 어쩌면 그 '젊음'은 이전에 오노노키짱이 말했던 '지혜의 저주'와 관계가 있는지도 모른다고 생각했습니다. 뭐, 무례한 분석은 이쯤 하고.

이 자리에서 감정받는 것은, 우선 제 쪽이니까요.

다만,

"센짱이라고는 부르지 마세요… 옛날 닉네임이거든요, 그거."

라는 말만은 해 두었습니다.

"아하하, 옛날을 떠올리는 거야? 코요미 오빠에게 푹 빠져 있던 옛날을."

히죽거리면서 상처를 후벼 파네요.

조금 츠키히짱 같습니다. 다만, 츠키히짱과 다른 것은 이 사람은 아마도 알면서 일부러 하고 있습니다.

확신범이겠지요, 이중적인 의미로.

…개인적으로는 모르고 하는 츠키히짱 쪽이 악질이라고 생각

합니다.

"그러면 나뎃코라고 부르자."

두 번째는 선택의 여지도 받지 못한 것을 보면, 첫 번째는 그냥 이야기의 서두였고 가엔 씨는 처음부터 그렇게 부르려고 마음먹고 있었던 모양입니다. 대화에 논리구조가 있네요.

나뎃코?

"나는 가엔 씨라고 불러. 불러 보렴? 얼른? 부끄러워하지 말고."

"가… 가엔 씨."

"좋았어, 이것으로 우리는 친구야. 과거의 응어리는 풀어 버리고, 사이좋게 지내자."

친구 승인이 한순간이었습니다.

과거의 응어리는 풀어 버리라니… 여기서는 다 이야기할 수 없을 정도의 응어리가, 저와 이분 사이에는 있을 텐데요.

제가 집 안에 틀어박힌 것은 제가 좋아서 하고 있는 일이므로, 굳이 다른 사람 탓으로 돌릴 생각은 없습니다만, 그러나 그 원인 중 대부분, 이라고는 하지 않더라도 2할 정도는 이 관리자 씨에게 있다고 생각합니다….

아니, 뭐, 서로 마찬가지일까요.

오노노키쨩에 의하면 저도 가엔 씨의 계획을 망쳐 버렸고, 저 때문에 가엔 씨는 후배와 절연하게 되었다고 하니까요.

그것을 물에 흘려보내듯 간단히 잊어 준다면 상쾌하겠지요. 뭔가 꿍꿍이가 있다고밖에 생각할 수 없을 정도로.

"바로 본론으로 들어가겠는데, 도와줄 수 있을까? 마이 베스트 프렌드. 너의 뛰어난 능력은 카게누이가 장담했고, 사람됨은 요츠기가 보증하고 있어. 이제 와서 시험할 생각은 없어. 빛나 줘."

실력 있는 아이돌 프로듀서 같은 멘트네요… 카게누이 씨는 그렇다 쳐도 오노노키짱은 저의 무엇을 보증해 주고 있는 걸까요.

그 애, 조금 전부터 모습을 감추고 있는데요.

"아하하, 요전에 살짝 심하게 야단을 쳤거든. 나에 대한 접근 금지 명령은 내리지 않았는데, 가까이 다가오지 않게 되었어. 미움받는 것은 좋아하지 않는데 말이야. 그렇지만 원래부터 그렇게 사람을 잘 따르는 식신이 아니었는데, 그것을 저렇게나 잘 따르게 만든 나뎃코는 그것만으로도 대단해. 꼭 그 실력을 빌려 줬으면 좋겠어. 물론 사례는 할 거야, 기브 앤드 테이크야."

"사, 사례라니…."

말은 제대로 하고 있는 걸까요, 저.

안 그래도 대화에 서툰데, 오랫동안 히키코모리 생활을 하느라 '처음 만난 상대와 대화한다'는 상황 자체가 신선합니다…. 앞머리로 시선을 가리고 있던 무렵과 달리, 똑바로 이쪽을 바라보는 가엔 씨로부터 도망칠 방법도 없고요.

"지낼 곳이 마땅치 않아서 난처해 하고 있잖아? 알아봐 줄게. 직업상, 부동산 업계에 친구가 많거든. 힘이 되어 줄 수 있을 거야."

직업상, 이라는 부분이 신경 쓰였습니다.

가엔 씨의 직업이라고 하면, 당연히 전문가겠지요. 각종 요괴의 오소리티.

"내 친구는 이 현내에 20동 이상의 집합주택을 소유하고 있는데, 무엇을 감추겠어, 이 건물도 그 사람이 경영하고 있는 맨션이야. 그래서 요츠기에게 너를 여기로 데려와 달라고 부탁했던 거야."

싱글거리며 그렇게 말하며 가엔 씨는, 현대 아트 미술관을 가리켰습니다. 네? 맨션? 현대 아트 미술관이 아니라?

자기도 모르게 두 번 보고 말았습니다.

이것이 수도의 감각⋯⋯!

"서, 설마 이곳을 소개해 주신다는 건가요?"

"아니, 아니. 그게 아니야. 이 맨션, 겉모습은 꽤 특이하지만 내부는 아주 훌륭한 주거지라, 나넷코의 지금 수입으로는 아직 지내도 괜찮을 만한 집세가 아니거든."

안도했습니다.

집세 운운하는 문제도 있습니다만, 건축기준법을 지키고 있다고는 생각되지 않는 이 건물에 살고 싶다는 마음은, 지금은 제로입니다. 설령 장래에 100만부 작가가 되었다고 해도.

"그건 그렇고 이 비상식적인 맨션에 관해서, 그 친구가 현재 작은 고민을 품고 있어서 말이야."

열사병에는 주의해, 라고 하면서 가엔 씨는 비스듬히 쓰고 있던 야구 모자를 벗어서 그대로 베리 쇼트인 저의 머리에 씌웠습니다.

호감을 살 만한 사람이네요.

"…그것을 후딱 해소해 줬으면 해. 그러면 그 친구가 소유하고 있는 것 중에서도 비교적 상식적인 집을, 아주 싸게 알선해 줄 거라는 계획이야."

004

시험할 생각은 없다느니 하는 말을 했습니다만, 이건 충분히 테스트라고 생각합니다. 히키코모리인데도 어째서 이렇게나 연이어서, 센고쿠 나데코는 조건이나 시험을 각 방면에서 계속 부과받는 것일까요.

문제의 집은 살던 사람이 이사 간 직후라는 느낌이었습니다. 그러네요, 안에 들어가 보니 가엔 씨가 말씀하신 대로 내부는 제대로 된 맨션입니다.

현대 아트가 아니라, 디자이너즈 맨션이라고 불리는 곳일까요…. 그중에서도 이 집은 럭셔리한 집인 모양입니다만, 다만 입실 전에 가엔 씨에게 들은 사정을 가미해서 음미하면, 텅 빈 집에서는 다른 맛이 생겨납니다.

어쨌든 이 집.

거주민이 세 사람 연속으로 목을 맸다고 합니다.

"…그러네요, 만화의 취재가 될지 어떨지는 확실히 저 하기 나름이네요. 여기서 제가 겁에 질려 도망쳐 버리면 취재가 되지 않고, 일석이조도 되지 않겠지요.

돌 하나를 던지고 끝입니다. 새삼 각오해야만 합니다.

생활의 양식을 얻기 위해 제가 선택한 세컨드 워크의 현장은, 괴담의 세계입니다. 그야 두려운 현장과 조우하게 마련이겠지요.

테스트 기간인 만큼 적당히 봐주는 편입니다. 목을 맸다고 해도 지금은 아직 사망자가 나오지 않았으니까요.

철저히 배려해 주는 사람이네요, 가엔 씨는. 그렇게 생각하면서 저는 높은 천장을 올려다봅니다. 그곳에는 샹들리에가 매달려 있고, 그 샹들리에에 다시 세 사람이 매달렸었다고 합니다.

다행히 어느 분이나 가족, 혹은 동거인에게 발견되어 목숨은 건졌다고 합니다만… 세 사람 연속으로, 라는 점이 핵심입니다.

처음에 살고 있던 A가家의 알파 씨가 목을 매고, 다음에 입주한 B가의 브라보 씨가 목을 매고, 그다음에 입주한 C가의 찰리 씨가 목을 맸다… 라는 흐름으로, 지금 이 집은 빈집이라고 합니다.

어느 세대나 한 집에 한 명이 목을 맨 직후에 이사했습니다. 마치 뭔가로부터 멀리 도망치듯이.

흠.

누군가가 목을 매는 일은, 있을 수 있겠지요.

설령 자살의 명소가 아니더라도 우연히 다른 누군가가 그 뒤를 잇는 일도… 하지만 세 사람 연속으로 그렇게 된다면, 기묘하지요.

기묘하고, 기괴합니다.

게다가 현재까지는 사망자가 나오지 않았습니다만, '다음 번'도 그럴 거라고 단언할 수는 없습니다…. 실제로 세 사람째는 상당히 위험한 상황이었다고 하니까요. 한때는 심폐정지 상태에 이르기까지 했던 모양이고….

"하마터면 사고물건이 될 뻔했던 거야. 그래서 입주하는 사람이 차례차례 자살미수를 달성하는 집에 난처해진 오너는 전문가에게 상담을 의뢰했던 거지."

자살미수를 달성했다는 것도 이상한 표현입니다만… 입주자가 차례차례 목을 매는 모습이라니, 확실히 괴이 현상입니다.

저주받은 집이네요.

감당이 안 된다고 할까요…. 아직 전문가의 세계에 한쪽 발을 들여놨을 뿐인 저에게는, 이렇게 사람의 목숨이 걸린 일에 손대는 것은 너무 이르다고 생각하고, 실제로 가엔 씨에게는 그렇게 말했습니다. 저는 자신의 꿈을 위해서 주위를 부당하게 상처 입히거나 위험에 노출시킬 생각은 없다고.

"똑똑하구나, 나뎃코는. 반성의 빛이 보이는 건 좋은 일이야. 하지만 나도 친구에게 무리한 일을 떠맡기고 싶은 건 아니야."

당신은 저에게 신의 자리를 떠맡겼는데요… 아니, 아니. 말하지 않겠습니다. 그것은 결코, 가엔 씨의 이상적인 그림은 아니었을 테니까요.

가엔 씨는 말합니다.

"이 사건이 나뎃코에게 어울린다고 생각하기 때문에, 나는 부탁하는 거야. 미성년이고 초보자인 너를 눈여겨보고서. 부적절한 의뢰에는 적절한 이유가 있어."

눈치가 나쁜 저는 그런 말을 들어도 멀뚱해질 뿐이었습니다만, 구체적으로 그 이유를 듣고, "확실히 그러네요."라고 납득했습니다.

이미 이야기했던 대로 알파 씨, 브라보 씨, 찰리 씨, 세 사람은 샹들리에에 목을 매달았습니다만… 살고 있던 집이 같을 뿐이지 서로 무관한 이 세 사람에게는, 그러나 공통점이 있었습니다.

로프라든가 타월이라든가 전기 코드 같은 것으로 목을 매단 결과, 아슬아슬하게 목숨은 건졌지만 당연히 목 주변에 뚜렷하게 그 흔적이 새겨지게 되었습니다만, 그 흔적은.

비늘 같은 멍이었다고 합니다.

마치, 뱀이 휘감겨 붙은 것처럼.

005

"자기리나와. 너에게는, 그리우면서도 지긋지긋한 기억이겠네, 나데 공."

가엔 씨가 자기 할 말만 하고 문제의 집에서 나가 버리자, 어딘가에 숨어 있던 오노노키짱이 훌쩍 모습을 보였습니다.

들판을 달리는 질풍처럼 경쾌한 풋워크네요…. 그 경쾌함을 자기가 꺼리는 상사를 피하기 위해 악용하는 구석이 있습니다만.

다만, 하는 말은 딱 그대로입니다.

자기리나와.

그리우면서도 지긋지긋한.

예전에 저의 몸에 휘감겨 붙었던 괴이. 제 경우에는 목 부근뿐만 아니라 온몸을 친친 휘감았었지요.

보이지 않는 뱀에게 꽁꽁 묶여서.

온몸이 비늘무늬의 멍투성이가 되었습니다.

"그랬지. 기억 나, 블루머에 손브라를 한 너의 모습을."

"오노노키짱, 그 무렵에는 아직 없었잖아."

그렇게 말하면서 저는 문제의 집 한구석에 앉아서 스케치북과 연필을 꺼냅니다. 무엇을 하려는가 하면, 샹들리에가 있는 이 집 전체를 스케치하는 것입니다.

살짝 비스듬한 구도네요.

"그렇다고 해도 격세지감이네. 이제는 블루머도 전혀 먹히지 않게 되었어. 지금은 만화에서도 완전히 보이지 않고 말이야."

"보호활동을 조기에 시작했던 칸바루 씨는 올바른 판단을 했던 거구나."

그런 바보 같은 추억은 뭐, 미소를 지으며 떠올릴 수 있습니다만, 자기리나와에 관해서는 그렇게는 되지 않지요.

그야말로, 죽었어도 이상하지 않았습니다.

지금 생각하면 그곳에서 저의 인생은 완전히 뒤집혀 버린 것이고… 여러 가지 경위가 있으니, 저를 저주한 당시의 '친구'를 새삼 나무랄 생각은 없습니다만… 웃으며 이야기하는 것은 아직 무리네요.

　스케치를 쓱쓱.

　"헤에. 너, 인물 말고 제대로 배경도 그릴 수 있구나, 프리핸드로. 훌륭하네, 훌륭해."

　오노노키짱이 저의 스케치북을 들여다봅니다. 원래부터 그림을 그리는 모습을 남에게 보이는 것은 거북해 했습니다만, 섬세함 제로인 츠키히짱이 거들어 주는 동안에 익숙해졌습니다.

　이 경우, 집을 주인공으로 그리고 있으므로 배경이라는 말은 정확하지 않습니다만. 뭐, 만화적으로는 배경일까요.

　"우선, 저주받은 집을 도면으로 그려 보자고 생각해서… 만약 뱀이 있다면, 그림으로 그리는 것으로 보이기 시작하는 것도 있지 않을까 하고."

　문제를 해결해 주었으면 한다는 말을 들어도, 너무 막연해서 어떻게 손을 써야 좋을지 알 수 없었으므로, 우선은 가진 능력을 활용해 보기로 했습니다…. 학교에 가는 것을 그만둔 저에게, 만약 한 가지 뛰어난 재주가 있다고 한다면 그림 실력 정도밖에 없으니까요.

　"저주받은 집인가. 바로 얼마 전에 체험했어. 귀신 오빠하고. 나는 여유롭게 극복했지만, 그 로리콘은 죽을 뻔했지."

　"저기, 오노노키짱? 굳이 내 앞에서 그 사람의 험담을 하지 않아도 되거든? 저쪽과의 우정도 부디 소중히 해."

"'그 사람'이라니, 역시 아직 마음에 두고 있는 거 아냐?"

"이건 그냥 평범한 포용이잖아."

"확실히 많이 털어낸 것처럼 보이긴 하네."

포용이 아니라 표현이었습니다.

그건 그렇다 치고.

"참고삼아서 들려줘. 오노노키짱이 체험한 저주받은 집이라는 거, 어떤 느낌이었고 어떻게 극복했어? 오노노키짱의 여유로."

"이쪽저쪽에서 천 종류가 덤벼드는 집이었어. 어떻게 했느냐고 묻는다면… 이쪽저쪽을 파괴하는 것으로, 라고밖에 말할 수 없겠네. '언리미티드 룰 북'도 한 번 사용해서 천장에 구멍을 냈어."

"참고가 안 되네…."

흉내 낼 수 없습니다.

저의 몸은 거대화하지 않습니다.

"그렇지도 않잖아. 성장기니까. 내가 이 한쪽 눈으로 보기에, 너의 바스트는 나날이 거대화하고 있어."

"한쪽 눈으로 어딜 보고 있는 거야. 키도 자랐다고."

"다행이네, 귀신 오빠의 스트라이크 존에서 쭉쭉 벗어나게 되어서. 그렇지만 너를 저주한 친구의 마음도 이해가 돼. 달콤한 것을 잔뜩 먹고서 제대로 운동도 하지 않는데, 배 쪽은 전혀 거대화하지 않으니까."

별말씀을.

그런 체질인 모양입니다.

칸바루 씨 쪽은 좀 더 극단적이라, 의식해서 일부러 먹지 않으면 쭉쭉 빠지는 타입이라고 합니다만.

"칸바루 스루가의 운동량은 장난이 아니잖아. 그렇다고 해도 너는 반대로 야위지도 않고… 잔혹하네. 그 특전을 네가 전혀 필요로 하지 않을 줄이야. 인생은 돈이 전부가 아니라고 진심으로 믿고 있는 부자를 보는 기분이야."

그렇다면 그 부자는 돈을 달라는 말을 들어도 주지 않겠네. 돈이 전부가 아니라고 믿고 있으니까, 딱히 필요 없을 거라면서.

"과연 어떨까. 운동선수에 적합한 체형이라든가 체질 같은 것이 있다고는 생각하지만, 그 특전이 있었기에 만화가가 될 수 없었던 메달리스트도 있다고 생각하면, 생각에 잠기게 되네."

덧붙여 말하자면 저는 운동은 서툽니다.

그림이라면 몇 시간이라도 그릴 수 있습니다만.

"어찌 되었든, 그 무렵과 마찬가지로 지금의 나에게 자기 자신을 지킬 능력은 거의 없는데… 이 순간에 자기리나와에게 습격당하면, 오노노키쨩이 지켜 주는 거야?"

"그것을 위해서 내가 여기에 있는 거야."

사나이다운 대답이네요.

반해 버릴 것 같습니다.

"네가 샹들리에에 매달리게는 하지 않아. 설령 여기가 뱀의 둥지라고 해도 말이야."

든든합니다.

뱀신 님이었을 무렵이라면, 자기리나와라는 괴이는 오히려 권속 같은 존재였다고 생각합니다만… 또 그 괴로움을 맛보는 것은 아무리 일이라도 사절입니다.

아직 저에게 프로 의식은 자라지 않았습니다.

피해자 의식이 없어진 정도입니다.

먼저 귀띔을 해 줬더라면 그때 의식에서 사용했던 부적을 미리 준비해 두었을 텐데요…. 오시노 씨에게 돌려주지 못했으니 아직 집에 있겠지요. 집의 어딘가에. 옷장 안일까요. 부적에는 유효기간이 있는 모양이라 아직 효과가 있을지 어떨지는 불명입니다만….

"의식을 재현해 보겠다면, 너도 그런 촌스러운 운동복을 입지 말고 학교 수영복으로 드레스 체인지 하는 편이 좋은 거 아니야?"

"그건 칸바루 씨에게 속은 거라는 걸 깨달을 정도로, 나도 어른이 되었거든? 뭐 어때, 촌스러운 운동복이면. 어느 쪽이든 체육 시간이니까."

"앉아서 움직이지 않으면서, 잘도 말하네."

손은 움직이고 있습니다~

우선은 방의 전모를 파악하기 위한 빠른 스케치이므로 이제 곧 일단락입니다…. 로프트가 달린, 그냥 넓기만 한 텅 빈 방. 가구가 없어서 그리기는 쉽습니다…. 데생으로서는 조금 부족하다는 느낌입니다.

커튼이라도 있었다면 기교를 선보일 수 있었겠습니다만, 그것도 없습니다…. 하다못해 창유리의 투명감을 내기 위해 없는 실력을 총동원하도록 하죠.

그 밖에도 방은 있습니다만 세 사람은 모두 이 샹들리에 룸에서 목을 맸다고 하니, 우선은 이곳을 정밀조사하는 것이 올바른 수순이겠지요.

"목매달기가 이 방에 집중되어 있는 것은, 다른 방에는 목을 맬 만한 천장 높이가 없기 때문일지도 모르겠네."

"…일단 물어봐 두겠는데, 세 사람에게는 각각 자살할 이유가 있었어? 예를 들면 유서라든가…."

"없었어. 살아 있다는 건 최고라며, 세 사람 모두 자기 인생의 봄을 구가하고 있었어."

자기 인생의 봄이라는 것은 오노노키쨩의 수식으로, 일부러 과장스럽게 이야기하고 있는 것이겠습니다만… 다들 유서 같은 것은 없었던 모양이네요.

"그러기는 고사하고, 왜 자기가 목을 맸는지도 모르겠다며 세 사람 모두 목을 갸웃했대. 비늘무늬 멍이 든 목을."

"…저주받았다는 자각은?"

"그것도 없어. 다들 전혀 없대. 청렴결백한 내가 다른 사람의 원한을 살 리가 없다고 말하는 듯한 태도였던 모양이야."

저에게만 자상한 걸까요, 오노노키쨩은.

자기리나와의 저주에 의해 목을 맸을지도 모르는 사람들에게 무의미하게 엄합니다. 그러나 자각이 없다고 하게 되면, 저의 케이스와는 조금 분위기가 달라지네요.

"다만 목을 맨 직후 어느 입주자나 곧바로 이사했다는 점을 보면, 짚이는 부분이 있었을지도. 아아, 하지만 나 때는 잔뜩 화가 난 친구에게 직접 들었던가? '너에게 저주를 걸었어'라고. 테헤헤, 들어 버렸지~"

"웃으며 할 수 있는 얘기가 아니잖아. 뻔뻔스러워졌네. 그때 그런 리액션을 할 수 있었더라면… 좀 더 끔찍한 일을 당했으려나."

"자, 됐어."

소묘 완료입니다.

밑그림 같은 것입니다만 펜션을 넣을 필요는 없겠지요…. 그렇다기보다 그것을 위한 도구를 가지고 있지 않습니다.

제가 보기에도 썩 괜찮은 완성도입니다만, 그러나 어디까지나 평면의 그림으로서 그렇다는 거지요. 현상황의 주목적에는 적합하지 않다고 할까요. 저의 손이 스케치 중에 멋대로 뱀을 그려 넣는 일은 없었습니다.

창유리의 투명감을 내는 것에는 성공했습니다만, 그러나 투명한 뱀은 이 그림 안에는 존재하지 않습니다… 흐음.

뭐, 연수 중… 수행 중인 몸이니까요.

갑자기 모든 것이 순조롭게 진행될 것이라고는 생각하지 않습니다. 저의 그림 실력 부족인지, 아니면 뱀의 은신능력이 뛰어난 것인지, 퍼스트 어프로치는 일단 실패입니다.

좋았어, 좋았어.

"실패하고서 좋았어, 좋았어, 라니. 대단한 근성이네, 나데 공. 감탄했어. 그러면 세컨드 어프로치는 어떻게 할 거야?"

"우선 피해자를 흉내 내서, 저 샹들리에 목을 매 볼까."

"'언리미티드….'"

"그건 딴죽 거는 데 쓸 기술이 아냐!"

농담이야, 농담!

뒤따라 자살 같은 건 하지 않는다고요, 그것도 전혀 모르는 분들인데!

"농담으로는 안 끝나. 자살의 명소는, 많은 인간이 죽었다는 사실로 인해 죽음을 유인하는 파워 스폿으로 변하는 일도 있으니까. 실제로 한 명째, 두 명째, 세 명째 순으로 저주의 피해는 거대화하고 있어, 너의 바스트처럼."

"비유가 부드럽네."

"바스트니까."

제가 위축되지 않도록 배려하는 것은 고맙습니다만, 그래도 웃을 수 없네요…. 저도 한창 나이의 여자이므로 가슴 관련된 조크가 싫은 것은 아닙니다만, 요컨대 입주자에 의한 네 번째 목매달기가 발생하면, 이번에야말로 목숨이 위험하다는 뜻이니까요.

목숨… 목을 통해 오가는, 목이 달리면 끊어지는 숨.

"죽지 않는다고 해도, 뇌에 산소가 일정 시간 이상 공급되지 않으면 후유증이 남게 되니까. 뭐라고 하더라… 연습을 계속하면 그림을 점점 잘 그리게 되는 것처럼, 이 자기리나와는 저주를 거듭하는 것으로 거주자에게 목을 매게 만드는 것에 능숙해져 가고 있어."

"네 명째 피해자가 생기는 것은 반드시 저지해야만 한다는 얘기네. 하지만 실제로 목을 매지는 않는다고 해도, 나를 뱀의 미끼로 삼는다는 것은 가능한 방법이라고 생각해."

"휘감기는 뱀의 미끼가 되겠다고? 왜?"

"그 왜, 나는 한때 자기리나와에게 저주를 받았었으니까 내성이 있다고 생각하거든. 면역이라고 해야 할까."

"너, 아나필락시스 쇼크를 모르는 거야?"

벌에 쏘이는 것 관련으로 듣는 말인데, 뱀독에도 그런 게 있는 걸까요? 자기리나와의 독은 흡혈귀에도 효과적이었습니다만….

"어쨌든 사망자가 나오기 전에 해결하고 싶다는 것이 클라이언트의 의향이니까, 너는 그것에 따르는 거야. 너 자신이 목숨의 위기에 노출된다니, 완전히 논외야."

"네~"

그러면 서드 어프로치를 떠올려 보도록 할까요.

저는 일단 스케치북을 다음 페이지로 넘겼습니다.

006

A가 (거주기간 3년)

　　아버지 (알파) 어머니 (발견자)

　　딸

목매달기에 사용된 것은 수건.

B가 (거주기간 2개월)
　　커플 중 남성 (발견자) 커플 중 여성 (브라보)
　　목매달기에 사용된 것은 전기 코드.

C가 (거주기간 3주)
　　아버지　어머니 (찰리)
　　아들 (발견자)
　　목매달기에 사용한 것은 밧줄.

007

　스케치북의 두 페이지에, 만화 캐릭터 설정 같은 것에서 늘 그렇게 하듯이 현시점에서 알고 있는 것의 개요를 작성해 보았습니다. 수습인 저는 당사자의 프라이버시를 알 권한이 없는 모양이라, 가엔 씨가 알려 준 정보는 거의 없는 것이나 마찬가지네요.

　다만 알고 있는 것 같아도 이렇게 실제로 스케치북에 쓰고 간소한 일러스트를 곁들여 보니, 새로이 통감하게 되는 것도 있습니다.

　저는 '경험자'로서 자기리나와에게 목이 졸렸다는 피해자인 알파 씨, 브라보 씨, 찰리 씨가 얼마나 고통스러웠을까 하고 그 아픔을 리얼하게 상상할 수 있었습니다만, 그것만으로는 인식이 부족했습니다. 피해자 가족의, 특히 발견자의 심정이란 것을 제대로 생각하지 않았었습니다.

특히 C가의, 어머니가 목을 맨 모습을 발견하고 구조하게 된 아들은 대체 무슨 심정일까요. 개인정보 보호의 관점에서 가엔 씨는 연령까지는 알려 주지 않으셨습니다만, 만일 초등학생이라면 평생 가는 PTSD겠지요.

중고생이라도 견디기 힘들겠지요.

"나도 요즘에는 부모님이 죽어 버렸으면 좋겠다는 생각을 하게 되었는데, 그런 당연한 것도 그 애는 더 이상 생각할 수 없겠구나."

"부모가 죽어 버렸으면 좋겠다고 생각하는 것은 그렇게까지 당연한 일이 아니지만 말이야…. 뭐, 지금 받고 있는 취급을 돌아보면 죽이겠다고 말하지 않는 만큼 아직은 건전할까. 반항기 돌입 축하해, 나데 공."

그리 적절한 윤리교육을 받았다고는 말하기 어려운 저입니다만, 그러나 그 아이를 위해서라도 다음 비극이 일어나게 해서는 안 된다며 결의를 새로이 다집니다. 뭐, 아들이라고만 적혀 있으므로 저보다 훨씬 연상인 삼십 대의 아들일지도 모릅니다만, 그러나 설령 그렇다고 해도 가족이 목을 매단다는 경험이 아무렇지도 않을 사람이 그리 흔할 리가 없습니다.

"하지만 솔직히, 조금 더 각각의 안건의 줄거리를 듣고 싶은 참이네. 신입은 고사하고 여러 가지 일들을 저질렀던 내가 아직 가엔 씨의 신용을 얻고 있지 않다는 것은 알지만, 그래도 호적 등본을 제출하라는 말을 들은 건 아니니까. 오시노 씨는, 아주 거침없이 의뢰자의 사정을 이것저것 물어봤었다던데?"

"그건 어디까지나 오시노 오빠의 수법이니까. 우리 언니는 다른 사람의 이야기는 전혀 듣지 않아. 가엔 씨는 들을 것도 없이, 알고 있고."

"흐음….."

"알고 있으면서 일부러 그것을 무시하는 수법도 있지. 개인의 사정을 들어 버리면, 정이 들어서 올바른 대처를 취할 수 없게 되는 것뿐이라면 양반이고, 그 사정으로 인해 허점을 찔리는 케이스도 있으니까. 미라를 잡으러 갔다가 미라가 되는 상황을 피하려면, 무서운 것을 모르는 편이 무난하다는 거야."

"영감이 있는 사람 쪽이 오히려 심령 스폿에서는 약하다, 같은 얘기야?"

"그런 느낌이지. 정보를 최대한 많이 원한다는 것은 어떠한 때, 어떠한 상대에게도 중립에 설 수 있는 오시노 오빠이기에 걸을 수 있는 왕도야. 그것을 흉내 내려고 하다가 귀신 오빠는 항상 실패하고 있는 거지."

실패라고 생각하고 있다면 알려 주면 될 텐데… 하지만 확실히 그 사람은 사정과 정에 휩쓸리는 편이죠.

"어떠한 타입의 전문가가 되고 싶은가, 그런 비전을 가져 두는 것도 중요할지도. 참고로 그렇게 노트에 이것저것 그리면서 생각을 하는 것은 카이키 오빠 타입이야."

"그런 거야?"

"그런 불길한 얼굴을 하고선, 그림에 소질이 있어."

불길함은 그림 실력과 관계없다고 생각합니다만… 하지만 그렇군요? 그래서 그때, 그 사기꾼은 저의 꿈에 이해를 보여 준 것이라는 생각도 가능할까요? 어쩌면 십 대 무렵에는 만화가를 지향했다든가….

"나는 무서워서 카이키 오빠에게 그런 질문을 던진 적은 없지만, 의외로 가능한 이야기일지도. 사기 계획을 그린다는 것은, 말하자면 스토리를 구성한다는 것이니까. 취재를 게을리하지 않고, 상상력을 발휘하고, 등장인물의 대사를 준비하고, 도면을 그린다. 너를 속였을 때도 대충 그런 느낌이잖아?"

"그러네…. 그 사람이, 나를…."

한순간 깜빡 그립게 회상할 뻔했습니다만, 가만히 생각해 보니 제가 자기리나와에게 온몸을 졸리게 된 원인을 만든 사람은, 그야말로 그 사기꾼이었습니다.

그것도 이제 와서 깐죽거리며 반복할 생각은 없습니다만, 그러나 그렇게 되면 의심도 뇌리를 스칩니다. 이 뱀 둥지도 혹시 카이키 씨의 콘 게임이 아닐까요?

"가능한 얘기네. 좋은 착안점이야."

옹호하지 않네요.

오빠라고 부르면서.

"너도 오빠라고 부르면서 동경하던 사람을 죽이려고 했잖아.

코요미 오빠도 카이키 오빠도."

"나는 카이키 씨를 오빠라고 부르지 않는데…?"

"하지만 뭐, 그 사기꾼은 사기꾼이어도 살인귀는 아니니까…
그냥 저주해 죽이는 짓을, 할지 어떨지."

그러네요.

입주자가 목을 매달게 해 봤자 한 푼의 이득도 되지 않습니
다. 보험금을 노린 살인(미수)일 가능성은 자살이라면 낮아 보
이고요.

"자살이라도 받을 수 있는 보험금도 있는 모양이지만, 이 집
에서 살았던 거주자들 간의 관련성이 없는 데다 3연속이라는 것
은 정상이 아니지."

"3연속…."

얼마 없는 정보 중에, 있었죠.

엄밀한 시기까지는 알 수 없습니다만 거주기간은 3년, 2개월,
3주… 언제부터 이 집이 뱀의 둥지로 변했는가는 불명입니다만,
살기 시작했을 때부터 목을 맬 때까지의 기간이 짧아져 가는 인
상을 받게 되네요.

A가의 경우 저주가 하루에 성취되었을 가능성도 있으므로 확
실하게 말할 수는 없습니다만, 횟수를 거듭해 감에 따라 저주에
능숙해져 간다는 방증이 될 듯합니다.

네 번째에는 사망자가 나올지도….

저 같은 녀석의 낙서에 사람의 생사가 걸리기 시작한다고 생
각하면 손이 떨립니다… 싸움을 앞둔 무사의 전율 같은 게 아니

라. 아니 뭐, 실제로는 제가 실수했을 때를 위해 오노노키짱이 있어 주는 것이고, 그래도 안 된다면 가엔 씨가 보조해 줄 태세를 정비하고 있겠습니다만… 그것을 의지하는 것은 잘못된 태도겠지요.

스스로 목을 매 본다는 테스트를 봉인당한 이상, 저는 가엔 씨에게 암시받은 대로 자신이 피해자였을 무렵의 경험과 대조해서 뱀 둥지의 구조를 추측할 수밖에 없습니다.

가재는 게 편. 초록은 동색.

뱀의 길은 뱀.

왕도王道가 아니라 사도蛇道를 돌아보도록 하죠.

그렇습니다, 우선은 제가 사는 마을에 찾아온 사기꾼인 카이키 씨가, 저의 옛 친구에게 저주… 저주를 팔고….

"어라? 하지만 그것 자체에는 효과가 없었던가? 저주 그 자체가 사기였으니까. 그렇다면 카이키 씨가 이 일에 얽혀 있을 가능성은, 없는 거 아니야?"

"좋은 착안점이네."

이 아이, 조금 전과 똑같은 소릴.

힌트를 주지 않으려고 신경 쓰는 시험 감독관 같습니다. 혹시 카이키 씨와 재회하는 전개가 되는 건가 하는 생각도 했었던 만큼 김이 샙니다만, 그러나 그 사람이 얽히지 않았다면 솔직히 그러는 편이 좋습니다.

직함이 사기꾼이니까 무리한 부탁이겠습니다만, 그래도 신세를 졌던 분이 나쁜 짓을 하는 것은 별로 바라지 않으니까요.

스케치북에 '카이키 씨＝무관'이라고 덧붙이고(그 옆에 카이키 씨 일러스트를 그려 넣고), 저는 페이지를 첫 번째 페이지로 되돌렸습니다.

"음. 뭐야. 다시 그리려고?"

"그게 아니라, 덧그리려고 생각해서. 실제로 목을 매달지는 않더라도, 목을 매단 나를, 그림으로 그리는 것은 가능하잖아? 그렇게 하면 뭔가 알 수 있을지도."

"좋은 착안점이네."

힌트는 주지 않아도 괜찮으니, 대사의 베리에이션을 늘려 주세요.

"다만 그리는 것은 나를 그려. 너의 그림 실력으로 네가 목을 매단 모습을 그리면, 그것이 저주가 되어 버릴 우려가 있어. 그 점으로 보면 나는 이미 죽었으니까 목을 매다는 정도로는 죽지 않아."

"…좋은 착안점이네."

친구가 목을 매단 그림 같은 건 별로 그리고 싶지 않습니다만… 하지만 그렇다고 해서 관계없는 제삼자를 그려 버리면 그것이야말로 저주이니, 여기서는 오노노키짱의 말을 따르기로 할까요.

이 정도로 낮은 모티베이션으로 그리면 목매달기가 실현되는 일은 없을 테고… 다우너한 기분으로 그린 것으로 인해, 그림 속에 보이지 않는 뱀이 나타나 준다면 감지덕지입니다.

"그리고 그 뱀에게 목이 졸려 버리는 건가. 웃기네."

"뭐가 웃기다는 거야."

"목매다는 뱀을 낚는 미끼는, 살아 있는 미끼가 아니라 루어라는 얘기구나. 리퀘스트를 붙여도 될까? 발버둥 치며 괴로워하는 표정을 그려 봐. 남아 있는 한쪽 눈이 튀어나오는 느낌으로. 그것을 애니메이션의 판권 그림으로 할 거니까."

"그 판권 그림 덕분에 애니메이션화가 중지될 거야."

박진감은 없어지겠습니다만, 목을 매단 오노노키쨩은 눈을 감은 상태의 평온한 얼굴로 그리기로 하죠. 죽어 있는지 어떤지 알 수 없을 정도의… 아니, 시체니까 물론 죽어 있습니다만.

표정(무표정)이야 어쨌든, 오노노키쨩은 이미 3D프린터에 데이터를 입력할 수 있을 정도로 모든 포즈를 모든 각도에서 100만 번 정도 그렸으므로, 매달려 있는 모습도 쓱싹쓱싹 하고 금방 그릴 수 있습니다. 그야말로 눈을 감고서라도 그릴 수 있습니다. 맥시 기장의 원피스는 예전의 스커트에 비해서 훨씬 그리기 쉬우니까요.

그러면서 생각합니다.

제가 체험했던 자기리나와는, 말하자면 폭주 상태였습니다…. 본래 효과가 없었을 저주를, 괴이가 모여드는 장소가 되어 있던 키타시라헤비 신사에서 제가 현현시켜 버렸던 것이나 마찬가지입니다.

그런 어리석은 저의 전철을, 알파 씨와 브라보 씨와 찰리 씨가 3연속으로 밟았다고는 도저히 생각되지 않습니다…. 요컨대 제대로 된 자기리나와의 저주가 이 집에서 발동했다고 생각하면,

역시 그 이유가 신경 쓰입니다.

"A가 이전의 거주인은 어때? Z가의 줄루 씨는 목을 매지 않았지?"

"응. 전 거주자도, 그전의 거주자도 원만무사하게 이사했다고 해."

"…흐음."

건축한지 몇 년인지 파악이 안 되는 디자인의 맨션이라 어쩌면 A가가 이 집의 첫 입주자가 아닐까 하는 생각도 했었기에, 그런 대답이 돌아왔을 때는 의외였습니다.

즉 이 집에는 뱀의 소굴이 된 시기과 그렇지 않았을 시기가 있는 것입니다…. 으음? 그러면 A가의 알파 씨가 뱀에게 원한을 살 만한 짓을 해서? 그 저주가 집에 계속 남아 버려서, 다음 입주자인 B가와 C가에게도 저주가… 아뇨, 언뜻 설득력 있는 가설로 보이지만 저주의 속도가 단계적으로 상승하는 것에 대한 설명이 없네요.

발생했던 사건만을 선입관 없이 파악하면, A가보다 B가 쪽이, B가보다 C가 쪽이 강하게 저주받은 것처럼 느껴집니다. 잠깐만요?

반대로 말하면 어째서 알파 씨, 브라보 씨, 찰리 씨 이외의 분들은 목을 매달지 않은 걸까요? 아이가 목을 매단 부모의 발견자가 된 것이 얼마나 쇼킹했는가를 생각한다면, 동시에 어째서 부모가 목을 매단 아이를 발견하는 배역이 아니었는가도, 빠짐없이 생각해야만 합니다.

이곳이 진짜로 저주받은 집이고 뱀 둥지라면, 대상은 상대를 가리지 않았을 테지요. 가족 관계인지 동거 관계인지는 제쳐 두더라도, 피해자의 속성이 '아버지', '여자친구', '어머니'로 흩어져 있는 것은 조금 미심쩍고 시원하지 않은 구석이 있습니다.

저주의 동기가 '누구라도 상관없었다'이기 때문이라기보다, '일부러 분산시켰다'인 듯한 위화감을 느낍니다. 음악 플레이어의 랜덤 재생은, 랜덤처럼 들리도록 고의로 곡의 순서를 흩어놓은 것이라는 도시전설을 인터넷에서 본 적이 있습니다만….

"좋은 착안점이네. 하지만 '인터넷에서 봤다'라고 말하면, 단지 그것만으로 사람들이 신빙성을 회의적으로 받아들이게 되는 뜻밖의 사태도 일어날 수 있으니까, 만일을 위해 이렇게 고쳐 말하는 편이 좋을 거야. '웹에서 확인하기로는'."

오오오.

나이스한 첨삭입니다.

갑자기 IT 부문처럼 되었습니다.

"더욱 설득력을 높이고 싶다면 '정확도는 불명입니다만, 복수의 정보원을 데이터 마이닝한 결과, 현시점에서 추측 가능한 사실이 있습니다'라고 말하면 돼."

"굉장해…. 굉장하지만 그냥 웹 서핑을 한 것뿐이야…."

"반신반의의 소문이야말로 괴이담의 출처이기도 하니까 실제로 신빙성은 필수조건이 아니지만, 확실히 이 집이 정말로 저주받은 뱀의 둥지라면 일가 전원이, 혹은 커플 두 사람이 몰래 목을 매달지 않으면 이상하지."

이상하다고까지 말하면, 마치 목을 매 달라고 바란 것처럼 들립니다만… 목매달기가 실패한 것은 발견자가 있었기 때문이고, 그 발견자는 어째서 저주받은 집에서도 저주받지 않았는가.

저주가 한 가정당 선착순 한 명만 걸릴 수 있나요? 슈퍼마켓의 특별할인도 아니고….

"…자. 됐어. 제목은 '목을 매다는 동녀'. 로프는 베이직하게, 비닐 테이프로 해 봤어."

"그림으로 그려 보니 생각했던 것보다 섬뜩하네. 온화한 얼굴이 정말로 죽어 있는 것 같아. 정말로 죽어 있지만. …비닐 테이프가 베이직한 걸까? 일용품을 사용하는 것으로, 보다 인상이 그루섬gruesome하게… 일단 확인하겠는데 이거, 나에 대한 악의 같은 건 없는 거지?"

"없어없어없어없어. 오노노키짱을 아주 좋아해."

한순간 오노노키짱이 센서티브한 모습을 보여서 저는 당황하며 수습합니다. 깜빡하고 그림 실력을 제대로 발휘해 버렸습니다. 모티베이션은 낮았다고 생각했습니다만, 역시 그리기 시작하면 손이 멋대로 움직여 버리네요.

"만약 나에게 뭔가 있다면 제대로 이야기하라고? 고칠 테니까."

"그러니까 아무것도 없다니까. 사랑밖에 없어, 오노노키짱한테는."

이 정도까지 오면 잘 따른다기보다는 홀려 있는 것 같네요…. 이 집에 뱀이 홀려 있는 것처럼, 정말로 홀려 있는 걸까요?

'목을 매다는 동녀'의 완성도 자체는 만족스럽게 되었습니다만, 그러나 역시 심령사진처럼 보이지 않는 뱀이 찍혀 있거나 하지는 않습니다. 이 포스 어프로치도 아무래도 헛스윙 같네요.

삼진三振이 아닌, 사진四振입니다.

아무것도 없다고 하자면 여기에는 아무것도 없다고, 그냥 우연이 아닐까 하는 기분도 들기 시작합니다…. 저주가 아니기에, 전문가의 시점에서는 부자연스러운 곳이 산재하는 것이 아닐까요?

각각의 목매달기에 관련성은 없고, 저에게는 감추어진 각자의 사정으로 독립적으로 자살을 꾀했다고 생각했을 때, 부자연스러운 점은 어느 정도 있을까…. 그렇다면 일가 동반자살이 벌어지지 않았다는 것으로 일단 설명이 된다는 느낌도 듭니다.

"피해자 세 사람에게 공통되는, 목 주변의 비늘 자국은?"

"아, 그런가. 그게 있었지. 하지만 잘못 본 것일 수도 있지 않을까? 그런 식으로 보인다고 생각하면, 그렇게 보인다고 할지… 로르샤흐 테스트처럼."

그렇게 말하면서도 아전인수라고 스스로도 생각했습니다. 저 같은 경솔한 녀석이라면 그럴 수 있을지도 모릅니다만, 가엔 씨 같은 거물이 얽혀 있는데 그렇게 초보적인 실수를 하리라고는 도저히 생각되지 않습니다.

한편으로 이 건에서 자기리나와가, 문자 그대로 얽혀 있다는 직접적인 증거는 그 목 부근의 명밖에 없는 것도 사실입니다.

키타시라헤비 신사를 모시고 있는 산을 포함해서 제가 사는 마을이라면 몰라도 이런 수도에, 뱀이 우글거릴 것으로는 도저히 보이지 않고요….

"뱀 잡기 명인으로서의 네 감인가. 그건 믿을 만하네."

"…이 안건이 가엔 씨의, 나에 대한 테스트라는 사실에 불평을 하려는 건 아니지만, 혹시 이것이 심술궂은 퀴즈였다는 설은 없어?"

"심술궂은 퀴즈?"

"괴이 현상이 아니었습니다, 가 정답인 케이스. 학교 시험에서도 '①부터 ④ 중에서 올바른 것을 전부 고르시오'라는 문제에서 ①~④가 전부 틀린 것이었다는 함정 문제가 있잖아?"

"그렇구나, 듣고 보니 참으로 가엔 씨가 부릴 만한 심술이네. 좋은 착안점이네."

혹시 그거, 안대 캐릭터로서의 고유 대사로 삼을 생각으로 집요하게 반복하고 있는 걸까요….

그렇다면 좋은 착안점이 아닌데요.

"결코 얼버무리고 있는 게 아니라, 새로운 고유 대사도 아니라, 그런 식의 분석도 전문가에게는 필요하니까. 이거고 저거고 전부 괴이 현상으로 취급하는 건 위험한 것 이상으로 무책임하기도 해."

오시노 씨가 언젠가 하셨던, 모든 것을 괴이 탓으로 해서는 안 된다는 말은 그런 의미도 포함하고 있었던 걸까요.

그렇다면 성급하게 판단을 내릴 수도 없습니다.

출제자의 의도를 너무 깊이 읽으려는 자세는 건방지고 바람직하지 못하겠지만, 저도 인생이 걸려 있으니… 여기서 오답을 내

놓았다가는 일거리를 잃고, 집에서 쫓겨나고, 길거리를 헤매는 꼴이 됩니다.

정답을 내놓은 경우와 하늘과 땅 차이입니다.

…이 이상 피해자를 발생시키지 않기 위해서라느니, 발견자의 PTSD를 생각한다느니 하는 그럴싸한 소리를 하고 있지만, 결국 졸업 후의 거주지를 확보하고 싶다는 사리사욕이 저의 원동력이라고 생각하면, 마음이 어두워지네요.

"그걸로 충분하다고. 너는 이제 신이 아니니까. 귀신 같은 오빠, 줄여서 귀신 오빠의 딴마음 없이 자신을 돌보지 않는 헌신은 그야 훌륭하지만, 모두가 그러면 곤란해. 결국 귀신 오빠의 그런 자세를 가엔 씨는 낙제라고 판정했으니까."

"낙제했구나."

"지금은. 대학을 졸업할 무렵에는 그 헌신도 조금 더 어른스러워지지 않을까. 뭐, 그 귀신 오빠야말로 우선은 집을 나가야겠지만."

"그건 그러네."

그렇게 되면 나도 아라라기 가에 굴러 들어가기 쉬워질 텐데, 라는 것은 농담.

"그러니까 너는 제멋대로 행동하는 정도가 좋다고. 가엔 씨의 의도를 읽어도 좋고, 가엔 씨의 의도를 파악하지 않아도 돼. 클라이언트의 의향에 따르라고는 말했지만, 궁극적으로는 그것도 어떻게 되든 상관없어."

"그, 그건 과언이 아닐까…."

들을 것도 없이, 학교에 가지 않거나 집을 나오려고 하는 등, 현시점에서 제가 상당히 제멋대로 행동하고 있다는 것은 알고 있습니다만, 그래도 '사망자가 나오게 하고 싶지 않다'라는 맨션 오너의 인도적인 의향까지 무시하는 것은 역시나 불가능합니다.

"인도적이라. 그것도 어느 정도는 부정하지 않겠지만, 오너라는 입장을 생각하면 반드시 그것뿐만은 아닐 테니까 나는 괜찮다고 생각하는데 말이야."

"? 무슨 소리야?"

"무슨 소리라고 생각해?"

어째서 저는 오노노키쨩과 연인 사이 같은 대화를… 게다가 제가 남자 역할입니다. '벽꿍'을 해 볼까요? 쿠치나와 씨 버전으로.

"어떻게 된 거냐고 묻고 싶은 건 이쪽이라고, 아앙?!"

…데이트 폭력이네요.

쿠와바라쿠와바라[*].

"맨션의 오너는 집에서 사망자가 생기면 몹시 곤란하다고. 사고물건이 되니까."

그렇게 말하는 오노노키쨩.

사고물건… 아아, 처음에 말했지요. 그런 얘기. 목을 매단 피해자가 죽었더라면 사고물건이 된다고….

※쿠와바라쿠와바라 : 일본에서 재난을 피하기 위해 외우는 주문. 원래는 벼락을 피하기 위한 주문이었다고 한다.

"사고물건이라는 게 뭔지는 알아?"

너무 바보 취급하잖아요, 센고쿠 나데코를.

알고 있다고요, 뭐든지 모르는 저라도.

자살자뿐만 아니라 변사자가 발생한 부동산에는, 맨션이든 단독주택이든, 임대든 판매든, 고지 의무가 있다는 일본의 법률 말이죠? 여기서는 예전에 이러이러한 사건이 일어났습니다, 라는 사실을 숨김없이 알리지 않으면 부동산을 처분하기 어려워진다든가….

이 집이 뱀의 둥지라느니 하는 것을 알릴 고지의무는 물론 없습니다만, 이상한 느낌으로 죽은 사람이 생기면 어떻게든 오너는 그 사실을 기재해야만 합니다.

아니 뭐, 그래서 죽은 사람이 나오지 않게 해 달라는 그 이유만으로 전문가인 가엔 씨에게 해결을 의뢰했다고는 생각하지 않습니다만, 상거래니까, 그런 단순한 이해득실 같은 계산도 당연히 있겠지요.

"요컨대 A가의 알파 씨가 목을 매달았어도, 목숨은 건졌으니까 B가의 동거 커플은 그것을 모르고 입주했던 거고, 마찬가지로 B가의 브라보 씨도 목을 매달았지만, 역시 목숨을 부지했으니까 C가의 가족들은 그것을 모르고 입주했다… 라는 흐름이지."

"그래. 알파가 목숨을 잃었더라면 그 후의 비극은 없었을지도 몰라."

아주 엄격한 소리를 하네요. 하지만 확실히 그 전 입주자의 자살 성공을 고지받았더라면, 커플이나 일가가 입주하려고 했을지 어떨지는 상당히 수상합니다…. 아무리 이 집이 해당 디자이너즈 맨션 안에서 가장 좋은 집이고, 뱀의 둥지라는 사실을 모르더라도, 자살자가 나왔다는 말을 듣게 되었다면… 듣게 되었다면?

"……."

"응? 왜 그래? 나데 공. 옛날처럼 고개를 숙이고. 앞머리가 없으니까 얼굴은 전혀 가려지지 않는데? 인간에 대한 이해가 얕다는 사실이 눈앞에 들이밀어진 스스로를 부끄러워하는 거야?"

"아니, 그런 게 아니라… 인간에 대한 이해가 얕다는 사실이 눈앞에 들이밀어진 거구나, 난."

이해가 얕다는 것보다도, 자기도 모르는 사이에 그런 중요한 사실이 눈앞에 들이밀어지고 있었던 것 쪽이 쇼크였습니다만, 그것은 제쳐 두고.

"알게 된 건지도 몰라, 범인. 뱀의 저주를 건 사람."

"허어? 그렇다면 저주는 있었다는 걸로 봐도 되겠구나. 가엔 씨의 심술궂은 퀴즈가 아니라. 알려 줘. 범인은 누구야?"

여전히 교과서 읽기 톤입니다만, 그러나 흥미로운 듯이 오노노키짱이 추임새를 넣어 주어서,

"심술궂은 퀴즈였어. 아니… 그냥 궂은 퀴즈일지도."

라고 저는 대답합니다.

"범인은, 나야."

"…아아. 평소의 그거구나?"

"평소의 그거라고 하지 마."

008

후일담이라고 할까, 이번의 결말입니다.

범인은 저였습니다.

이렇게 말해도 블랙 하네카와나 카코 씨, 오시노 오기 씨 같은 평소의 그것은 아닙니다. 하물며 쿠치나와 씨 버전도 아닙니다, 아앙? 네 명의 나데코와의 대결은 다 끝낸 거죠?

그래도 범인은 저입니다.

보다 정확히 말하면, 범인은 저고, 당신이고, 그 사람이고, 그 여자고, 사람들이고, 전 인류였습니다. 아뇨, 과장스러운 레토릭을 구사해서 논점을 흐트러뜨리려고 하고 있는 게 아니라, 결코 아니라… 이렇게 말하고 있는 지금도 세상에서는 전쟁으로 많은 목숨이 사라지고 있는데, 이런 집의 사건을 해결하는 것에 어느 정도의 의미가 있는가, 라는 말은 꺼내지 않습니다.

하고 싶은 말은, 의식주야말로 모든 인간에게 공통되는 삶이라는 것입니다…. 기묘하게도 오노노키쨩은 아라라기 가를 떠나는 계기가 된 사건으로, 그중에 특히 '의'에 대해서 고찰할 기회를 얻었다고 합니다만… 이쪽 케이스에서는 특히 '주'입니다.

식객도 아닌데 오노노키짱과 마찬가지로 집에서 쫓겨나는 흐름이 되었던 제가, 이렇게 전문가 취업에 손을 대고 있는 것은 사리사욕, 요컨대 주거를 얻기 위해서입니다만, 그러나 비바람을 피하기만 하면 어디라도 괜찮은 것은 아닙니다.

당연히 양보할 수 없는 최소조건이 있고, 설령 사치스럽다고 비난받더라도 이루고 싶은 희망도 있습니다. 꿈을 좇으려면 스토익하게, 지은 지 80년에 문이 잠기지 않고 욕실도 없는 다다미 네 장짜리 방에 살라고 해도… 오노노키짱에게 엄하게 지적받은 대로, 세어하우스에서의 공동생활조차 저에게는 무리겠지요.

실제로는요.

만화가로서 잘나가는 작가가 되어 장래에는 성에서 살고 싶다고까지는 말하지 않겠습니다만, 편안한 집에서 살고 싶다는 욕심은 있습니다. 지금은, 센고쿠 가가 그런 집이 아닌 것이 아쉽습니다만 그것은 그렇다고 치고.

그런 욕망과 예산과의 타협이 된다면 이상적이겠습니다만, 현실에서는 '좀 더 집세가 싸다면~'이라고 생각할 뿐입니다. 기적적으로 타협이 된 집이 있었다고 해도, 연락을 했을 때에는 이미 입주자가 결정되어 있거나 하고… 그래서.

아주 값싼 집의 알선을 기대한 저처럼 '좀 더 집세가 싸다면~'이라고 생각한 누군가가 어딘가에 있었다고 치고, 어디에나 있었다고 치고… 꿈에 그리던 바로 그 집과 만났다고 치고, 저와 마찬가지로 몹시 낙담했다고 치죠.

하지만.

저와 달리, 거기서 포기하지 않았다면?

마음에 든 부동산의 **집세를 낮출 방법**을 떠올리고, 혹은 그 부동산을 **빈 물건**으로 만들기 위한 수단을 실행했다고 한다면?

…변사자가 나온 것을 명기할 의무가 있는, 이른바 사고물건에 기꺼이 살고 싶어 하는 사람도 어느 정도는 있습니다. 왜냐하면 많은 사람이 피하려 하기에, 대부분의 경우에 오너는 집세를 낮추지 않을 수 없기 때문입니다.

즉, 뒤집어 말하면 **사고물건으로 만들 수만 있으면**, 본래 손에 넣을 수 없는 이상적인 집이라도, 가격이 하락하는 것입니다.

"자기리나와는 풀어놓았지만 여기가 뱀의 둥지였던 것은 아니야. 저주는 했지만, 피해자를 원망한 건 아니야. 그냥 **이 집을 심령 스폿으로 만들고 싶었던 누군가**가 있었던 거야. 이 집에서 변사자가 나오기를 바랐던 누군가가."

클라이언트와 완전히 정반대의 의향을 지닌 누군가가, 자기리나와의 저주를 이용했다. **그런 목적으로.**

현대 아트 미술관처럼 생긴 디자인은 저의 취향이라고는 말할 수 없습니다만, 내부 인테리어의 수준은 인정하지 않을 수 없고, 이곳이 인기 물건이란 말을 들으면 고개가 끄덕여집니다. 뭐가 어떻게 되더라도 살고 싶다는 입주 희망자가 있어도 이상하지 않겠지요.

기분 나쁘지만.

그것으로 한 가정에 한 명밖에 목을 매지 않은 의문점에도 설명이 갑니다. 변사자는 한 명만 나오면 충분하니까요.

괴이담을 낳기 위해서라도 목격자는 필요했던 것입니다.

다행스럽게도 현재 그 시도는 전부 실패했습니다…. 하지만 저주를 거는 실력은 회를 거듭할수록 능숙해졌고, 몇 개월 이상에 걸쳐 3연속 실패를 겪은 뒤 시행회수를 늘리기 위해 차라리 다음번에는 가족 전원을 목매달게 하자는 폭거에 나서지 말란 법은 없습니다.

멈추지 않으면, 사망자가 나올 때까지 계속합니다.

심령 스폿이 아니기에, 심령 스폿이 될 때까지 그 집에 뱀을 계속 보내는 것입니다. 계속해서.

"흠. 나넷코의 견해는 받아들였어. 그 추리가 정답인지 어떤지, 언니가 어떠한 느낌을 받았는가는 제쳐 두고, 그러면 원망하지도 않는 거주인을 저주하는 무시무시한 범인에게, 어떤 대책을 세울 거야? 거기까지 생각해야 비로소 프로라 할 수 있어."

이상의 이야기를 더듬더듬 보고한 저에게, 가엔 씨는 그렇게 말했습니다. 제출한 답에 대해 전혀 다른 새로운 클리어 조건을 내놓은 부모님과는 달리, 이것은 뭐, 정당한 트라이얼이라고 말할 수 있겠지요.

문제점을 제기한 이상 해결책도 제시해야만 한다… 어디 보자.

"범인은 입주 희망자이니까, A가가 이사한 뒤와 B가가 이사한 뒤에, 각각 오너나 중개업자에게 문의하지 않았을까요…. 자기 지갑사정에 맞는 희망가격까지 집세가 낮아졌는지 어떤지."

그것을 역산해서 용의자를 한 명으로 특정할 수 있다고는 생각하지 않습니다만, 그래도 상당한 수로 줄일 수 있지 않을까요.

수고가 필요할지도 모릅니다만, 그 뒤에는 좁힌 용의자를 한 명씩 면담하면… 아마도 이렇게 대담하고 뻔뻔스러운 범행, 들킬 거라고 생각하고 시도하지는 않았을 테니 추궁하면 금방 꼬리를 드러내겠지요.

"흠흠. 우선은 그런 정도겠지, 합격점이네. 그 밖의 모든 합리적인 의혹을 소거했다고는 말하기 어렵지만, 스케치북 안에 뱀이 한 마리도 나타나지 않았던 것을 중시하는 자신감을 소중히 하기를 바라니까, 덤으로 합격으로 하지. 칭찬해 줄게, 잘 했어, 잘 했어."

머리를 쓰다듬어 주었습니다. 이름에 어루만질 무撫 자가 들어간 나데코撫子인 만큼.

다른 사람이 머리카락을 건드리는 것을 별로 좋아하지 않습니다만… 이때는 어째서인지 부끄럽기는 했어도, 싫은 기분은 들지 않았습니다.

가엔 씨의, 이렇게 간단히 품 안으로 들어와 버리는 부분이 관리자이자 선배인 이유일까요.

"클라이언트인 오너에는 그렇게 전해 둘게. 아마 해당 인물은 간단히 발견될 거야. …다만, 그 입주 희망자는 저주를 발신한 장본인은 아니겠지만."

"에? 그런가요?"

"입주 희망자는 입주 희망자고, 오너와 마찬가지로 클라이언트라는 얘기야. 잔혹한 저주를 프로페셔널에게 외부 위탁했던 거야. 그렇지 않으면 원한도 없는 인간을 저주한다는 어마어마한 짓은, 보통은 불가능해."

"그, 그러면… 진정한 흑막은 카이키 씨…라든가?"

"아니. 나뎃코의 추리대로 그 불초한 후배라면 보낼 수 있는 자기리나와는 가짜겠지. 장난감 뱀으로 깜짝 놀라게 하는 것이 아니라, 진짜 독사를 일반 가정에 던져 넣는 잔인무도한 수법은 사기꾼의 기술이 아니야. 고민을 풀어주는 전문가의 정반대, 욕심을 채우는 아라운도의 소행이야."

"아라운도…."

어딘가에서 들었던 것 같은 그 단어를, 어디에서 들었던가 떠올려 보려고 하는 도중에 가엔 씨는 어조를 바꿔서,

"욕심은 누구라도 가지고 있지, 그것 자체는 나무랄 수 없어. 하지만 그 욕심을 이뤄 주는 뱀은 나무라야만 해. 나뎃코. 약속대로 졸업한 뒤에 살 집은 소개해 줄게… 다소의 조건은 받아들여 줄 수 있을 거라고 생각해. 부디 원하는 것을 이야기해 줘. 언니에게는 일가언은 있어도 두 말은 안 해. 다만 이 사건이 완전히는 해결되지 않은 이상, 조금 더 함께해 줘야겠어."

그렇게 말했습니다.

"해 줄 수 있을까? 뱀 퇴치. 뱀의 둥지가 아닌 뱀의 총본산을 찾아내서, 뱀의 두목을 잡는 일을, 도와줬으면 해."

"…그게 제가 할 수 있는 일이라면."

저도 돕게 해 주세요.

그렇게, 저는 곧바로 대답했습니다. 이쪽에서 부탁했습니다. 그것이 자신의 목소리라고는 믿기지 않을 정도의 적극성은, 역시나 저 자신이 생각하는 바가 있었기 때문이겠지요.

저 자신에게 생각하는 바가 있었기 때문이겠지요.

너무나도 자기 본위이며, 다른 사람에게 끼칠 피해를 돌아보지 않는 저주의 동기에, 누구겠어요. 저 자신을 보고 말았기 때문이겠지요. …범인은 나.

저주하고 저주받은 센고쿠 나데코에게도, 드디어 도전할 때가 온 것일지도 모릅니다.

그 사람들이 현재 도전 중인, 평소 이상의 그것을.

그렇기에, 그런, 보고 싶지도 않은 저의 의뢰를 뻔뻔스럽게 받은, 총본산의 뱀의 두목 '아라운도'를 절대 못 본 척할 수 없는 것입니다.

"말해 주세요, 가엔 씨. 저는 뭘 하면 되나요?"

"나이스한 마음가짐이야. 안심하시게나, 언니는 어리고 귀여운 나뎃코에게 과중한 노동을 시킬 생각은 없어. 미소가 끊이지 않는 직장 환경에서 부탁할 일은 아주 가벼운 작업이야. 우선은 아무것도 묻지 말고, 과거에 너를 저주했던 옛 친구를 만나서 옛 우정을 다져 줘."

"호호오."

와아, 가볍다~ 가벼운 작업인 만큼 가볍다~

어떠한 이유가 있는 의뢰인지는 수수께끼입니다만, 그러면 뭐… 또다시 저주받았을 때를 위해서, 칸바루 씨의 집으로 코스튬이라도 빌리러 갈까요.

투 헤비 오어 낫 투 헤비.

죽는 뱀이냐, 사는 뱀이냐, 그것이 문제로다!

나머지 이야기 끝

창작자와 창작물은 별개라는 논지에 대해서는 찬반양론이 있습니다만, 심플하면서도 논리적으로 생각한다면 적어도 창작자와 창작물이 완전히 하나로 완벽하게 일치하는 일은 있을 수 없고, '창작물은 창작자의 일부'라는 것이 정답처럼 생각됩니다. 그러나 이상하게도 그 일부가 전체를 능가하는 사례도 있고, 게다가 많이 있어서, 그것이 창작의 참맛이라고도 말할 수 있을 것 같습니다. '창작자가 창작물의 일부'라는 느낌일까요? 구성 요소임은 틀림없더라도, 그 비율과 맡은 역할이 각기 다른 게 아닐지. 그렇게 되면 만일 창작자가, 이 창작물은 플롯과는 전혀 다른 형태로 결실을 맺었다고 소감을 이야기하면, 그것이 곧 실패작이라는 뜻이 되는가 하면 그렇지 않고, 실패이기는 해도 실패작이라고만은 할 수 없는 것은 아닐까요. '이럴 생각은 아니었다'라는 핑계가 창작물에 대해 어느 정도 통하는가도 다양한 의견을 모을 것 같습니다만, 당초의 계획에 비해서 보다 좋아지는 것도, 보다 나빠지는 것도 동일 비율로 있지는 않을까요. 물론 좋은 의미에서도 나쁜 의미에서도 그것이 자신의 일부이기에 창작자의 성취감은 전혀 충족되지 않을지도 모릅니다만⋯ 뭐, 그 점을 지향해야 창작자와 창작물은 다른 것이겠지요. 부모는 없어도 아이는 자랍니다.

이상의 고찰과는 전혀 관계가 없습니다만, 원래 이 책은 아라라기 군과 오노노키짱이 대학교 1학년 여름방학을 이용해서 마계로 모험을 떠난다는 줄거리의 이야기였습니다. 그것이 플롯 단계였고, 막상 쓰기 시작하고, 이렇게 끝나 보니, 그것과는 조금 다른 내용이 되어 버렸습니다만 저로서는 전혀 불만이 없습니다. 반대로 처음부터 면밀하게 계획을 입안했더라면 이렇게는 되지 않았을 것이라 생각하면, 그쪽이 무섭기도 할까요. 후반의 센고쿠 나데코의 스토리 라인도 파트너가 오노노키짱이므로, 결과적으로 시체 인형으로 점철된 한 권으로 완성된 것도 예상 밖입니다만, 저에 대해 말하자면 계획대로 쓸 수 있었던 소설은 한 권도 없습니다. 그럼에도 불구하고 다음 소설이 100권째 정도 되는 것 같거든요? 지금까지 계속 쓸 수 있었던 것이 이미 예상 밖이었으니, 계획대로 되지 않아서 정말 다행이라고 말할 수밖에 없습니다. 그런 느낌으로 이 책은 100퍼센트, 취미로 쓰여진 츠쿠모가미, 『나머지 이야기』, 「제4화 요츠기 버디」와 「제5화 요츠기 새도」였습니다.

보아 주신 대로 표지는 오노노키 요츠기의 뉴 패션 버전입니다. VOFAN 씨, 감사했습니다. 아무렇지도 않게 톱 클래스의 표지 등장율로 어느 사이엔가 완전히 메인 캐릭터가 되었네요. 몬스터 시즌도 이것으로 후반이 되었으므로, 이다음의 세 권도 잘 부탁드립니다. 무계획적인 계획에, 함께해 주시면 감사하겠습니다.

니시오 이신

FAUST BOX

나머지 이야기

2022년 3월 10일 초판 발행

저자	니시오 이신
일러스트	VOFAN
옮긴이	현정수

발행인	정동훈
편집인	여영아
편집 팀장	황정아
편집	노혜림

발행처	(주)학산문화사
등록	1995년 7월 1일
등록번호	제3-632호
주소	서울특별시 동작구 상도로 282 학산빌딩
편집부	02-828-8838
영업부	02-828-8986

ISBN 978-11-256-5066-1 03830

값 12,000원

※이 책에는 수량 한정 특별부록이 들어 있지 않습니다.